MI Jianxiu

PÉKIN DE NEIGE ET DE SANG

Éditions
Philippe Picquier

DU MÊME AUTEUR
AUX ÉDITIONS DE L'AUBE

Lotus et bouches cousues

La Mort en comprimés

Bleu Pékin

Rouge karma

Jaune camion

Mas de Vert
B.P. 20150
13631 Arles cedex

www.editions-picquier.fr

En couverture : © Jacopo Colombo/Getty images

Conception graphique : Picquier & Protière

Mise en page : M.-C. Raguin, www.adlitteram-corrections.fr

ISBN : 978-2-8097-1350-3

Niuerguli s'écarta à quelques mètres du corps étendu et se pencha pour essuyer la lame de son coutelas sur le gazon gelé. Le sang avait rejailli sur son manteau et laissait une large tache noire sur le bleu sombre de sa manche droite. Il y en avait aussi sur le bas de son pantalon et ses chaussures, et on pouvait voir des mouchetures jusque sur son visage buriné. Le sang se figeait déjà dans le froid. Malgré la nuit noire et l'indigence de l'éclairage urbain entre les blocs massifs des immeubles, on aurait pu les voir à cause du ciel bas qui reflétait la lumière orangée de la ville. Mais il n'y avait pas eu de cri parce qu'il lui tenait la main sur la bouche pendant qu'il lui entaillait le cou. A cette heure et par ce froid, les gens dormaient à poings fermés ou restaient abrutis, vautrés sur leurs chaises, devant les inepties télévisuelles des programmes nocturnes, à l'abri dans leurs appartements, fenêtres closes.

— Dépêche-toi, on n'est pas dans la steppe, ici ! cria en dialecte ouïghour un des deux autres hommes qui surveillaient le concierge prostré, tremblant sur le béton glacé du perron, la tête enfouie dans ses bras repliés contre la porte du hall pendant que Niuerguli accomplissait sa besogne.

Celui-ci leva la tête vers la façade de l'immeuble. Quelques fenêtres laissaient filtrer la lumière bleutée et changeante d'écrans télé.

— Restez dans l'ombre et ne passez pas sous le réverbère, dit le troisième. Le concierge nous a vus. Inutile que les caméras nous tirent le portrait !

Ils avancèrent en longeant le mur sur une dizaine de mètres, puis obliquèrent à la queue leu leu suivant un angle de trente degrés pour passer derrière un gros cyprès qui les cachait de sa masse, puis ils obliquèrent encore à angle droit pour se retrouver sur l'avenue. Leur trajet étrange semblait prémédité. Niuerguli leva la tête pour voir la position de la caméra, fixée à trois mètres de hauteur sur la façade du premier bloc.

— Ça va, dit-il. C'est l'angle mort.

Ils remontèrent sur une trentaine de mètres vers l'ouest, ouvrirent les portières et s'engouffrèrent dans la voiture. Les bus de nuit et les taxis filaient sur l'avenue. Pas de voiture de police, pas de passant. Niuerguli pris le volant, démarra.

20 décembre

Le froid était tombé, sec comme un coup de trique, sur le nord du pays. La neige, à quatre-vingts kilomètres au nord de Tiananmen, avait déposé un filet de ouate blanche sur la Grande Muraille et dans les collines. Dans le creuset du centre-ville, se déversaient les gaz d'échappement et les fumées du chauffage au charbon des vieilles maisons des *hutong*. Il faisait un ou deux degrés de plus au centre de Pékin que dans ses conurbations et trois de plus que dans les campagnes environnantes. On avait pris l'habitude de voir des masques antipoussière blancs cacher le bas du visage des gens. Le brouillard délétère limitait en permanence la vue et cachait le sommet des hauts immeubles du centre-ville. Le grand jeu était de deviner l'indice de pollution au goût que l'air laissait dans la bouche. Le jour, c'était le gris qui régnait en ville. Dès le coucher du soleil, le froid sibérien figeait tout comme dans un cristal. La pollution baignait Pékin.

La nuit semblait calme mais ce n'était qu'apparence et les voitures de patrouille blanc et bleu de la Gong An sillonnaient les avenues avec trois flics à bord.

Le long de l'avenue Dongzhimen, cinq tours de dix étages, toutes pareilles, deux en bordure de l'avenue et trois en retrait, formaient un bloc résidentiel bas de gamme. La voiture de police était arrêtée devant le premier immeuble, qui abritait le comité de quartier au rez-de-chaussée. Le gyrophare tournait. Les trois agents de la sécurité publique s'étaient avancés entre les immeubles, au pied de la tour numéro 4. Le réverbère devant l'entrée éclairait un groupe de personnes. Ahuris et ensommeillés, une demi-douzaine de résidents en pyjama, poussés là par une curiosité morbide, une veste chaude jetée sur les épaules, fumaient silencieusement en avançant des têtes qu'on aurait crues en pâte de soja. A dix mètres sur leur droite, couchée sur l'allée bétonnée, s'étalait une forme sous une couverture maculée d'une grande tache brune et brillante sous la lueur du réverbère. Deux pieds chaussés de pantoufles dépassaient. Près du gros container métallique vert, une poubelle de cuisine, au contenu répandu comme la tripaille d'un ventre ouvert, gisait à deux mètres du corps étendu. Le concierge de la tour, assis sur le béton glacé du perron d'entrée, hochait la tête d'avant en arrière, levant de temps à autre les yeux sur les deux flics qui lui posaient des questions. Le troisième policier, en retrait, téléphonait.

— Résumons ! Vous êtes sorti quand vous avez entendu crier. Vous avez vu trois ou quatre individus en frapper un autre. C'est trois ou c'est quatre ?

— Je ne sais plus... trois, je crois.

— C'est sûr ?

— Oui, c'est sûr. J'ai eu peur. Je n'ai pas les idées claires, mais je me souviens maintenant. Ils étaient bien trois, affirma-t-il en hochant vigoureusement la tête.

— Bon ! Ces trois individus frappaient la victime, c'est bien ça ? Pour vous, c'est « frapper » ce qu'ils ont fait là ? questionna le flic.

Il était plus âgé que le second et la barrette de son uniforme signalait un gradé. L'autre, visage lisse et sérieux, restait en retrait et prenait des notes dans un calepin.

Le concierge baissait tant la tête qu'on ne voyait que sa casquette – une de ces casquettes de toile bleue d'une époque révolue.

— Oui, monsieur l'agent, geignit-il après un temps. Ils l'ont frappé. J'ai cru à une simple bagarre. J'ai crié moi aussi et j'ai dit que j'allais téléphoner à la police. Ils m'ont regardé et l'un d'eux a dit quelque chose en ouïghour.

— En ouïghour ! s'écria le policier. Vous parlez le ouïghour ?

— Non, se défendit le concierge, mais j'ai fait mon service militaire au Xinjiang. J'en connais quelques mots et je reconnais les sons.

— Bien ! Nous vérifierons ça ! Qu'avez-vous fait ensuite ?

Le vieil homme se tordait les mains. Il baissait encore plus la tête et la secouait doucement.

— Eh bien ! Qu'avez-vous fait ? insista le policier au carnet.

— Ils n'avaient pas l'air d'avoir peur de moi et j'ai fait un pas en arrière.

— Pas étonnant ! fit le flic, sarcastique.

— C'est que le ouïghour avait un grand couteau, long au moins comme ça, précisa le concierge en écartant les bras. Il y en a un qui s'est approché et il m'a poussé et je suis tombé par terre.

— Comment ils étaient, ces types ?

— Celui qui tenait le couteau était très brun de peau et il portait une barbiche au menton, les autres je ne pourrais pas les décrire très précisément. Un très maigre et un autre avec une boucle d'oreille, c'est tout ce que je me rappelle.

— Et ils ont coupé la gorge de la victime après ?

Le flic en retrait notait toujours dans son carnet. Le concierge frissonna. Il sembla se tasser un peu plus encore et dit d'une voix mal assurée :

— J'étais au sol et je n'ai rien vu mais j'ai entendu le bruit du métal. Comme quand on frotte deux lames entre elles pour les aiguiser. C'est ça, le bruit que ça fait !

— Bon, bon, pas la peine de rentrer dans les détails maintenant, dit le gradé. Reprenez-vous et dites-moi qui est la victime. C'est un résident de l'immeuble, n'est-ce pas ? Il est en pantoufles.

Mais le concierge restait prostré, remuant sa grosse tête d'avant en arrière.

— Vous le connaissiez ? insista le jeune flic en griffonnant des notes dans son carnet.

— J'ai pas eu le temps de voir.

— D'accord ! fit le flic au carnet, je vais voir s'il a des papiers.

Le gradé lui jeta un regard noir.

— Il faut attendre le légiste pour ça. Tu touches pas au corps ! Ben Su, tu as eu le central et tu leur as dit que des Ouïghours étaient peut-être impliqués ?

Le troisième flic s'approcha.

— Oui, brigadier. Du coup, ils envoient un inspecteur. Il arrive !

Le lieutenant Ma Gong était mal réveillé. C'était bien sa chance, un meurtre commis une nuit où il était d'astreinte ! Avec les troubles au Xinjiang, la mention de Ouïghours impliquait automatiquement la sécurité d'Etat. L'affaire pouvait être sérieuse. Une voiture pie avait traversé les allées de la cité de la police pour aller le chercher au pied de l'immeuble de fonction où il habitait pour les premières constatations à deux heures vingt et ils filaient dans la nuit glacée sur le deuxième périphérique presque désert en direction de l'avenue Dongzhimen est. Une voiture-ambulance allait les rejoindre devant la résidence Huangan avec le légiste, son assistant et un technicien à son bord. Vingt minutes plus tard, Ma arrivait à l'entrée de la résidence. Il demanda au chauffeur de rester dans la voiture et s'avança. Beaucoup d'appartements de la tour numéro 4 étaient éclairés et certaines fenêtres étaient ouvertes. Des gens s'y encadraient pour regarder ce qui se passait. Au pied de l'immeuble, il y avait un petit attroupement. Spectacle gratuit ! Les légistes étaient déjà là. La couverture était soulevée. Un homme gisait sur le dos dans une mare de sang. Un technicien à lunettes installait un spot à batterie puissant pour éclairer la scène. Le brigadier de la sécurité publique fut le premier à voir le lieutenant arriver. Il s'immobilisa, n'ayant plus l'initiative de donner des ordres. Ma était carré d'épaules. Sous la casquette de lieutenant, des cheveux restés noirs et fournis, coupés très court sur une tête aux yeux tristes auraient fait de lui un bel homme de cinquante ans, si ce n'était ses grandes oreilles décollées qui lui donnaient l'air d'un pot avec des anses. Les badauds s'écartèrent pour le laisser entrer dans le cercle de lumière.

— Qu'est-ce que c'est que tout ce monde ? fit Ma. Faites-les rentrer chez eux immédiatement ! Excepté les témoins directs. Qui est dans ce cas ?

Le brigadier s'avança.

— Il n'y a que cet homme. M. Hong. C'est le concierge. Il a tout vu.

Pendant que le jeune agent obligeait sans ménagement les gens à rentrer chez eux, le brigadier confiait à Ma la fiche sur laquelle il avait noté l'identité des badauds et du concierge. Il expliqua que c'est la femme de celui-ci qui avait appelé la sécurité publique à onze heures cinquante-cinq, quelques minutes après l'agression. Quand ils étaient arrivés, le concierge était encore en état de choc. Le brigadier parlait à voix basse et réfléchissait soigneusement à ce qu'il disait. Les oreilles décollées de Ma faisaient souvent cet effet : on lui attribuait une capacité d'écoute qu'il était loin de posséder.

Ma alluma la première cigarette d'une longue nuit blanche.

— Connaît-on l'identité de la victime ? demanda-t-il en soufflant la fumée.

— Le concierge dit qu'il ne l'a pas reconnu, expliqua le brigadier.

Ma se dirigea vers le cercle de lumière dont le cadavre formait le centre et il salua le légiste.

Celui-ci était en train de fouiller les poches du mort. L'homme avait été proprement égorgé. La plaie béait comme une bouche ouverte d'une oreille à l'autre. L'éclat de l'os luisait, blanc entre des franges de ce qu'un flic cynique aurait considéré comme de la viande. Le sang coagulait, se figeait et maculait généreusement son visage. Il y avait des éclaboussures jusque sur le mur. Sous le corps, une doudoune marron foncé baignée de sang.

— Rien dans les poches, évidemment, c'est un vêtement de nuit. Il était en train de descendre ses poubelles, je suppose, commenta le légiste.

— Et dans la doudoune ?

— J'allais voir, lieutenant. Il l'avait sans doute passée sur les épaules pour descendre.

Il écrasa le mégot et s'accroupit près du médecin penché sur le corps. Celui-ci avait retourné le cadavre et vidait les poches de la doudoune. Il n'y avait rien. « Merde ! » dit Ma. Il frissonna et eut une envie irrépressible de retrouver son lit. Il ne voulait pas que l'on traîne toute la nuit en faisant défiler des voisins jusqu'à ce qu'il y en ait un qui reconnaisse l'homme égorgé. Il se releva et appela le concierge.

— Monsieur Hong ! Pouvez-vous venir ici ?

Le concierge fit mine de se relever, mais il resta sur place.

— C'est que... j'ai peur des morts !

— Il ne vous fera rien, dit Ma. Regardez, nous allons remonter la couverture jusque sous son cou et vous ne verrez que le visage.

Ma alla chercher M. Hong et le prit par le bras jusqu'au cadavre. Le légiste avait eu le temps de remonter la couverture tout empoissée de sang et il nettoyait le visage avec une lingette.

— Il... il y a du sang sur son visage, dit le concierge.

— Juste un petit coup d'œil. Vous le reconnaissez ?

M. Hong haletait presque, mais le visage du lieutenant Ma devint soudain blanc comme neige. Maintenant que le visage était propre, il reconnaissait lui aussi la victime.

— Il s'appelle Sun Jie, n'est-ce pas ? dit-il.

— Oui, c'est Sun, le locataire du huitième, confirma le concierge.

Le légiste fixait Ma, les sourcils remontés sur son front.

— Vous connaissiez la victime ? fit-il.

Sans répondre, Ma s'adressa au concierge.

— Qui habite avec lui ?

— Attendez ! dit M. Hong, pressé de fuir la vue du corps. Je vais chercher le registre.

Il ne s'absenta pas longtemps. Rapidement revenu sur place, il parcourait les lignes de son cahier avec un index taché de nicotine. Il s'arrêta sur l'appartement numéro 28.

— Sun Jie, ouvrier du bâtiment, Sun Lanhua, sa femme, institutrice, et Sun Jing, leur fils de dix ans.

Ma se détourna et se passa la main dans les cheveux en essayant de retrouver ses esprits. Il ne se sentait pas le courage d'annoncer la catastrophe à la femme d'un ami de jeunesse, même s'il ne l'avait jamais rencontrée. Sun et lui s'étaient perdus de vue depuis des années et chacun avait suivi sa voie. Quelle avait donc été la sienne pour l'amener à se faire égorger comme un porc ? Il se tourna vers le gradé.

— Brigadier, prenez votre adjoint et montez avertir sa femme. Sun Lanhua, appartement 28, dit-il. Il reprit d'une voix lasse : Et essayez d'y mettre les formes, il y a un enfant d'une dizaine d'années. Oh ! brigadier, si vous n'y voyez pas d'inconvénient, je voudrais donner une petite tâche à votre troisième homme.

Le brigadier opina. Ma regarda la porte de l'ascenseur se refermer sur les deux flics et retourna sur le perron. On avait empaqueté le corps. L'adjoint du légiste et le technicien le soulevaient pour le déposer sur la civière pliante. Le dernier agent restait inactif, les bras ballants, attendant le retour de son supérieur. Ma alla vers lui et lui demanda d'aller jeter un œil dans les buissons, au pied des immeubles et de soulever les couvercles des containers pour chercher l'arme du crime, un couteau probablement assez long. Il regarda la position des caméras de surveillance. Le crime n'avait pu être filmé, car aucune ne couvrait l'entrée du bâtiment. Il descendit la courte allée entre les réverbères qui menait à l'immeuble numéro 1 de la résidence où il avait vu le panneau du comité de quartier. Il n'en aimait guère les permanentes en général, vieilles revêches donneuses de leçon, promptes à dénoncer. Elles lui rappelaient de mauvais souvenirs. Des souvenirs liés justement à la victime (il devait s'habituer maintenant à appeler Sun Jie *la victime*) et qui remontaient à plus de vingt ans en arrière, mais les vieilles femmes du comité constituaient une source non négligeable d'information. Moins omniprésentes qu'autrefois, elles veillaient toujours au civisme des résidents et fourraient leur nez partout où l'équilibre social pouvait être, à leurs yeux, menacé. Pas de lumière derrière la fenêtre de la permanence. Ma frappa à la porte par acquit de conscience, sans succès. Il leva la tête. La lueur orangée des réverbères se reflétait sur le ciel bas. Il était seul sur l'allée entre les immeubles. L'ambulance était partie avec Sun dans un linceul en plastique. Ma alluma une autre cigarette. Allait-il attendre que le brigadier et son adjoint redescendent ? Il pouvait voir la voiture banalisée qui l'avait amené. Le chauffeur dormait, la tête renversée. En tirant sur sa cigarette, Ma repensait à ce printemps de 1989 où, étudiant à l'école de police, il s'était trouvé sur Tiananmen parce qu'on avait annoncé la mort du secrétaire général du Parti Hu Yaobang et qu'il croyait encore la démocratie possible en Chine. Il faisait partie de cette foule triste qui se pressait devant le monument aux héros du peuple où avait été accroché un portrait du camarade Hu et de la première fois où il avait vu Sun Jie. C'était un grand gaillard, cheveux drus comme un gazon de montagne, pantalon de travail bleu et veste en jean qui devait coûter plus cher qu'une bicyclette – marché noir ou contrefaçon, sans doute. Il tenait dans ses mains vastes et carrées comme des battoirs, une pierre d'au moins cinq livres. Il la tenait serrée sur sa poitrine, cette pierre, comme si sa vie en dépendait. Si un flic le voyait avec ça à la main, il penserait projectile, sabotage, désordre en tout cas et le garçon aurait des ennuis. Ma n'avait pu s'empêcher de s'approcher de lui en jouant des coudes, mais, parvenu à ses côtés, il n'avait su que dire. Le garçon avait remarqué le regard insistant que Ma posait sur son fardeau et, écartant la pierre de sa poitrine, la lui avait présentée ostensiblement. D'un rapide coup d'œil, Sun avait cherché un brassard ou un insigne d'université, mais il n'avait rien vu qui le renseigne sur les études de Ma. Quelle importance, après tout ? Mais, s'il s'était douté que Ma était à l'académie de la sécurité publique, peut-être aurait-il hésité à se confier et aurait-il pris peur. Sun était comme ça : optimiste, confiant, naïf en tout cas. « Tu te demandes pourquoi je porte ça ? » avait-il dit d'une voix basse et compassée. En effet, alors qu'on attendait pour déposer les hommages au camarade Hu, personne ne parlait. Faces de douleur, silence de plomb. Ma s'était surpris à sourire et avait fait « oui » de la tête.

— C'est pour déposer sous la photo du camarade Hu.

— Tu veux poser un caillou au milieu des gerbes de Hu Yaobang ? avait fait Ma, ahuri.

Sun s'était mis à rire, nerveusement mais comme à l'étouffée.

— Ce n'est pas ce que tu croies, c'est un échantillon de réalgar. Le réalgar est rouge comme le communisme. C'est la plus belle pièce de ma collection.

— Tu collectionnes les pierres ?

Ma s'en était voulu de cette question. Il ne pouvait décidément pas s'empêcher d'enfoncer des portes ouvertes, mais Sun ne lui en avait pas tenu rigueur.

— Elle vient du Hunan, la région d'origine de Hu. (Un blanc suivit que Sun se crut obliger de combler.) Un hommage, précisa-t-il, ce n'est pas forcément des fleurs ou un poème. Ça devrait être ce à quoi on tient le plus et... ce à quoi je tiens le plus, c'est ma collection de minéraux.

Sur le moment, ce qui avait impressionné Ma, ce qu'il avait trouvé le plus original dans cette pensée, c'était ça, pas seulement une idée, mais un acte qui était en lui-même une idée : la véritable générosité, la vraie honnêteté, c'est de sacrifier volontairement ce à quoi on tient le plus. Le secrétaire du Parti Hu avait sacrifié une part de sa carrière politique à ce qu'il pensait bon pour la jeunesse de Chine.

— Un minéral, ce n'est pas une pierre avait repris Sun. C'est comme quand tu dis « fleur » pour une pivoine ou une fleur de courge. L'une est la quintessence de la beauté, l'autre n'est que l'embryon d'un légume.

L'air exalté de Sun marqua le futur lieutenant. « Certains hommes sont des rouages dans la machine socialiste », continua le jeune étudiant. « D'autres sont des pièces du moteur. Ils sont exceptionnels. Nous pensons tous, ici, que Hu Yaobang était exceptionnel. Si Hu avait été une fleur, il aurait été une pivoine, s'il avait été une pierre, il aurait été du réalgar. »

Ma sentit le froid de la nuit lui tomber sur les épaules. Il frissonna en bâillant. Il se sentait abattu et triste. Il alluma une autre cigarette, mais elle l'écœura à la première bouffée. Il l'écrasa au pied du vieux cyprès qui bordait l'allée et se dirigea vers le brigadier qui venait de redescendre. Il alla vers lui et lui demanda d'aller chercher le concierge, de le conduire au service criminel immédiatement, afin qu'on prenne sa déposition et qu'on s'attelle à l'établissement d'un portrait-robot tant que ses souvenirs étaient frais. Il lui spécifia aussi d'appeler le service informatique pour les caméras de surveillance du périmètre afin de vérifier ce qu'elles avaient enregistré. Le brigadier ressortit rapidement, suivi du concierge, un manteau matelassé sur le dos et une écharpe autour du cou. Ma lui tendit sa carte en lui demandant de l'appeler personnellement si quelque chose lui revenait plus tard ou s'il revoyait un des assassins.

Dans la nuit froide comme un linceul glacé, l'inspecteur Ma regarda l'endroit où était le cadavre un instant plus tôt. L'herbe brunie par le sang brillait encore sous la lumière du réverbère. Peut-être que les positions hétérodoxes de Sun avaient fini par lui être fatales.

21 décembre

Le temps était gris, mais l'air restait sec et le soleil tardait à percer. Le froid l'engourdissait. L'inspecteur Ma n'avait pas dormi. Il quitta la chaleur de son appartement de la cité de la police et traversa le parc séparant les appartements de fonction pour être à huit heures à son bureau. Il monta directement en salle de réunion.

La situation financière de Sun avait été épluchée et rien de louche n'en était ressorti. Les assassins n'apparaissaient pas dans le champ des caméras de surveillance à proximité de la résidence, quant à celles de l'avenue, trois étaient en panne. On en était vite venu à la seule chose à laquelle se raccrocher pour l'instant : les Ouïghours. Un membre de la sécurité nationale s'était invité au briefing matinal, mais il avait rapidement été établi que le meurtre ne pouvait être considéré comme un acte terroriste des séparatistes du Xinjiang et, de plus, seul le témoignage du concierge laissait supposer qu'un Ouïghour y avait participé. La sécurité nationale avait décidé de laisser cette affaire aux mains de la section criminelle, se contentant de garder l'œil ouvert. Le chef du bureau avait décidé de confier l'affaire à Ma qui avait été le premier sur les lieux.

Au sortir de la réunion, celui-ci avait décidé de ne pas convoquer Mme Sun pour l'interroger. Par égard pour la mémoire de son ami assassiné, Ma voulait rendre personnellement visite à sa femme. Son adjoint, le jeune Zhou Pinghuai, l'accompagnait. Ma soufflait dans ses mains, le regard impénétrable, en se dirigeant vers le parking souterrain de la police et Zhou lui jetait fréquemment des regards en coin. Ma lui avait rapidement confié avoir connu la victime. Ce matin, il trouva l'inspecteur particulièrement sombre. Plus sombre encore que d'habitude. Si Ma, marqué par les désillusions des événements de Tiananmen en 1989, se révélait taciturne et pessimiste, son adjoint affichait cet air déluré et arrogant des jeunes gens de la nouvelle génération qui vivent depuis leur naissance dans un pays à la croissance à deux chiffres et à qui tout semble dû. Issu d'une famille pauvre, l'enfant roi de la génération « enfant unique » s'était enrichi chez lui du prestige et de la crainte inspirée par l'uniforme. Dans son adolescence, il avait même failli mal tourner et quelques camarades de jeunesse qui l'auraient vu au jour d'aujourd'hui propre, le cheveu court et le corps svelte sanglé dans un uniforme de la police auraient eu du mal à le reconnaître.

Ils prirent une des voitures de patrouille. Le périphérique était très encombré. Ma avait poussé le chauffage à fond. Zhou n'arrivait pas à décrocher un mot à son chef. La fréquence interne débitait des parasites et de courts messages où l'on reconnaissait parfois l'indicatif ou la voix d'un collègue répondant à un appel. Le trajet leur prit plus d'une heure. Ma gara la voiture à la même place. La lumière crue de janvier avait effacé l'aspect lugubre de la résidence et le macabre de la scène du meurtre. Les traces brunes du sang répandu maculaient encore le sol, mais le choc que Ma ressentait chaque fois devant le spectacle de la violence s'était évaporé avec le jour. L'obscénité de la mort avait laissé place à de simples considérations théoriques sur la manière dont les choses s'étaient passées. Ma et Zhou entrèrent dans le hall. Le concierge n'était pas dans sa loge sur le côté droit. Ma appela l'ascenseur. La cabine craquait en montant les huit étages. Elle semblait ahaner comme un vieil âne sous le bât. Zhou, bavard de nature, ne put supporter le grincement de la machine et le silence de son chef.

— Inspecteur Ma, dit-il en cherchant sa question, quel effet cela fait-il de travailler sur le meurtre de quelqu'un qu'on connaissait ?

Ma regardait ses chaussures à ce moment-là et était fâché d'abandonner ses ruminations. Il redoutait l'entrevue avec Mme Sun. Il soupira.

— J'ai connu la victime, mais c'était il y a plus de vingt ans, dit-il. Nous nous étions perdus de vue.

— Tu ne connais pas sa femme ni son fils ?

Ma hocha négativement la tête.

Ils furent secoués par l'arrivée à l'étage. La porte s'ouvrit sur un palier sombre. Le caractère « Sun » au stylo-bille était collé au-dessus de la sonnette. Ma la tourna et le son aigrelet lui parut de mauvais augure. Il n'avait toujours pas décidé s'il devait avouer à Mme Sun avoir connu son mari dans sa jeunesse. D'un côté, il pourrait tirer avantage du fait pour lui soutirer des informations, mais d'un autre côté, il répugnait à remuer le passé. Ce passé qui venait s'immiscer dans le travail qu'il devait mener. Ils entendirent des pas lourds et la porte s'ouvrit sur une femme de petite taille au visage défait, pas du tout ce que Ma pensait voir. En fait, il ne s'attendait à rien de précis, mais l'image de la fille que Sun fréquentait à l'époque lui était restée en mémoire et il la comparait involontairement à la presque quadragénaire qu'il avait devant lui. A la vue des uniformes, elle s'effaça pour les laisser entrer. Elle parla la première, déclarant que, selon le brigadier de la sécurité publique qui était venu lui annoncer la nouvelle dans la nuit, elle aurait certainement une convocation et elle s'était arrangée pour qu'une lointaine cousine vienne prendre son fils et s'en occupe la journée. Le brigadier l'avait prévenue qu'avant de prendre sa déposition, on la conduirait à l'institut de médecine légale pour l'identification, puis, dans l'après-midi, des gens de sa *danwei,* son unité de travail, devaient venir pour l'aider à régler les questions administratives. Elle déclara qu'elle avait prévu d'utiliser sa période de congé de deuil pour retourner dans sa famille dans l'Anhui. Elle partirait dès les formalités remplies. En tout cas, elle ne pensait pas que les policiers viendraient la voir ce matin et elle s'excusa de ne pas être « présentable ». Elle était volubile comme pour oublier son malheur et le noyer dans un flot de paroles. Elle fit asseoir les deux hommes et, pour préparer un thé, entra dans la cuisine. De leurs chaises autour de la table, ils entendaient les bruits de vaisselle. Zhou questionna son chef du regard. Ma fit un signe évasif de la main. Leurs regards faisaient le tour de la pièce. Il flottait un parfum d'encens bon marché. Contre le mur de droite à la sortie de la cuisine se trouvait un réfrigérateur, trop volumineux sans doute pour le réduit qui servait de cuisine. Posé dessus, un petit autel formé d'une image de Bouddha, une bougie électrique, un fruit frais. Un calendrier avec photo du barrage des Trois Gorges au mur côtoyait une bibliothèque aux étagères surchargées de pierres de toutes les couleurs et de toutes les formes. Ma déduisit que Sun avait gardé sa passion des pierres, même si, à la suite de ses prises de position en 1989, il avait été contraint d'abandonner les études de géologie et qu'il avait dû se rabattre sur un travail plus prosaïque – « dans le bâtiment », avait déclaré le concierge en examinant son registre. Mme Sun revint rapidement et plaça trois bols sur la table.

— Madame Sun, commença Ma, nous savons que le moment est mal choisi, mais il le sera toujours, alors autant commencer maintenant. Racontez-nous ce qui s'est passé hier soir, depuis le début de soirée.

Elle versa le liquide brûlant dans les bols, lentement, sans rien dire. Zhou s'impatienta.

— Connaissiez-vous des ennemis à votre mari ? demanda-t-il.

— Non. Sun Jie travaille dans une entreprise liée au bâtiment. Il est très travailleur, bon citoyen et tout le monde l'aime...

Mais, sans pouvoir terminer son apologie, Mme Sun fondit en larmes. La digue avait craqué. Comme un incendie qui commence à enflammer les meubles puis embrase les murs et le toit, elle pencha la tête en avant puis la rejeta en arrière en sanglotant bruyamment et il ne fut plus possible d'endiguer le flot. Ma se leva, donna un coup de coude à Zhou qui renversa un peu du thé brûlant qu'il tentait d'aspirer et se leva aussi.

— Madame Sun, dit l'inspecteur gêné. Nous allons partir. Je suis désolé de vous imposer ça, mais vous ne devez pas quitter Pékin avant que nous ne vous y autorisions. Des formalités. Nous pourrions avoir à vous demander encore des choses. L'affaire de quelques jours tout au plus.

Ils sortirent en refermant la porte derrière eux. Ils ne savaient pas si Mme Sun avait compris ce que Ma avait dit. Les sanglots résonnaient encore dans le couloir.

— Il est trop tôt pour lui parler, constata l'inspecteur. Nous reviendrons plus tard. Allons rencontrer les vieilles du comité.

Ils retraversèrent l'allée conduisant au premier bâtiment. Un petit panneau signalait le comité de quartier et une vitrine d'affichage pour les circulaires était accrochée dans le hall. Le local occupait un appartement du rez-de-chaussée et la porte en était ouverte, le chauffage central fonctionnant à plein. Sous les affiches annonçant la fin de la politique de l'enfant unique, les avancées de la campagne anticorruption et les bienfaits de la vaccination, une dame aux cheveux blancs et courts s'occupait de paperasse à son bureau quand ils entrèrent. Elle leva la tête et voyant les uniformes, lâcha toutes affaires cessantes son stylo pour venir à leur rencontre, les saluant de la tête à plusieurs reprises.

— Vous venez pour l'histoire de cette nuit, n'est-ce pas ?

Ma acquiesça d'un mouvement de tête.

— Nous venons surtout pour avoir des renseignements en ce qui concerne ses rapports avec son voisinage.

— J'ai eu plusieurs fois l'occasion de parler avec la femme du mort. C'était au sujet de leur petit garçon qui est un peu turbulent. Il jouait au ballon avec des copains de l'école entre les tours et cela pouvait gêner les résidents. Il y a eu une vitre cassée un jour.

La femme contourna son bureau et prit dans un classeur métallique un registre qu'elle consulta en mouillant le doigt chaque fois qu'elle tournait une page.

— Les Sun ont aménagé ici il y a cinq ans. C'est la *danwei* du mari qui leur a trouvé ce logement. Avant, ils étaient dans une *hutong*[1] du district de Xuanwu. Ils n'ont jamais justifié que le comité se mêle de leurs histoires. Il n'y a eu qu'une chose que ma collègue a notée. C'est une rixe impliquant M. Sun il y a trois jours.

Ma s'avança et posa les deux mains à plat sur le bureau.

— Une rixe ? Qu'est-ce que vous voulez dire ?

— Je ne sais pas ce qui s'est passé, c'est juste mentionné comme ça dans le registre. Il faudrait que vous voyiez avec la camarade Guo. Elle était chez elle quand la bagarre a éclaté. Dimanche matin, elle a noté dans le registre : « Rixe entre Sun du 8e de la tour 4 et des inconnus à onze heures du soir. Une ambulance a emporté Sun à l'hôpital. » (Elle fit glisser son doigt quelques lignes plus loin.) Il n'y a pas d'autres notes le concernant, jusqu'à aujourd'hui où j'étais en train de consigner ce qui est arrivé dans la nuit, conclut-elle.

Ma fronça les sourcils.

— Mme Sun est malade, reprit la permanente. Elle prend des médicaments pour la tête.

— Merci pour ces informations, madame. Pouvez-vous nous donner l'adresse de la camarade Guo ? demanda Ma.

---

1. Ruelles tortueuses aux maisons sans étage, présentant à la rue de longs murs aveugles troués de portails ouvrant sur des cours carrées.

Un soleil timide avait percé la grisaille mais ne parvenait pas à les réchauffer et ils se frottaient les mains l'une contre l'autre. Ils se dirigeaient vers la tour 3, distante d'une trentaine de mètres à peine de celle de Sun, à la recherche de Mme Guo, permanente du comité de quartier. Quelques minutes plus tard, ils entrèrent dans l'immeuble et abordèrent une femme à la silhouette imposante en train de passer un énergique coup de balai dans la cage d'escalier. C'était Mme Guo. Ils lui demandèrent les détails de la rixe. La camarade Guo s'appuya sur son balai. Des couches de pulls l'engonçaient dans une de ces vieilles vestes en coton bleu unisexe des années 1970, et on aurait cru, en la voyant, à une greffe de l'arbre mort des années de la Révolution culturelle sur celui, vigoureux mais tordu, du début du XXIe siècle. Ma savait que pour des jeunes de l'âge de Zhou, ça ne voulait rien dire, mais pour lui, l'habitude qu'avaient pris ces vieux de se surveiller les uns les autres était une seconde nature. Ils pourraient se fier à son témoignage si ce qu'elle allait raconter était lié au meurtre de Sun.

Elle secoua la tête de droite à gauche. Les petites fentes de ses paupières clignaient dans la lumière froide du hall.

— De nos jours, dit-elle, on n'est plus en sécurité ! C'était vers onze heures, je crois. Il y a eu du remue-ménage. J'avais allumé la télé et mon mari et moi étions installés quand du bruit a couvert le son de l'émission… nous mettons toujours le son assez bas pour ne pas gêner les voisins, voyez-vous. Je suis allée à la fenêtre. De là, on voyait le pied de la tour 4. Cinq individus se battaient. Ils renversaient les poubelles, ils criaient. Elle s'arrêta et riva ses petits yeux dans ceux de Ma. Camarades policiers, fit-elle, j'ai appris au cours de ma longue vie que les événements sont comme les grains. Si on les plante, ils germent, si on les arrose, ils poussent et un beau jour vient la récolte. Une plainte a été déposée au commissariat après cette bagarre. Et si la sécurité publique avait enquêté, ce qui est arrivé cette nuit ne se serait pas produit ! Dans le temps, le moindre incident était politique. Une bagarre comme ça trouble la paix sociale. Sun aurait dû faire une autocritique et on aurait su les raisons qu'avaient ces individus de s'en prendre à lui ! Je suis au Parti depuis 1976, l'année de la mort du Grand Timonier, et depuis les choses n'ont cessé de se dégrader...

Le jeune Zhou dansait d'un pied sur l'autre, agacé par les propos de la camarade Guo. Il allait prendre la parole, mais Ma le devança.

— Qu'avez-vous vu ?

— Je vous l'ai dit : trois hommes qui s'acharnaient sur un quatrième. Comme personne ne bougeait dans la tour 4, j'ai envoyé *lao* Tan, mon mari, pour qu'il fasse cesser cette bagarre, mais le temps qu'il descende, les trois inconnus étaient partis. M. Sun gisait inconscient et plein de sang devant le perron de la tour. D'autres voisins sont descendus. Tout le monde criait.

— Mme Sun était-elle descendue aussi ?

— Je ne l'ai pas vue, mais je n'ai pas pris garde à qui était là et qui n'y était pas. J'ai téléphoné à l'hôpital, l'ambulance l'a emporté. Il était de retour dimanche soir avec des pansements sur un visage tout boursouflé. Ils lui avaient fêlé une côte. J'ai voulu en parler avec Mme Sun. Je l'ai coincée alors qu'elle partait chercher son fils à l'école le lendemain. Elle pensait que c'était des voyous qui avaient attaqué la première personne qu'ils avaient croisée et c'est, à ce qu'elle m'a raconté, ce que lui avait dit son mari. Je n'en sais pas plus. Je lui ai demandé s'ils avaient déposé une plainte au commissariat, comme ces choses ne sont plus automatiques aujourd'hui. Elle m'a assuré que Sun l'avait fait.

Ma conduisait, mutique. L'avenue Chaoyang défilait derrière la vitre et Ma essayait d'éviter les bus qui se rabattaient intempestivement. Des vélos suivaient la file en bordure de trottoir, annonçant par leur densité l'heure proche du repas. La radio grésillait. Zhou consultait, imperturbable, les notes qu'il avait prises dans son calepin.

— On peut déduire de tout ça que les mêmes types ont essayé de tuer Sun samedi et ils ont réussi dans la nuit d'hier, dit-il sans lever la tête du carnet.

Ma coupa la radio.

— Ça ne tient pas, trancha-t-il. Qu'est-ce qui aurait pu les empêcher d'égorger Sun après lui avoir cassé la gueule ?

— Le mari de Mme Guo.

— Egorger quelqu'un ne prend que quelques secondes et Mme Guo a dit que, le temps que son mari descende, les Ouïghours avaient disparu.

— Peut-être voulaient-ils quelque chose que Sun leur a donné ?

— Pourquoi revenir deux jours après pour le tuer ?

— Ce qu'il leur a donné ne convenait pas.

— Dans ce cas, pourquoi Sun a-t-il descendu les poubelles au risque de se faire encore une fois attaquer ? S'il les avait trompés, il se serait douté que les Ouïghours allaient revenir.

— Vous avez raison, lieutenant, et les Ouïghours l'attendaient en bas. Ils étaient sûrs que Sun allait descendre.

Ma pensa qu'il faudrait demander à la femme de Sun s'il descendait toujours les poubelles à cette heure-là. Cette nuit, s'interrogeant sur la poubelle renversée près du corps, il avait demandé au concierge et celui-ci lui avait dit que cet immeuble n'était pas équipé de vide-ordures. Cela signifiait que les Ouïghours espionnaient Sun et qu'ils connaissaient parfaitement ses habitudes.

— Je pense que la prochaine étape est d'aller consulter la plainte que Sun a déposée au commissariat, dit Zhou.

— Tu vas y aller tout seul, corrigea Ma. Je vais t'y déposer. Tu devrais avoir fini vers midi. Tu pourras manger à la cantine du commissariat. Je repasserai te chercher vers une heure. J'ai à faire ailleurs.

Un grand cylindre blanc et bleu, accroché sur la façade du commissariat de quartier, indiquait les caractères *gong an* et, au-dessous, les lettres formant le mot « police ». La voiture stoppa en double file et Zhou descendit. Ma se réinséra dans la circulation. Encadrée par l'ouverture de l'avenue, la tour de CCTV dressait sa pointe vers le ciel envahi de brume polluée. Les feux au carrefour de Xuanwumen lui permirent d'appeler Li Sunli, son ex-femme. C'était une corvée et il avait repoussé le moment le plus possible, mais il fallait pourtant le faire. C'était l'heure où elle prenait sa pause-déjeuner. Elle décrocha. Le feu était toujours rouge. Un bus crachait ses gaz d'échappement juste devant. Il entendit une voix, sa propre voix, qui lui semblait étrangère : pleine de ressentiment et de peine. Il s'apprêtait à débiter d'une traite sa phrase préparée.

— Wei ! dit-il. Sunli, c'est moi. Je pensais prendre Xiuxiu ce dimanche. Ça ne t'embête pas ? Beihai est tout gelé. J'ai envie de l'amener faire du patin.

— Ce dimanche, c'est impossible, minauda-t-elle, mais je voulais justement te demander une faveur. J'ai une obligation ce soir qu'il m'est impossible de repousser. Xiuxiu va s'embêter. Ce serait vraiment gentil que tu viennes la chercher à l'école à cinq heures et que tu la gardes jusqu'à jeudi. Tu l'aurais ainsi presque trois jours.

Le feu venait de passer au vert et le bus cracha un nuage charbonneux. Ma grogna.

— Merde ! Je te demande pour dimanche et tu me proposes de la prendre aujourd'hui.

Juste à sa droite sur la file des vélos, Ma vit un jeune homme passer avec une jolie fille en amazone sur le porte-bagages.

— Ecoute, Ma Gong. Je t'assure que je n'y suis pour rien. Fais ça pour ta fille. Je t'assure qu'elle préférerait rester avec toi qu'être obligée de me suivre dans des endroits pas marrants. Pas plus tard qu'hier soir, elle t'a demandé. Elle était triste et j'ai eu beaucoup de mal à la consoler.

— Attends ! Je suis en pleine circulation. Je te reprends dans un instant ! dit-il en jetant le portable sur le siège passager.

Sunli savait y faire. Il se faisait toujours avoir, mais pas cette fois, ça non ! Il y avait une affaire importante. Un meurtre ! Un meurtre dont il connaissait la victime et Xiuxiu ne pouvait pas être là. Ça n'était tout bonnement pas possible. Ma donna un coup de la paume de la main contre le volant. La petite avait pleuré ! Il donna encore un coup au volant et reprit le téléphone.

— Sunli ! Je suis sur une affaire importante. Je ne serai pas vraiment disponible, se défendit-il, sachant déjà qu'il avait perdu.

— Oh, tu sais, c'est pour Xiuxiu. Elle serait tellement contente ! Moi je peux prendre une baby-sitter, mais c'est pour elle... et pour toi, aussi. Tu n'as qu'à la prendre à l'école à cinq heures et la ramener le matin à huit, plaida-t-elle.

— Mais l'école est à trois quarts d'heure !

— C'est toi qui n'as pas voulu déménager. Mais ça ne fait rien. Je lui expliquerais que tu ne voulais pas t'occuper d'elle.

— Aya ! fit-il. C'est bon. J'irai la chercher à cinq heures !

Il raccrocha sans savoir s'il était plus furieux de la circulation ou de l'attitude de Sunli. Il regarda sa montre. Nouveau feu rouge. Un taxi s'arrêta à sa hauteur sur la file de gauche. Ma pouvait voir l'effigie de Mao suspendue au rétroviseur intérieur. Censée porter bonheur au conducteur, elle se balançait d'avant en arrière au gré des à-coups de la circulation. Devait-il lui aussi s'en procurer une ? Il grogna encore entre ses dents. Il était de toute façon trop tard pour aller à l'institut médico-légal. Autant retourner chercher Zhou et acheter un *mantou* ou un bol de raviolis dans la rue en l'attendant.

Ma gara la voiture dans le parking devant le commissariat du district et chercha un vendeur ambulant pour manger sur le pouce. Il trouva un tricycle équipé de sa petite cabine vitrée qui servait de cuisine à un jeune homme affairé à faire cuire des brochettes d'agneau. Ma s'installa sur un banc avec une barquette et une cuillère en plastique, attendant à la sortie d'une cantine de la *danwei* de la police proche du commissariat. Il vit Zhou en sortir bientôt en reboutonnant jusqu'en haut sa chaude veste d'uniforme. Il l'appela. Zhou vint le rejoindre sur son banc, s'assit et extirpa un paquet de cigarettes de sa poche. Il en alluma une pendant que Ma raclait obstinément les bords ondulés de la barquette avec sa cuillère.

— C'est très malcommode, ces barquettes, observa Zhou.

Ma opina.

— Tu as obtenu des renseignements ? dit-il, la bouche pleine.

— Le vieux Du était de service, il m'a laissé consulter son ordinateur. Sun a bien déposé une plainte.

Tout en crachant la fumée, Zhou sortit son sempiternel carnet.

— Il n'a pas voulu que je fasse une copie. La plainte a été déposée lundi matin, donc le surlendemain de l'agression. Je te lis : le 18 décembre à 9 heures du soir, je sortais la poubelle comme je le fais tous les soirs, car notre immeuble n'est pas équipé de vide-ordures. Trois individus m'ont agressé.

Description des agresseurs : trois hommes à la peau foncée, cheveux courts, taille approximative pour tous, entre un mètre soixante et un mètre soixante-dix. L'un d'eux avait un blouson de cuir, les autres : ne se rappelle pas. L'un d'eux portait une barbiche. Ils s'interpellaient dans un dialecte que je ne connais pas. Question : Voyez-vous une raison à cette agression ? Hésitation, puis réponse : Non.

Zhou leva la tête.

— Donne-moi une cigarette, dit Ma.

— Il a peut-être menti concernant les raisons de cette attaque, dit Zhou en tendant le paquet à son chef.

Ma opina encore sans lever la tête. Il était grave, sachant que l'épreuve qu'il s'obligeait à subir maintenant consistait à aller voir le corps de Sun à la morgue.

Ils se garèrent dans le parking de l'Institut des sciences de l'expertise judiciaire Tongdashoucheng, dans le district de Haidian. Le toit des bâtiments plats se confondait avec le ciel d'un gris de cendre. Ils présentèrent leur requête. Pour un lieutenant de la section criminelle de la sécurité publique, les procédures sont grandement allégées et le ballet des papiers, autorisations et tampons des différents services concernés est réduit au minimum, aussi, un administratif proposa immédiatement de leur donner copie du rapport d'autopsie, mais Ma insista pour voir le corps. Comme il connaissait le chef du service, qu'ils s'étaient rencontrés sur les lieux du crime dans la nuit, on les conduisit à travers le bâtiment jusqu'au « frigo ». Il y avait de nombreux tiroirs métalliques le long du mur de la salle. Il y faisait presque aussi froid qu'à l'extérieur et la buée faisait de petits nuages devant les bouches.

— Aya ! Lieutenant Ma, dit le légiste avec un grand sourire et un fort accent du Sichuan. La nuit a été courte pour vous aussi, j'imagine ? Voyons, Sun Jie. Corps numéro 212, où l'ai-je mis. Ah ! Le voilà ! Ce n'est pas moi qui m'en suis occupé. D'autres urgences. Mais vous avez de la chance, un médecin a terminé l'autopsie en fin de matinée. Je vais vous le sortir et vous lire le rapport.

L'homme fit coulisser le tiroir et le corps de Sun apparut, recouvert d'un plastique blanc. Le médecin le replia sur le torse. La peau de Sun était blanche jusqu'à l'opalescence. Il avait été ouvert pour l'examen, mais recousu avec un soin relatif. La « boutonnière » jaunâtre qu'il avait autour du cou était propre et nette.

Elle lui courait d'une oreille à l'autre. Sur son visage, des meurtrissures bleues gonflaient la paupière droite, la lèvre était striée d'une coupure noire.

— Ah ! Ils ne l'ont pas manqué ! Il s'est vidé de son sang entièrement. Savez-vous qu'un corps ne contient pas plus de cinq ou six litres de sang, mais quand il est répandu, ça fait une sacrée flaque ! La mort survient en quelques secondes.

Zhou vit que son chef était pâle comme un linge. Quelle idée il avait eue de vouloir voir le corps. Un ancien ami ! « S'il n'est pas malade après ça, c'est qu'il a des boyaux de fer », se dit-il et comme s'il s'agissait d'une pensée prémonitoire, Ma s'appuya contre le chariot métallique.

— Lieutenant, que vous arrive-t-il ? fit le légiste inquiet.

— Quelque chose qui n'est pas passé à midi, fit Zhou laconique et complice en avançant une chaise vers son chef.

Le lieutenant s'assit.

— Ça va mieux, dit-il. San, vous pouvez le rentrer !

— Il faut manger, Ma ! dit-il. Savez-vous que j'avale un bol de riz comme ça tous les midis pour me tenir l'estomac ?

Il toussa, se racla la gorge. Il avait relevé un détail qui pouvait avoir son importance et, en parfait cabotin, se préparait à l'annoncer.

— Mon adjoint a fouillé la plaie et il a trouvé quelque chose. Un éclat de la lame est resté dans la blessure. Un millimètre ou deux. Pas grand-chose, mais avec une analyse spectrométrique, on obtiendrait une signature du métal, ça suffirait à identifier l'arme du crime si vous la retrouviez, dit-il.

Ma hocha la tête sans rien dire.

— Parlez-nous de ces blessures au visage, dit-il après quelques secondes, d'une voix qu'il tentait de maintenir audible.

— Aya ! Il a reçu une correction. Deux côtes fêlées, il portait un bandage fait à l'hôpital. Des coups sur la figure aussi comme vous avez pu le constater. J'ai téléphoné à l'hôpital où il avait été admis. Il y est arrivé samedi vers dix heures du soir et en est sorti dimanche en fin de matinée, mais c'était une bonne correction. On ne peut rien dire de plus. Voulez-vous que je vous fasse apporter quelque chose à manger, lieutenant ?

Ma se mit debout. Il paraissait reprendre possession de lui-même. Il se sentait mortifié de sa faiblesse, surtout devant Zhou. Il refusa et voulut quitter les lieux au plus vite.

Il était près de quatre heures de l'après-midi. Le soleil descendait déjà entre les tours récentes. Plein ouest, par une percée entre les immeubles, le kiosque perché sur la Colline de charbon au nord de la Cité interdite se profilait sur le disque petit et froid du soleil hivernal. Ma claqua la portière, attendit que Zhou s'installe et démarra. Il s'inséra dans la circulation de l'avenue Dongsibei. Zhou se frottait les mains et soufflait dessus, autant pour se donner une contenance que parce qu'il avait les doigts comme des bâtons glacés. Ma ne soufflait mot, comme toujours ces derniers temps. Zhou et lui ne se fréquentaient pas en dehors du travail. L'adjoint lui imaginait des ennuis de vie privée et il ne se trompait pas. Ma, quant à lui, cherchait le moyen de se libérer bien avant la fin de son service pour aller du côté de Xidan chercher sa fille à la sortie de l'école.

— Si nous retournons au poste central d'ici, on en a pour trois quarts d'heure dans la circulation, dit-il, mais si nous faisons un détour par le quartier musulman, on peut prendre par Changan et le premier périphérique.

— Je ne vois pas en quoi ça nous ferait gagner du temps, protesta Zhou.

— Nous pourrions ainsi aller nous renseigner sur la communauté ouïghoure, ou bien, avança Ma qui faisait semblant de réfléchir pendant qu'il parlait, tu pourrais le faire pendant que j'irais prendre des renseignements à l'entreprise qui employait Sun, je préfère aller là-bas que de convoquer son responsable au commissariat. Oh ! Pour ta démarche, ne t'inquiète pas de l'aval du chef Kou, je m'en occupe.

Zhou fit la moue, non à cause de l'entorse qu'il allait devoir faire au protocole établissant qu'un enquêteur ne travaillait jamais seul, mais parce qu'il allait devoir s'en retourner au commissariat en transport en commun et s'occuper seul du compte rendu avant de rentrer chez lui.

— Il te suffirait d'aller au commissariat du district de Haidian. Les Ouïghours font l'objet d'une surveillance sévère. Il faut explorer les fichiers et sélectionner les individus correspondant au signalement. Mais ce signalement est si mince qu'il est impossible d'organiser une rafle dans les milieux ouïghours. Il faut s'informer discrètement. Je préviendrais le chef Kou pour qu'il demande qu'on t'adjoigne des agents qui connaissent bien le quartier.

La circulation était fluide. Ma déposa Zhou devant le commissariat principal de Haidian et repartit par le quatrième boulevard circulaire. Il avait encore une heure devant lui avant d'aller chercher Xiuxiu à l'école. L'entreprise le rapprocherait de l'école où était sa fille depuis que Sunli, son ex-femme, avait déménagé. Il comptait mettre à profit le temps restant à se renseigner sur Sun directement chez son employeur. Il quitterait le service beaucoup plus tôt que prévu mais l'estimation si fluctuante des temps de trajet le couvrirait au cas où son chef voudrait vérifier ses heures. Il gara la voiture de police en double file, chercha l'adresse de l'entreprise pour laquelle Sun travaillait et l'introduisit dans le GPS.

C'était un quartier derrière le zoo. Ma se gara. Le soleil était passé sous l'horizon. Pas une voiture dans la rue. De vieilles *hutong* grises, des arbres rachitiques, des câbles électriques pendant d'un côté à l'autre de la ruelle. Il frissonna. Le quartier avait l'allure fantomatique des lieux abandonnés. Le caractère *chai*, « à détruire », était peint d'un coup de blanc sur les murs bas, sur les façades de briques. Une affiche à la main, comme une réminiscence des dazibaos de l'époque de la Révolution culturelle, annonçait que le comité des habitants du quartier était en lutte pour sauver les vieilles *siheyuan* [1] de la pelle mécanique. La destruction avait déjà commencé et quelques terrains vagues entouraient les vieilles maisons et leurs cours carrées. La rue sentait la poussière. Sur un grand terrain, un bâtiment qui ressemblait à un hangar amélioré avait poussé, séparé des vieilles bicoques par une grille neuve et blanche. Ma se dirigea vers la porte vitrée qu'il poussa pour entrer dans un hall tapissé de photos en couleur retouchées des réalisations auxquelles Beijing

1. Maisons traditionnelles pékinoises.

Constructions avait participé. Sur la gauche, un bureau étroit et un homme à la calvitie avancée penché sur des papiers. Quand il vit l'uniforme, il se leva et vint accueillir Ma. Il n'était pas difficile de deviner la raison de la présence d'un inspecteur de la sécurité publique. Le gérant, averti de la mort de Sun par un coup de téléphone du commissariat, l'attendait. Ma s'intéressa à la manière dont il avait été mis au courant de la première agression que Sun avait subie. Tang Xuefeng, le gérant, s'en souvenait parfaitement.

— Sun a fait téléphoner sa femme lundi, dit-il. Le délégué de la *danwei* était justement dans les locaux. Il a pris le téléphone et a appelé l'hôpital pour parler à un médecin. Sun avait été bien amoché. J'ai ensuite appelé chez lui pour avoir de ses nouvelles et sa femme m'a appris ce qui lui était arrivé.

— Avez-vous remarqué quelque chose d'inhabituel dans son comportement ces derniers temps ?

Le petit homme porta la main à sa bouche et fit une moue dubitative pendant que ses yeux cherchaient quelque chose par-dessus l'épaule de Ma.

— Je n'ai rien remarqué. C'était un gars sérieux et qui faisait tout très consciencieusement.

Ma leva les sourcils.

— Il avait entamé une carrière de géologue, pointa-t-il. Des problèmes politiques l'ont amené à chercher un travail moins gratifiant et, malgré cela, il était consciencieux ?

Le petit homme hocha plusieurs fois la tête.

— Il prenait son travail très à cœur, confirma-t-il.

— Sur quoi le faisiez-vous travailler ces derniers temps.

Le gérant réfléchit un moment, embarrassé. Ma pensa qu'il avait dû utiliser les capacités de Sun au-delà de ce que le ministère autorisait concernant un type qui avait fait un peu de *laogai*[1] pour raisons politiques. Le gérant cherchait un moyen d'en parler délibérément plutôt que de le laisser découvrir par l'administration.

— Nous avons un contrat avec un groupe de promoteurs du côté de l'aéroport, commença-t-il prudemment. Nous avons accepté un contrat de terrassement, de fondations et de raccordement au réseau pour une série de tours près du quartier olympique. La définition du poste de Sun indique « terrassier », mais ses compétences s'étendaient au-delà et il a fait d'autres choses pour nous sans demander de changement de statut.

— Je voudrais parler à des membres de son équipe, dit Ma.

— Je vais vous trouver ça, mais les équipes changent souvent. Nous étions en retard sur les délais.

Le petit homme sembla se souvenir de quelque chose.

— Sun va manquer à l'entreprise, dit-il. On pouvait toujours compter sur lui pour des heures supplémentaires. Il n'a demandé un congé qu'une fois depuis qu'il est ici. C'était justement la semaine qui a précédé son agression.

Ma fronça les sourcils à nouveau, sortit son carnet de sa poche et nota.

— Quelle date ?

— A partir du 17.

— Et jusqu'à quand ?

— Une semaine.

— Il ne vous a donné aucune raison à cette demande ?

1. Camp de rééducation par le travail.

— Je vous l'ai dit : c'était un bon employé et nous n'avions aucune raison de la lui demander.

L'habitude d'exploiter les travailleurs était courante et ceux qui avaient des fautes politiques à se reprocher étaient les meilleures victimes. Ma garda un visage impénétrable, ne cherchant ni à cautionner cette attitude ni à la blâmer puisque le petit homme avait avoué employer Sun au-delà des qualifications de son poste et à salaire égal. Pendant que le gérant fouillait un grand registre gris, Ma le regardait s'affairer et lui trouvait l'air trop fébrile. Le petit homme détacha une feuille, chercha dans un autre cahier, et fit deux photocopies qu'il tendit à Ma.

— Voici la liste de l'équipe avec laquelle Sun travaillait, dit-il, et sur la seconde feuille les adresses de ses collègues.

Ma examina les photocopies un instant.

— Merci, monsieur Tang, dit-il froidement. Il se peut que nous ayons à vous demander d'autres choses et vous pouvez être convoqué à la section criminelle. En attendant, si quelque chose vous revenait en mémoire, voici mon téléphone. Il tendit une des cartes toutes prêtes avec son grade, son nom et son portable de fonction au-dessous du sigle de la section criminelle de la sécurité publique.

Ma fourra les photocopies dans la boîte à gants et démarra.

Il était maintenant pris dans les embouteillages. Il n'y serait pas à temps. Sunli le lui reprocherait quand elle l'apprendrait et Xiuxiu lui dirait encore : « Papa, pourquoi es-tu toujours en retard ? » C'était un perpétuel sujet de discorde entre son ex-femme et lui, mais tout cela était terminé. La dernière fois qu'il l'avait prise, Xiuxiu s'était ennuyée. Il avait voulu l'emmener au cinéma, mais une affaire en cours et la circulation l'avait empêché d'arriver à temps. Ils s'étaient rabattus sur un des McDonald's du centre. Cette fois, il allait la chercher avec la voiture de service. Un papa policier, c'était bien, mais Ma avait quarante-sept ans. Un papa déjà vieux, fatigué, peu disponible, et surtout, vraiment plus du tout « branché ». Il se dit que, tout de même, le prestige de la voiture de police impressionnerait les camarades de Xiuxiu, mais s'il arrivait en retard, aucun de ses amis ne la verrait monter dedans et, de plus, il allait falloir ramener la voiture au commissariat et aller à la maison en bus. Attendant derrière un feu, il préféra essayer de réfléchir à l'affaire. Ses pensées se télescopaient, mais il se rappela le visage de son vieux copain à la morgue. Douche froide. Sale affaire. Des détails se raccordaient. Sun avait posé un congé – chose qu'il ne faisait jamais –, à son retour, il était violemment frappé en bas de chez lui et deux jours plus tard, les mêmes individus l'égorgeaient comme un cochon à l'endroit précis où il avait été agressé. Pourquoi Sun était-il descendu seul et de nuit en bas de son immeuble ? Pensait-il que le problème était réglé et qu'on ne reviendrait pas l'attaquer ?

Il faisait nuit. L'éclairage urbain rendait tout blafard. Quatre vélos, debout sur leurs béquilles, flanquaient le perron. Il se gara devant l'école et en poussa la porte. Un long couloir placardé de dessins d'enfants donnait sur les salles de classe maintenant désertées. Les radiateurs ronronnaient, mais à cause de la tombée de la nuit, il régnait une certaine fraîcheur dans l'école. Au fond, le réfectoire était éclairé. A travers le carreau, il reconnut sa fille dans son uniforme bleu et blanc, foulard rouge autour du cou. Elle était penchée et tirait la langue en coloriant un dessin de panda. La maîtresse, assise derrière un bureau, occupait le temps perdu à corriger des feuilles remplies de caractères. Xiuxiu leva la tête, vit son père et replongea sans mot dire sur son dessin.

— Xiuxiu, excuse-moi. Je suis un peu en retard. Je n'ai même pas eu le temps de ramener la voiture de police, tu sais, celle avec le gyrophare bleu et rouge sur le toit. Si tu veux, on mettra un peu la sirène pour rentrer.

Sans lever la tête de son dessin, Xiuxiu fit la moue.

— Mais les gens, ils vont croire que tu viens pour les arrêter et moi, je ne veux pas qu'ils croient que je veux les arrêter, dit-elle.

— Non, ils ne croiront pas qu'on veut les arrêter. Simplement, ils gareront leurs voitures pour nous laisser passer, ce sera amusant.

— Mais t'as pas le droit de les faire se pousser si tu vas pas arrêter vraiment des méchants !

Ma s'approcha et regarda le dessin par-dessus l'épaule de Xiuxiu. Elle était tellement mignonne ! Il avait envie de la serrer dans ses bras, mais de pareilles effusions n'étaient pas envisageables ici.

— C'est beau, dis donc, fit-il.

— Monsieur Ma, dit la maîtresse qui s'était levée. L'école finit à cinq heures et il est presque six heures. J'ai téléphoné à la mère de Xiuxiu. Elle a dit que vous deviez arriver très vite, mais je m'impatientais...

Ma fit une moue désolée.

— Je suis vraiment navré, coupa-t-il. Le poste est dans le quartier de Chaoyang et la circulation est toujours encombrée à cette heure-ci.

— Papa est toujours en retard, dit Xiuxiu. Il est nul !

— Xiuxiu ! gronda Ma.

La maîtresse fulminait encore, mais elle ne savait quelle attitude adopter devant un officier de police. Elle choisit de se taire, croisa les bras et les regarda partir.

Zhou avait montré le portrait-robot établi d'après la description du concierge. Le service était très efficace et ils avaient réussi à extorquer de nombreux détails au vieil homme. On avait trouvé une concordance possible au service photométrie. Le Ouïghour avait été fiché sur dénonciation l'année précédente, mais on n'avait rien pu retenir contre lui. Il devait, en tout cas, pointer toutes les semaines au commissariat, mais ne s'était pas présenté depuis quinze jours. L'ordinateur avait affiché son adresse et Zhou était maintenant accompagné d'un agent de la sécurité publique plus âgé. Un vieux briscard rattaché au commissariat du district depuis plus de trente ans. Il paraissait connaître la moitié de la population du quartier musulman à l'est de la rue du Bœuf.

De nombreux passants portaient la petite calotte blanche sur la tête. Des Chinois de la minorité hui, mais aussi des Kazakhs, des Mongols, des Ouzbeks et des Ouïghours aussi. Dans l'avenue, des hommes surtout, qui se pressaient dans le froid et le clignotement de l'éclairage urbain. Un mouton, attaché au pied d'un arbre, tremblait comme une feuille.

— Je connais la plupart de ceux qui tiennent les magasins du nord de cette rue jusqu'à la mosquée, dit Rui. Presque tous des Hui. Des Ouïghours, pas beaucoup. Deux mille, d'après les listes, mais je ne reconnais pas l'homme du portrait-robot.

— Vous patrouillez dans ce quartier depuis longtemps, agent Rui ?

— Aya ! Vous n'étiez pas né ! Le commissariat de la rue du Bœuf était ma première affectation et il l'est resté. J'ai lié connaissance avec pas mal de citoyens de la minorité hui. Ils ne mangent pas de porc, prient beaucoup en se tournant vers La Mecque et ne fraient pas tellement avec les Han, mais à part ça, ils sont plutôt calmes, dit Rui qui souriait fréquemment en croisant des citoyens qui lui rendaient son sourire ou un petit signe de tête. En ce qui concerne les Ouïghours, c'est quand même autre chose... (Il se tut un instant avant de reprendre.) Ce n'est pas la première fois que nous, simples flics, travaillons avec une unité spéciale, avec l'armée parfois, reprit-il. Quand il y a eu ces troubles à cause de ces Ouïghours du Xinjiang, justement. Ils ont foncé au volant d'une voiture piégée. Il y a eu cinq morts et une quarantaine de blessés place Tiananmen. Des séparatistes. On a mis le quartier sens dessus dessous.

Ils se rendirent à l'adresse indiquée par le central. C'était une des nombreuses tours qui bordaient la rue du Bœuf, blanches et surmontées d'une petite coupole verte à l'aspect moyen-oriental, qui dressaient leurs pointes dans le ciel nocturne et bas. Ils montèrent jusqu'au huitième. Une odeur de cuisine filtrait sur le palier.

— Laissez-moi lui parler, voulez-vous ? dit Rui en se tournant à demi vers le jeune policier.

Zhou acquiesça. Le vieil agent actionna la sonnette et une femme vint ouvrir. Elle ne portait pas de voile, mais un foulard cachait ses cheveux. A son air effrayé par la vue des uniformes, Zhou comprit l'ampleur de la répression à l'encontre de la communauté, due aux tensions au Xinjiang. Rui s'adressa à elle le plus poliment qu'il put, sans apaiser l'anxiété qui se lisait sur ses traits. Il savait qu'il ne devait pas entrer dans l'appartement et l'attira sur le palier. Il montra le portrait-robot.

— Est-ce Niuerguli ? dit Rui en employant le nom chinois inscrit sur la liste.

— Ce n'est pas lui.

— Ça lui ressemble en tout cas. Nous voudrions le voir.

La femme eut l'air embarrassée.

— Mon fils, je ne sais pas où il est. Son adresse est ici, mais il ne rentre pas souvent. Je ne l'ai pas vu depuis une semaine !

— Bien, fit Rui, dites-lui de se présenter au commissariat dès que vous le verrez. C'est une affaire importante.

— Pensez-vous qu'il se cache ? demanda Zhou lorsqu'ils furent sur le trottoir.

Le policier enfonça les mains dans ses poches. Il se racla la gorge et cracha sur la chaussée.

— La famille est une chose importante pour les Ouïghours, dit-il. Plus importante encore que pour les Han maintenant. Le gouvernement les a dans le collimateur. Ils perçoivent mal l'interdiction du ramadan, du port du foulard islamique et les contrôles qu'on leur impose. Même la sinisation de leurs noms ouïghours sur leurs *hukou*[1] les indispose. Beaucoup de jeunes sont mal intégrés. Ce Niuerguli est sans doute dans ce cas.

1. Papiers d'identité.

C'est probablement un délinquant. Pourquoi le cherchez-vous ?

— C'est une affaire qui concerne la police criminelle, puisque je suis là. Il ne m'est pas possible de vous dire les charges qui pèsent sur ce suspect. Contentez-vous de nous avertir dès que vous avez des nouvelles de ce gars-là.

Zhou cherchait à avoir l'air très « officiel ». Rui lui en imposait par son âge et son assurance. Dans ce quartier, il était chez lui et le jeune policier devait lutter pour marquer la supériorité de l'unité criminelle sur les simples agents de la sécurité comme Rui.

— Un commerçant a porté plainte le mois dernier pour racket, dit Rui. Ça faisait des mois que ça durait et il n'est pas le seul. Il a prétendu qu'ils étaient peut-être ouïghours. Allons voir sa boutique. Les commerces ferment tard dans ce quartier.

La boutique était située au nord, à plusieurs centaines de mètres de l'immeuble d'où ils venaient. Ils marchaient sans parler. « Je crois qu'il va neiger ! » dit le vieil agent. L'air était piquant. Les pots d'échappement des bus et des voitures lâchaient de gros nuages blancs. Ils se pressaient en rentrant la tête dans les épaules, leurs casquettes d'uniforme vissées sur la tête. Rui connaissait l'avenue comme sa poche. Il ne vérifia pas l'adresse et amena Zhou d'un trait comme au pas de course.

— C'est ici ! dit-il.

C'était une sorte de bazar qui tenait plus de l'échoppe que du magasin. Ils entrèrent et un carillon fait de clochettes tubulaires heurté par la porte tinta longuement. Un vieux néon clignotait. Des lanternes en cuivre pendaient au plafond, des samovars, une multitude d'ustensiles inconnus de Zhou s'étalaient sur une table et dans des rayonnages, des tissus, des vêtements traditionnels s'entassaient. L'homme derrière le comptoir avait la face plate et ronde d'un Han. Il contourna rapidement le comptoir pour venir à la rencontre des deux policiers.

— Monsieur Po, c'est vous ? Nous enquêtons au sujet de la plainte que vous avez déposée le mois dernier au sujet d'un racket dont vous faisiez l'objet, dit Zhou.

Il mit sous le nez du marchand la copie de la plainte. L'enquête n'avait rien donné. On avait perquisitionné chez les individus qui avaient déjà eu maille à partir avec la police, mais on n'avait rien trouvé. L'homme acquiesça plusieurs fois de la tête.

— Vous avez du nouveau ?

— Non, mais vos agresseurs pourraient être responsables d'un autre délit. Vous avez eu affaire à eux trois fois de suite en trois semaines et depuis votre plainte le mois dernier, plus rien ?

— Non, plus rien.

Zhou sortit le portrait-robot de sa poche et le lui montra.

— Cet homme-là faisait-il partie du gang ?

M. Po prit l'affichette et l'examina longuement.

— Ça pourrait être l'un d'eux. Mais je ne suis pas physionomiste et je ne suis pas sûr.

— Néanmoins, vous pensez qu'il s'agissait de Ouïghours ?

— Aya ! fit le marchand en secouant la tête. Ils ont eu quelques exclamations qui n'étaient pas du *putonghua*[1] ! Peut-être du dialecte hui ou du mongol. Du ouïghour ? Je n'en sais rien !

---

1. Langue chinoise officielle.

— Dans votre déposition, vous avez déclaré qu'ils étaient trois et que l'un d'entre eux vous avait pris un couteau de boucher. Un de ceux dont ils se servent pour égorger les moutons. Pouvez-vous nous montrer un couteau de ce genre ?

— Les musulmans n'ont rien chez eux qu'un Han ne pourrait posséder. Ce couteau dont vous parlez est un simple couteau de cuisine.

Le Han alla vers un étal et chercha dans un tiroir. Il en sortit un couteau d'une vingtaine de centimètres à la lame épaisse.

— C'est un couteau comme celui-là ? demanda Rui en prenant l'outil que l'autre lui tendait à deux mains.

— Ce qui est important, c'est qu'il provienne du même fabriquant. C'est le cas ? renchérit Zhou.

M. Po réfléchit quelques instants en hochant la tête.

— Oui, dit-il.

— Bien ! trancha Zhou. Nous allons vous le prendre aux fins d'analyse. Il vous sera rendu après. Reprenons votre déclaration.

Ils questionnèrent l'homme patiemment, mais n'apprirent rien de nouveau. Le marchand avait préféré leur céder à chaque fois que d'avoir de la casse et risquer de prendre un mauvais coup. Il leur avait versé, en tout et pour tout, un montant approchant les mille yuans.

Zhou se changea rapidement dans le vestiaire du commissariat. Blouson épais en faux cuir noir doublé, jean fabriqué à Harbin, Nike de contrefaçon aux pieds. Il avait fini son service plus tard que d'habitude et se sentait fatigué de la course qu'il venait de faire dans le quartier musulman. D'ordinaire, les affaires qui obligeaient à traverser Pékin étaient rares. Statistiquement, le crime était chose locale. On tuait dans son propre quartier. Des gens proches en général. La brigade n'avait pas à quitter le district et perdre un temps précieux en transports. Zhou était encore jeune dans le métier. Voir des macchabées recousus sur des tables métalliques et côtoyer des veuves éplorées le remuaient toujours.

Le froid s'était intensifié avec la tombée de la nuit. Lumière verte des néons. Il sortit et se dirigea vers l'arrêt du bus 112, une cigarette au bec. Les copains qu'il retrouvait deux ou trois soirs par semaine, les beuveries, les boîtes de nuit (au Mix, quand on avait assez d'argent), les soirées à jouer au mah-jong ou au poker pour faire « cinéma américain » étaient un exutoire indispensable et le resteraient s'il devait faire carrière dans la police de terrain. Les autres larrons étaient employés dans des boutiques d'Etat, manœuvres sur des chantiers, l'un d'entre eux bossait dans une fabrique qui produisait pour l'étranger, un ou deux vendaient des *kuai can*[1] en tricycle. Lui seul était flic et c'était le plus âgé. Aucun n'était marié, deux ou trois avaient des petites amies dont ils parlaient légèrement. Mais il y avait une nouvelle fille dans la bande. La sœur de Wang Jing. Leurs regards s'étaient croisés. Zhou ne lui avait pas parlé, pas vraiment, deux ou trois plaisanteries ou des fanfaronnades, plutôt lancées à la cantonade que pour elle seule, pour exister dans la bande, pour faire le joyeux luron avec les autres. Il jeta le mégot et releva la tête. Le bus de huit heures et quart arrivait et stoppait en chuintant. Il le laisserait à la

---

1. Restauration rapide, fast-food (une crêpe farcie à emporter, par exemple).

bouche de métro d'Andingmen. Le noyau dur de la bande, Wang Jing, Kai Luoyang, Tang Moyang, Li Duer et quelques autres, se trouvaient en général au McDonald's sur l'avenue. Il y aurait peut-être la sœur de Wang.

Le bus était bondé d'ouvriers en vêtements de travail, des gens exténués et pressés de rentrer chez eux et d'autres qui partaient pour leur boulot, le visage comme du roc et la pluie qui coule dessus. Emmitouflés dans de grosses doudounes qui puaient le chien mouillé. Un vieux avec des lunettes d'écailles plus grosses que sa figure, les incisives qui avançaient comme l'avant d'un tractopelle, un chou chinois gros comme un ballon de football sur les genoux. Zhou se cala près du vieux en garant ses pieds de ceux de ses voisins.

Il repéra Kai, Wang et Rui Puying attablés avec un sandwich. Il prit un hamburger et un Coca avec une paille et se dirigea vers la table de ses amis. Kai était occupé à envoyer un SMS et ne leva le nez qu'un bref instant.

— Aya ! Attention, rangez la came ! Voilà le flic ! dit Wang en apercevant Zhou.

Zhou rigola comme les autres et pointa l'index sur chacun. Mais Wang n'était pas comme les autres. Zhou sentait en lui une nature plus ambitieuse, plus dangereuse peut-être. Ils le firent asseoir en poursuivant leur discussion. La petite serveuse en uniforme McDo en était le sujet. Wang avait sa gueule des mauvais jours. Traces de peinture dans ses cheveux mal lavés et, sous son manteau, un vieux sweat « 2008 BEIJING OLYMPICS ».

— Elle est pas pour toi cette petite, Wang, pas la peine d'essayer ! dit Kai.

— Et le prestige des flics ? Zhou, elle est pour toi. Coiffe au poteau ce nul de Wang, dit Rui.

— Essaye de lui envoyer « 521[1] », dit Kai, articulant caricaturalement tout en lui tendant son téléphone.

— Vos gueules ! fit Wang en donnant un coup de poing sur la table.

La serveuse leva la tête et regarda dans la salle en fronçant les sourcils. Rui et Kai rejetèrent la tête en arrière pour rigoler.

— Vous êtes trop cons !

— Aya ! T'en vas pas, dit Rui. Je le ferai plus, je te promets !

Ils riaient encore plus fort tous les deux.

— Je m'en voudrais de pas vider tes poches tout à l'heure au poker, fit Wang. Je m'en vais pas, je vais reprendre du Coca.

Wang se leva et referma ses doigts sur le bras de Zhou en passant.

— Il y a des jours où je me dis qu'il faut que je me tire d'ici, lui dit-il en aparté. Shanghai ! C'est là-bas que ça se passe, tu joues à la Bourse et tu ramasses le paquet. Oui, c'est là-bas. Mais il y a ma sœur. Le jour où j'aurais ramassé assez pour qu'on parte tous les deux...

Les coins de la bouche de Wang tombèrent et ses sourcils se rapprochèrent.

— Viens, Zhou, il faut que je te parle de quelque chose.

— Je ne sais pas si j'ai envie d'entendre des choses sérieuses ce soir, dit Zhou.

— Ecoute ! Ma sœur, tu l'as vue avant-hier soir quand je l'ai amenée, tu te rappelles ? Liyin. Son petit

1. Par similitude phonétique, *wu er yi* (521) ressemble à *wo ai ni* (je t'aime).

copain est un junkie. Je ne voudrais pas qu'elle tombe dans la drogue. Toi, tu es flic et tu sais que nous ne t'en avons jamais voulu pour ça. Je me suis dit qu'aujourd'hui, tu peux faire quelque chose. En tant que flic, tu peux faire en sorte de lui foutre la trouille et qu'elle ne le revoit plus, tu peux faire ça pour moi ?

Bien sûr, il se rappelait de Liyin. Même au travail, avec Ma quand il interrogeait la bonne femme du comité de quartier, même à la morgue et plus tard dans le quartier musulman, il avait pensé à elle, à sa petite bouche en forme de cerise et ses yeux comme des amandes.

— Je suis policier, pas truand. Je suis tenu de servir le peuple, pas de le terroriser. Il y a des lois pour des choses comme ça. Si ta sœur traîne avec des individus louches, elle est coupable aussi aux yeux de la loi.

— Ne me sers pas ton sermon, dit Wang. Tout le monde sait que les flics touchent aussi.

— Pas moi ! Bon ! Ecoute ! Donne-moi le nom de ton type et je me renseignerai, c'est tout ce que je peux te proposer, mais je te promets d'y réfléchir.

Ils se dirigeaient vers le comptoir. La serveuse leva le nez. Ils étaient les seuls clients maintenant.

— Un grand Coca, dit Wang.

Liyin entra à ce moment, accompagnée d'une autre fille avec des tresses qui lui tombaient aux épaules. Liyin se dirigea vers son frère et fit un signe de tête à Zhou.

— Salut petite sœur, je te commande un hamburger ? demanda Wang.

— Deux ! Et deux Fanta.

Ils allèrent s'asseoir avec les autres, les plateaux à la main. Zhou sentit un parfum bon marché quand elle passa près de lui. Quelques minutes à peine après l'arrivée des deux jeunes femmes, la porte du restaurant s'ouvrit.

— Oh ! Ton mec vient te chercher, Liyin, dit Rui en voyant entrer un gars aux cheveux longs avec des piercings dans l'arcade sourcilière.

Il vint droit à la table.

— Liyin, qu'est-ce que tu fous là ? Je t'attends depuis deux heures à l'appartement, dit-il, l'air mauvais. Laisse cette bouffe dégueulasse et viens !

— Laisse-la tranquille, fit Wang. Elle reste avec nous et sa copine aussi.

— Toi, je t'ai pas sonné, rétorqua le garçon.

— Liyin, viens !

— Lâche-lui le bras ! répéta Wang.

— T'as entendu ce qu'on t'a dit ? fit Rui.

Mais la jeune femme se leva.

— Il faut que j'y aille, petit frère, dit-elle. S'adressant à son amie, elle ajouta : Weiling, viens avec nous !

Wang se leva à son tour et poussa le mauvais garçon qui se retint à la table.

— Laisse-le, Jing, dit Liyin. Je pars avec lui. N'essaye pas de m'en empêcher.

Elle tourna le dos à Wang et sortit en trottant derrière le garçon aux piercings qui roulait des mécaniques en jetant un regard mauvais à Wang. La jeune femme aux tresses les rejoignit en boudant. Wang les regarda sortir et se rassit le visage fermé.

— Wang, ne t'en fais pas, dit Zhou à voix basse. Donne-moi son nom. Je vais essayer de faire quelque chose.

22 décembre

Le réveil sonna. Ma n'avait pas bien dormi. La veille au soir, après avoir couché sa fille, il avait veillé un peu devant la télé, une bière à la main et il le regrettait maintenant.

Quand ils montèrent dans le bus, le jour n'était pas encore levé. Ma déposa Xiuxiu à l'école en lui promettant de ne pas être en retard pour venir la chercher à cinq heures. Il reprit le 702. Debout dans le bus bondé. Avenues invisibles derrière les vitres embuées, cahots, coups de freins. La pensée vagabonde de Ma se tourna vers l'affaire. Il se demanda comment Sun se déplaçait en ville. Depuis ses ennuis politiques, le salaire de son ancien camarade avait dû baisser suffisamment pour lui interdire tout projet d'achat d'une voiture. Le parc automobile avait explosé depuis quinze ans. Il y avait paraît-il près de six millions d'automobilistes à Pékin. Dans son enfance, dans les années 1970, à part les officiels – tous les véhicules étaient des Audi aux vitres fumées –, pas un seul Chinois n'avait sa voiture. Vélos, vélos et encore vélos. Mais le vélo ? Aya ! explosaient les gens quand on leur en parlait maintenant. Ringard ! Pourquoi pas, comme vingt ans en arrière, aller voir la télé chez le membre du Parti qui en avait une et habitait au bout de la rue ? La femme de Sun non plus n'avait pas un bon travail. Elle s'y rendait probablement aussi avec les transports en commun. Pauvre Sun. Sa femme et son fils sans soutien maintenant. La pauvre femme avait l'air dérangée. Comment s'en sortirait-elle maintenant ? Avait-elle de la famille à Pékin ? Ma s'était fixé d'aller la questionner aujourd'hui. De lui faire dire pourquoi elle ne l'avait pas prévenu que Sun s'était fait attaquer au pied de l'immeuble quelque temps avant son assassinat.

Le bus arriva à l'arrêt de Chaoyang. Changement. Arrivée au commissariat en retard. Le briefing du matin avait déjà eu lieu. Le répartiteur lui indiqua que son chef l'attendait et que son adjoint était dans la salle de repos. Ma soupira en se dirigeant vers le bureau du chef de service, s'attendant à des remontrances justifiées. Quand il poussa la porte, Kou relisait le rapport qu'avait rédigé Zhou la veille. C'était un homme trapu et intimidant, à la coupe en brosse énergique, parsemée de cheveux d'un blanc étincelant. Tout se passa pourtant bien et le chef de section, après lui avoir fait les remarques habituelles sur le taux de criminalité en augmentation et le fait que ses ennuis familiaux ne devaient pas freiner son travail, accrédita son plan d'enquête pour la journée et le laissa partir avec son adjoint, qu'il alla chercher dans la salle de repos. Zhou attendait en sirotant un thé. Derrière Zhou et sa tasse fumante, il y avait une affiche au mur étalant le slogan de la sécurité publique : Servir le peuple. Une vieille affiche. Ma soupira, amer. Matraque et main tendue, le regard levé vers l'étoile du Parti ! Zhou posa sa tasse et salua son supérieur. Il avait trouvé sur son bureau le rapport du labo concernant le fragment récupéré dans le cou de Sun. Ils l'avaient comparé avec le couteau que Zhou avait ramené du magasin de la rue du Bœuf. Une analyse spectrométrique avait révélé une composition similaire. Ce n'était pas une preuve, mais le labo concluait que le fragment et la lame rapportée avaient de fortes chances de provenir du même fabricant. Le jeune policier montra le rapport à son supérieur. Ma félicita Zhou et l'encouragea à continuer dans cette voie. Ils avaient au moins une piste tangible.

Dix minutes plus tard, Ma conduisait Zhou vers le quartier musulman afin qu'il complète les données de la veille. La plupart des gens portaient un masque en papier pour éviter de respirer l'air délétère de Pékin. Il laissa Zhou devant le commissariat de la rue du Bœuf, sortit son portable de service pour appeler l'entreprise de travaux publics et savoir où trouver les collègues de Sun. Une vieille femme avec une chapka sur la tête passa près de la voiture en toussant à fendre l'âme. Ma reposa le portable. Un chantier près de l'aéroport. Il s'engagea sur le deuxième périphérique. Le ciel bas accentuait la pollution. Chauffage à fond. La radio de police à bord signala un hold-up en cours dans le district de Dongcheng, manifestation et recrudescence de vols à la tire près du quartier de la gare centrale, imputable aux migrants des provinces limitrophes attirés par les feux de la capitale. L'armée à la rescousse pour restaurer l'ordre et les renvoyer.

Quelques champs de légumes et de fruitiers subsistaient entre les carrés fermés de murs des villages englobés par la conurbation pékinoise. L'aéroport international dressait ses tours de contrôle sur la campagne plate. Autoroute, noyée dans le brouillard irrespirable, sillonnée de bus et de taxis. Ma sortit de l'autoroute, roula un peu avant de s'engager dans l'espace nu et boueux qui venait buter contre le grillage en bout de piste. Des engins de chantier au loin dans la terre battue. Il roula encore une dizaine de minutes sur un sol où pointaient les angles de vieilles briques noircies à la fumée de charbon, des poutres émergeant çà et là de gravats poussiéreux et des flaques gelées. Le chemin grimpait vers une sorte de plateau artificiel formé par des déblais. Des fondations dans un quadrilatère comme un jeu d'échecs géant, des poteaux de béton comme des pieds de tables renversées. Ma dénombra trois grues et de nombreuses pelles mécaniques. Il remarqua le camion de l'entreprise Beijing Constructions et gara la voiture près de lui. Il marcha vers un groupe de quatre hommes occupés à dérouler des câbles. La casquette de l'uniforme de la sécurité publique se voyait de loin. Repérer les représentants de l'autorité était si longtemps resté une question de survie que c'était inscrit dans les gènes. Les ouvriers de Beijing Constructions le regardèrent arriver, dents serrées. Ils savaient tous pourquoi Ma était là, néanmoins, au fur et à mesure qu'il avançait vers eux, le policier les trouva plus tendus que ce qu'ils auraient dû être. Il les suspecta de savoir quelque chose.

Le vent froid faisait battre les pans du manteau de Ma contre ses jambes. Il les salua d'un geste de la tête. Ils le regardaient en dansant d'un pied sur l'autre.

Ma expliqua la raison de sa visite sur le chantier.

— Qui est le dernier à l'avoir vu vivant ? conclut-il.

Comme les hommes ne répondaient pas, butés et les visages comme des masques, il réitéra sa demande en précisant la journée : vendredi. Ma prit son carnet où il avait noté le nom des ouvriers qui travaillaient avec Sun ce jour-là.

— Yang Haokan ! dit-il.

— C'est moi, dit un petit homme noiraud. Mais je ne sais pas si c'est moi qui l'ai vu en dernier.

— Yang, reprit le policier, Sun avait-il l'air particulièrement nerveux ?

— Vendredi ? Je ne me rappelle pas...

— T'a-t-il dit quelque chose ? insista Ma.

L'homme jeta un bref regard aux autres qui ne passa pas inaperçu aux yeux du policier.

— Non.

— Yang, je voudrais te parler seul à seul. Je suis venu ici plutôt que de vous convoquer au commissariat. Ma voiture servira de bureau.

L'inspecteur tourna le dos au groupe et s'avança vers la voiture, suivi de Yang qu'il fit monter à l'arrière. Il s'installa à côté de lui et claqua la portière. Il sortit son paquet de cigarettes.

— Tu fumes, Yang ?

Il tendit le paquet ouvert à l'ouvrier qui en prit une d'une main hésitante. L'inspecteur en prit une aussi, la glissa entre ses lèvres et approcha la flamme du briquet.

— Ouvre ta fenêtre, ordonna-t-il. Selon toi, Sun avait-il des raisons de s'inquiéter ?

L'ouvrier secoua la tête.

— Je ne vois pas. Si Sun s'est attiré des ennuis en faisant des bêtises, il ne nous en a rien dit.

Ma se cala au fond du siège en regardant les ouvriers à travers le pare-brise. Ils n'avaient pas bougé comme s'ils surveillaient ce qui se passait dans la voiture.

— Avait-il des relations avec des membres de la communauté ouïghoure ?

Ma se tourna vers lui. Visage fermé. L'inspecteur savait déjà qu'il ne tirerait rien de celui-là. Pas aujourd'hui.

— Je ne vois pas.

— Tu sais qu'il s'est fait casser la figure samedi.

Bref éclair dans les yeux. Il y avait quelque chose.

— Sun s'est fait agresser devant chez lui. C'est tout ce que je sais.

— Et tu n'as pas trouvé bizarre qu'il se fasse tuer deux jours plus tard ?

— Il y a des agressions tous les jours.

Ma posa le carnet sur ses genoux et accrocha le regard fuyant du petit homme.

— Pas de conneries ! Tu sais que si tu caches des informations, tu es en infraction. Ta famille et toi pouvez perdre vos droits de résidence à Pékin et être relégués en province ?

L'homme baissa la tête imperceptiblement. Il ne répondit pas, mais Ma était convaincu qu'il savait quelque chose. Il le fit descendre de voiture et appela les ouvriers l'un après l'autre. Il ne parvint pas à leur tirer le moindre renseignement, mais il pensait qu'il y avait à creuser et que ses hommes gardaient un secret aussi enfoui que le village sous ces tas de briques concassées. Lors d'une enquête, si les indices matériels disparaissaient à vue d'œil comme une flaque en plein soleil, les informations cachées par les témoins moisissaient dans leurs têtes comme un fruit trop mûr et gonflaient jusqu'à éclater. Il avait appris ça à l'académie de police avant d'en tester la véracité sur le terrain. Dans deux ou trois jours, quand il convoquerait ces quatre-là à la section criminelle, ils céderaient comme une digue battue par les flots de la peur et lui diraient ce qu'il voulait savoir. Rien ne pressait. Il avait prévu de poser la même question à Mme Sun. Elle ne pouvait quitter Pékin et leur fils serait à l'école. Les jours de congé de deuil la maintenaient chez elle. Il la trouverait à la même place qu'hier quand ils l'avaient interrogé, Zhou et lui.

Ma roula dans une circulation plus fluide en fin de matinée et se gara devant la résidence peu avant midi. Il sonna chez Sun. Mme Sun avait l'air plus mal en point encore que la veille. Il ne faut pas tirer sur les pousses de riz pour les faire grandir plus vite. Ma voulait prendre son temps avec elle. Il était déterminé à lui avouer avoir connu Sun, espérant que sa confidence briserait des barrières. Il se souvenait que, dans son enfance, il était malséant de parler des morts en les nommant, mais les vieilles superstitions, combattues depuis la proclamation de la République, avaient survécu un demi-siècle avant de refluer dans les grandes villes à cause du cinéma américain. Il allait pouvoir nommer Sun et ses questions en seraient d'autant facilitées.

— Vous êtes le policier qui est venu hier, dit-elle inquiète. Je ne suis pas en état de répondre à des questions, mais je ferai de mon mieux.

Elle le fit entrer. Elle paraissait plus lucide, plus vivante. Ma fit quelques pas dans l'appartement.

— Vous avez laissé votre fils à l'école ? demanda-t-il.

— Quelqu'un de la *danwei* est venu le chercher ce matin pour l'amener à l'école. Ils ont pensé que c'était mieux pour lui.

Ma acquiesça en pinçant les lèvres.

— Je me souviens d'avoir parlé à votre mari quand j'étais étudiant, dit-il. Il était en géologie et moi à l'école de police.

— Vous avez connu Sun Jie ? dit-elle en écarquillant les yeux.

— Un peu. Il aurait dû se rappeler qu'il avait un ami dans la police et venir me parler de ses ennuis. Il m'aurait facilement retrouvé.

— Mais il n'avait pas d'ennuis, affirma la femme.

Ma s'approcha du frigo. Dans une coupelle posée sur le petit autel bouddhiste, une orange découpée en quartiers. La photo de Sun, dans un cadre bon marché, reflétait les intermittences de la guirlande électrique qui clignotait. L'inspecteur se déplaça vers la bibliothèque où se trouvait la collection de minerais de Sun.

— Il avait déjà une collection de pierres quand nous nous sommes connus, dit-il.

Mme Sun eut un sourire triste.

— Il y tenait à sa collection.

Elle s'approcha des étagères et prit un échantillon hérissé de cristaux transparents.

— Celle-ci, il l'a ramenée de sa dernière escapade.

Ma tendit la main. Mme Sun lui donna la pierre. En faisant mine de l'apprécier, il fit tourner la roche qui semblait briller à la lumière.

— Il partait souvent prospecter ?

— Pas aussi souvent qu'il l'aurait souhaité, dit Mme Sun. C'était un bon père de famille. Il préférait rester à la maison, mais ça l'a repris dernièrement et il a posé un congé pour aller chercher des pierres.

— C'était la première fois qu'il repartait prospecter depuis longtemps ? Quand était-ce ?

Mme Sun hésita un instant.

— La semaine dernière, dit-elle.

Ma fronça les sourcils et reposa le minerai sur l'étagère.

— La semaine dernière ? Quel jour exactement ?

— Je ne sais plus, fit-elle désolée, samedi, je crois...

— Nous sommes le mercredi 22, c'était donc il y a quatre jours, le samedi 18 ?

Mme Sun le regarda sans répondre. Elle avait l'air totalement désorientée et il était difficile de se fier à ses déclarations, mais il était temps de passer aux questions sérieuses. Ma aspira l'air renfermé de la pièce.

— Madame Sun, reprit-il, une permanente du comité de quartier nous a dit que votre mari avait été attaqué une première fois la nuit du samedi, ce que m'ont confirmé ses collègues de travail. C'était le soir même de son expédition. Vous ne nous en avez rien dit hier. Pourquoi ?

Mme Sun parut ne pas comprendre et Ma se demanda si elle était vraiment dérangée mentalement ou si elle le faisait exprès. Ses yeux fixaient le vide devant elle.

— Oui ! dit-elle, semblant se souvenir. Il a été attaqué par des brutes et il est allé à l'hôpital.

Ma prit son menton entre ses doigts.

— A quelle heure est-il revenu de son expédition ?

— En fin d'après-midi, je crois.

— Si je comprends bien, il est rentré de son voyage l'après-midi et le soir même, il se faisait agresser.

— Oui. Croyez-vous qu'il y ait un rapport entre sa mort et le voyage qu'il a fait ?

— Parlez-moi de l'agression de samedi, proposa Ma sans répondre.

— Sun Jie était quelqu'un de calme. Pas du tout à provoquer les gens ni à chercher les ennuis. Lorsqu'il est rentré vers neuf heures, des individus qui traînaient au bas de l'immeuble l'ont agressé. Il est remonté tout ensanglanté. J'ai essayé d'en savoir plus, mais il ne m'a rien dit. Il était fermé comme une huître.

— Vous n'avez rien entendu de la bagarre ?

— Les bruits d'une altercation, mais je n'avais pas fait très attention. J'ai cru à deux voisins qui se disputaient.

— Il a réussi à remonter tout seul ? Pourtant, il paraît qu'il était bien amoché. Il avait deux côtes cassées.

— Le concierge l'a aidé à remonter. J'ai eu peur en le voyant. J'ai appelé l'hôpital, je l'ai aidé à se changer en attendant l'ambulance. Heureusement, *xiao* Jing était chez un copain pour ses devoirs. Il est revenu peu après, mais il n'a rien vu. Dire que je n'ai même pas eu le courage de nettoyer ses habits tout pleins de sang !

Ma fit quelques pas vers la fenêtre. La lumière baissait. Tout devenait gris à l'extérieur. Mme Sun le suivit du regard sans bouger de devant la bibliothèque. Elle se tordait les mains et son visage reflétait la lueur mauvaise de l'extérieur. Ma décida de revenir sur le sujet du voyage.

— Savez-vous où il s'était rendu pour chercher des minéraux ?

Mme Sun réfléchit. Son regard se perdit quelque part au-dessus de l'épaule droite de Ma et elle fut longue à répondre.

— Nous n'en avons pas parlé, dit-elle. Contrairement à d'habitude, il n'avait pas l'air enthousiaste. On aurait dit que cette pierre ne l'intéressait pas tant que ça. Il l'a posée là et ne l'a plus regardée.

Une idée traversa l'esprit de Ma. Comment n'y avait-il pas pensé avant ?

— Le soir où Sun Jie...

Il ne faut pas prononcer le nom des disparus, coupa-t-elle, gourmandant Ma comme un enfant.

Ma s'excusa.

— Le jour du meurtre, il n'a pas été retrouvé de téléphone sur lui.

— Il était en vêtements d'intérieur quand il est descendu.

— Oui, c'est pourquoi il n'avait pas de portable, vous avez raison. Personne ne descend les poubelles avec son téléphone. Mais, il en avait bien un, n'est-ce pas ?

Mme Sun partit dans la chambre et en ressortit avec un smartphone Baidu jaune fluo.

— Je suis contraint de vous l'emprunter. Il vous sera rendu après que les services l'auront examiné. Je dois vous faire signer une décharge.

Ma sortit un formulaire plié en deux dans son carnet, inscrivit la nature de l'objet et son propriétaire, la date de sa remise aux autorités et fit signer Mme Sun.

Son estomac gargouillait. N'ayant pas pensé à prendre un coupe-faim dans la voiture, il dut se rabattre sur deux bonbons destinés à Xiuxiu et oubliés dans sa poche.

Ma devait retrouver Zhou au commissariat de la rue du Bœuf. Il était midi. Ils étaient convenus de faire un point sur les recherches concernant les Ouïghours. Il y avait une demi-douzaine de places réservées aux voitures de police devant le commissariat, toutes vacantes. Ma gara la voiture, mais ne sortit pas. Sa curiosité le poussait à allumer le portable de Sun sans attendre le rapport des services spécialisés. Le Baidu s'alluma. La barre de charge indiquait vingt pour cent. Ça suffisait. Il fit défiler le menu du doigt et trouva l'icône des photos. Ma ne savait pas à quoi s'attendre.

En général, on prenait des photos de famille, mais ce qu'il fit défiler avant de retrouver les sempiternelles photos de son fils et de sa femme, ce fut une douzaine d'images de paysage. Une vallée aux monts bas, le ruban argenté d'une rivière, un village en arrière-plan, un barrage. Des images de chantier. Toujours le barrage. Les teintes sourdes et froides de la végétation hivernale. C'était ça que Sun avait photographié lors de ce dernier voyage. Que comptait-il faire de ces photos de barrage ? Ma, pensif, éteignit le portable, le remit dans le sachet en plastique et l'enferma dans la boîte à gants, mais il se ravisa et le fourra dans sa poche. Des Ouïghours, un barrage... quel rapport ? On toqua. Ma émergea de ses réflexions et vit le visage de Zhou derrière la vitre.

— Lieutenant ! dit Zhou quand il baissa la vitre.

— Ah ! Zhou, toi qui connais le quartier, maintenant, amène-nous dans un petit restaurant, je préfère ça à une cantine d'unité de travail.

— Super, chef ! Après avoir parcouru le quartier de long en large, je commençais à avoir faim. Je connais un petit restaurant ouvrier qui a l'air parfait.

Le restaurant où Zhou amena son supérieur s'avançait sur la rue, bricolé avec des panneaux de bois et de la tôle ondulée. Ils entrèrent. Des ouvriers d'une fabrique de quartier avalaient bruyamment des bols de nouilles assis sur des tabourets dépareillés. Ma et Zhou achetèrent chacun un bol de nouilles, s'assirent sur des tabourets et, le bol tenu d'une main, commencèrent à aspirer le contenu en s'aidant des baguettes, en faisant autant de bruit que les ouvriers. Ils parlaient la bouche pleine.

— Ce vieil agent connaît parfaitement le quartier et ses habitants, dit Zhou entre deux bouchées. Il n'est pas musulman, mais il habite une des tours.

Il posa le bol terminé par terre et continua :

— Les musulmans ont des rites particuliers et beaucoup de contraintes, mais ils ne sont pas différents des Han. L'agent Rui et moi avons étudié systématiquement les plaintes liées à des vols impliquant les minorités ces derniers mois. Il est difficile de distinguer un Ouïghour d'un Ouzbek ou d'un Kazakh, mais nous sommes allés sur place réinterroger les victimes sur cette base-là. Le type identifié par l'ordinateur comme comportant quinze points de ressemblance avec le portrait-robot, ce Niuerguli, a été reconnu à cinquante pour cent par deux des victimes de vols récents. Comme mentionné dans le rapport, nous sommes allés interroger sa famille qui déclare ne pas savoir où il est. (Zhou baissa les yeux, embarrassé.) J'ai réfléchi, dit-il. Dis-moi si c'est idiot, mais si cette identification n'est pas suffisamment probante, on peut aussi accumuler un faisceau de soupçons assez fort pour lui mettre une procédure de recherche prioritaire aux fesses. J'ai regardé sur le plan les endroits où les rackets avaient eu lieu dans le quartier. Tous les magasins rackettés étaient éloignés de l'adresse de Niuerguli, on aurait pu tracer un cercle autour du domicile, comme si, en s'attaquant aux gens de son quartier, il avait eu peur qu'on le reconnaisse.

— En effet ! fit Ma. Cela ne peut pas constituer une preuve, mais pour moi aussi, ça suffit à le penser coupable de ces rackets et de ces vols et donc aussi de l'assassinat de Sun. Mais si ce Niuerguli est dans l'ordinateur, c'est qu'il a déjà été arrêté, et son arrestation n'a pas donné lieu à condamnation.

— Je vois où tu veux en venir, lieutenant. S'il n'a pas été condamné, c'est qu'il bénéficie de protections !

— Oui et c'est là que la liaison avec notre meurtre peut se faire. Ce Ouïghour et ses amis sont utilisés comme hommes de main par celui qui les protège. La priorité, c'est de mettre la main sur ce type-là.

— Comment faire, lieutenant ?

Ma prit une cigarette et l'alluma. Le regard dans le vague, il réfléchissait. Zhou, impulsif comme à son habitude, le coupa dans ses réflexions.

— Quand on parle de Ouïghours à la sécurité publique, on pense tout de suite « terroristes et séparatistes », dit-il. Si nous demandions au chef de bureau de faire appel à l'armée pour un coup de main. Avec une brigade antiterroriste, on pourrait ratisser le quartier très rapidement.

— Ce ne serait pas très malin ! Des arrestations en masse, ciblées, sans qu'il y ait eu de leur part acte d'hostilité dirigé contre l'Etat, ça ferait trop de bruit. Une explosion de violence à Pékin exaspérerait les séparatistes du Xinjiang. Non ! Pêcher un poisson dans le lac nécessite plus de ruse que de brutalité. Tu vas retourner au commissariat de la rue du Bœuf pour leur demander assistance. Ce vieil agent qui connaît si bien le quartier doit avoir une idée sur les endroits où peut se cacher un pareil gang.

Zhou plissa les lèvres en hochant la tête.

— Il y a une autre chose qui m'intrigue, reprit Ma. Ce matin, je suis repassé chez la veuve Sun. J'ai récupéré le téléphone portable de son mari.

Le lieutenant extirpa le portable de sa poche et l'alluma.

— Regarde ! dit-il en le passant à son second.

Zhou fit défiler les photos.

— Ne va pas si loin ! fit Ma. Arrête-toi aux paysages. Les autres sont de banales photos de famille.

Le jeune homme examina la série à nouveau, puis il releva la tête et regarda Ma sans comprendre.

— Tu connais cette vallée ? demanda Ma.

— Ça ne me dit vraiment rien ! fit Zhou en haussant les sourcils.

Et comme le jeune homme baissait à nouveau le nez sur l'écran et faisait défiler les clichés, Ma précisa. « On voit un barrage sur presque toutes les photos. Ce sont les dernières photos que Sun a prises et si tu regardes la date, tu verras que c'est le jour où il s'est fait casser la gueule ! »

Ils se séparèrent dès la sortie du restaurant. Zhou descendit vers le sud en direction du commissariat et Ma remonta la rue vers la voiture de service.

De retour au bureau de la section criminelle, Ma alla voir le chef pour s'entretenir de ces différents problèmes. Le chef était d'accord avec lui en tous points. Il fallait chercher le Ouïghour discrètement d'une part, et savoir d'autre part s'il pouvait y avoir un lien entre les photos prises pendant l'exploration minéralogique et les agressions subies par Sun.

— Je ne te cacherai pas que cette affaire provoque des remous à la sécurité nationale. La commission de surveillance des minorités demande qu'il n'y ait pas de vagues. Les Ouïghours donnent des signes d'agitation. Alors, pas d'arrestations massives.

Ma se rendit à l'étage où se trouvaient les services de documentation. Sun avait fait un voyage assez bref. Il n'était parti qu'une journée. Un documentaliste appela pour lui les services de l'aéroport, mais comme Ma s'y attendait, aucun Sun Jie n'avait été enregistré le jour dit. Sun avait donc dû voyager en train. Avec l'aide du documentaliste, il calcula un rayon idéal de cinq cents kilomètres autour de Pékin. Il y avait beaucoup de rivières, dont de nombreuses servaient à l'alimentation en eau de la capitale. Le documentaliste fit une recherche sur les barrages. Ils passèrent deux heures à visionner des photos quand il y en avait et à lire des rapports hydrologiques quand il n'y en avait pas. Ils ne parvinrent pas à identifier de ressemblance probante entre les images plus ou moins parcellaires de Sun et les belles images retouchées des ingénieurs. Ma regardait des photos de la Sanggang He et de la Yang He prises de la berge par des touristes afin d'essayer de reconnaître le relief et la végétation quand il consulta sa montre. Quatre heures et demie ! Il devait partir. Pas question de prendre la voiture de service et pas question d'aller chercher Xiuxiu en retard. Il descendit l'avenue jusqu'à la bouche de métro et en ressortit pour prendre un bus. Il était devant l'école à l'heure. Xiuxiu avait l'air contente de le voir. Ils reprirent les transports en commun et Ma proposa de s'arrêter au McDonald's pour prendre le repas du soir. Le soleil était déjà couché.

— Tu as vu ? Quand nous sommes entrés dans le métro, il faisait encore jour et il fait nuit maintenant, dit la petite. C'est comme si on était monté dans un avion qui nous avait conduits de l'autre côté de la terre, là où il fait nuit. La maîtresse nous a parlé du décalage horaire, aujourd'hui. En Afrique, il fait jour encore, mais en Amérique, il fait jour ou il fait nuit maintenant ?

— Je ne sais pas, Xiuxiu, dit Ma, la tête ailleurs. Il pensait toujours au voyage de Sun et cette histoire de fuseaux horaires l'avait relancé dans ses cogitations. Il baissa les yeux sur sa fille. Ses petites couettes d'ébène se balançaient sur ses épaules. Ses joues rendues plus roses encore par le froid vif. Il s'en voulut de ne pas être pleinement là, avec elle.

— Voilà le McDonald's, dit-il.

Comme il s'apprêtait à pousser la porte, un groupe attira son attention, parmi lequel il reconnut son second. Que faisait Zhou avec ces gars-là ? Il y avait une fille qui avait les cheveux teints en bleu, un autre portait un blouson en cuir et Zhou aussi. Il leur trouva mauvais genre. Il se rendit compte qu'il n'avait jamais imaginé ce que pouvait être la vie de son second, ni même s'il en avait une en dehors des heures de service, mais il n'avait aucune envie que Zhou le voit en train de pouponner.

— Et si nous mangions dans un vrai restaurant ? dit-il à sa fille.

Xiuxiu fit la moue. Mais il insista et lui promit qu'elle pourrait prendre ce qu'elle voulait.

23 décembre

Ma se leva de bonne heure. Un jour blafard suintait des fenêtres. Il jeta sa veste d'hiver sur ses épaules et, en chaussons – de vieilles tennis éculées –, sortit sur le balcon. Il posa la main sur la rambarde glacée et contempla sans la voir la mégalopole, encore piquetée d'éclairage urbain et hérissée de tours récentes, noyée par le brouillard de pollution qui empoissait le paysage. Le deuxième périphérique, qu'il apercevait du balcon, était encore fluide. La cigarette grésilla. Point rouge incandescent sur le ciel sombre comme de la poudre à canon. La fumée qu'il rejetait flottait longtemps avant de se dissiper. Il aurait voulu apprécier cet instant de solitude avant d'amener sa fille à l'école. Il ne savourait rien du tout. La vie avait tourné autrement que ce qu'il espérait. Sunli, son ex-femme, habitait maintenant du côté ouest de la ville. Pour l'arranger, il avait accepté de garder Xiuxiu ces deux derniers jours, mais ce n'était pas simple. Il ne comprenait toujours pas ce qui avait pu clocher avec Sunli. L'aimait-il encore ? Aimait-il Mei ? et Mei, l'aimait-elle ou était-elle avec lui pour ne pas être seule ? Mais la réflexion était valable dans les deux sens. Il avait grand besoin de réfléchir à sa relation avec Mei. Des vies recomposées. Comment construire quelque chose sur des braises fumantes ? Il n'y avait peut-être rien à construire. Rien que des coques de noix emportées par les flots, sans voile, sans moteur, sans avirons.

Plus il y pensait et plus il envisageait sa journée comme un problème : accompagner Xiuxiu en métro jusqu'à l'école, retourner au commissariat, reprendre le fil de l'enquête… Ce soir, il n'aurait pas Xiuxiu. Il téléphonerait à Mei pour lui dire que le champ était libre et que si elle l'était aussi, il l'attendrait. Il préparerait un repas pour eux deux.

Le froid le saisit rapidement, transformant le plaisir de la première cigarette, déjà sapé par sa mélancolie, en corvée obligatoire. Il frissonna. Il avait gelé cette nuit et la neige aller peut-être tomber.

Il fit chauffer de l'eau et prépara du thé, puis réveilla Xiuxiu qui dormait sur le petit matelas d'appoint que Ma avait installé dans la chambre. Un poster de Dora punaisé au mur. Le panda en peluche avait glissé hors du lit. Elle dormait à poings fermés. Ça avait toujours été un problème pour lui : la réveiller. Quand il apercevait sa petite frimousse abandonnée au sommeil, il était désarmé, ce qui avait été une difficulté dans sa relation avec Sunli. Son manque d'autorité. Elle lui reprochait de ne pas avoir le sens des responsabilités et vitupérait contre les enfants rois de la nouvelle Chine.

Il l'appela encore et la fillette se tourna en grognant comme un ourson. Il avait passé la nuit à réfléchir au voyage de Sun, à culpabiliser d'envisager sa fille comme une contrainte supplémentaire, à se tracasser pour sa relation avec Mei. Soudain, il eut horreur des assassins, des uniformes, de ce que sa vie était devenue. Il eut une idée lumineuse : si la journée était un problème, pourquoi ne pas prendre du bon temps à la place ? Il résolut d'attendre que le jour fût là pour la réveiller et au lieu de l'amener à l'école, ils iraient faire du patin sur les douves de la Cité interdite où sur le lac Houhai. Il la laisserait à l'école l'après-midi et prendrait son travail après, prétextant une maladie imaginaire de la fillette. Il prit son portable et appela Zhou sur sa ligne personnelle. Il l'avertit qu'il ne pouvait pas se rendre au bureau ce matin à cause du rhume de sa fille et le chargea d'avertir son supérieur.

— Lieutenant, je ne savais pas que tu avais une fille, dit Zhou.

Il eut envie de dire qu'il ne savait pas non plus que Zhou traînait dans les fast-foods avec de mauvaises fréquentations, mais il s'abstint.

Ma s'accroupit bientôt auprès de Xiuxiu. Dès qu'il annonça à la fillette le programme de la matinée, elle se leva d'un bond. Ils mangèrent goulûment, la tête pleine des cris de joie et crissements des patins sur la glace. Ils prirent le bus en bas de la résidence, le métro à Chaoyangmen, marchèrent de Beihai nord à Houhai, main dans la main. Quoi de plus délicieux que de s'amuser à l'heure où les autres sont en classe ou au travail ?

Les sentences du Nouvel An collées de frais sur les portes des maisons dans les *hutong* qu'ils traversaient célébraient l'année de la chèvre.

Ils louèrent des patins au petit kiosque de location de Houhai. Le ciel était d'un gris pesant et il se déversa en flocons tout soudainement. Petits picotements invisibles qui fondaient sur la peau des joues d'abord. Il remonta la capuche de la doudoune de Xiuxiu et fit pareil avec celle de son jogging sous son propre manteau qui n'en comportait pas.

Le portable sonna dans sa poche.

— Va, continue ! Tu te débrouilles très bien. Papa doit téléphoner. Je te rattrape, dit-il à la fillette. Il arracha le gant avec les dents, attrapa maladroitement le téléphone et décrocha.

— Wei !

C'était Zhou.

— Je suis occupé ! Qu'est-ce que tu veux ?

— Lieutenant ? Désolé de te déranger, mais il y a du nouveau.

— Du nouveau ? L'affaire Sun ? Ma soupira. Vas-y, je t'écoute.

— Un deuxième gars s'est fait saigner comme un poulet… et de la même façon que Sun, fit Zhou le souffle court. Des voisins de la cour du *siheyuan* l'ont trouvé chez lui en s'inquiétant que la porte soit restée ouverte. D'après l'examen préliminaire, on pense qu'il est mort il y a trois jours, approximativement la nuit où Sun a été assassiné.

— Aya ! glapit Ma. Ne t'emballe pas. Les deux meurtres n'ont peut-être rien à voir. Est-ce que c'est dans notre district ?

— Non ! C'est celui de Haidian.

— Le quartier musulman ? Tiens donc ! Le chef a dit quelque chose ?

— Non, tu sais que le chef m'a confié la corvée de twitt le matin. Quand j'arrive, je consulte la météo et les mains courantes des services, puis je poste quelque chose sur le compte « Pékin en sécurité »…

Ma ne put s'empêcher une moue de réprobation. Les autorités avaient pensé améliorer l'image de la police par ce biais. Plus de trois cent mille personnes suivaient déjà les messages et des enquêtes avaient été résolues grâce à des utilisateurs de la plateforme. Il avait refusé, lui, de twitter quand on le lui avait proposé l'année précédente, mais il ne savait pas que Zhou avait accepté.

— ... Ce matin, continua Zhou, il y avait un twitt posté par le central sur le compte. Quand j'ai lu le mode de mise à mort, j'ai tilté.

— Bon ! Renseigne-toi un peu plus et nous verrons cet après-midi. Je serai là vers deux heures.

Ma raccrocha. Il remit son gant en cherchant la petite des yeux, mais il n'y avait que quelques silhouettes d'adultes – des retraités pour la plupart –, qui glissaient sur la glace, zébrés par les flocons denses maintenant. Il cligna en avançant dans la direction qu'elle avait prise. La neige tombait drue et le nombre des patineurs se réduisait. On n'apercevait qu'à grand-peine la tour du tambour sur la rive ouest. Pas d'enfant en patins. Il ne put s'empêcher de penser au trafic d'enfants sur lequel il avait travaillé récemment. Le réseau avait été démantelé et la récente loi qui abolissait la politique de l'enfant unique raréfierait le trafic, mais la crainte était là, présente dans le cœur de tous les parents. Il réprima un vent de panique et accéléra le mouvement au risque de glisser et de s'étaler de tout son long. Il patinait vite et mal. Essoufflé, l'air froid lui sabrait les poumons. Il appela Xiuxiu, mais ses appels se perdaient dans la neige tourbillonnante. Sa tête bourdonnait. Seul dans la neige. Il vit trois silhouettes au loin et patina plus vite. Il ne parvint pas à les rejoindre. Les gens atteignaient la rive est. Il ne semblait pas y avoir d'enfants parmi elles. Il aborda bientôt. Une guérite et des luges improvisées à partir de chaises d'école rangées sur le bord est du lac. Il monta maladroitement sur la rive, sans prendre la peine d'enlever les patins.

— Avez-vous vu une enfant grande comme ça ? demanda-t-il à la femme emmitouflée derrière le comptoir.

Elle secoua la tête, indifférente. Ma regarda le lac. Il était immense, et la rive opposée se perdait dans le blanc ouaté. Il remonta vers le sud et demanda à un couple âgé perdu dans la contemplation du paysage. Il n'y avait plus rien d'autre dans sa tête que ce fait : Xiuxiu était quelque part sur ce lac immense et gelé. A moins qu'elle n'ait abordé autre part sur la berge et soit en train de le chercher. Il l'imagina en pleurs. Il imagina aussi la colère de sa mère quand elle apprendrait qu'il l'avait amenée ici plutôt qu'à l'école et qu'il l'avait perdue. La peur occultait sa pensée comme la neige occultait les rives. Il repartit sur le lac. Le mieux était de retourner à l'endroit où ils étaient descendus sur la glace et d'attendre de l'autre côté. La traversée lui sembla plus longue que la première fois. Il se projetait les mille scénarios de l'angoisse. Ma imaginait que la petite l'attendait bien sagement et le gronderait quand il aborderait, puis doutait qu'elle y soit. Que ferait-il ? Il n'y avait plus personne sur la glace. Il monta les marches et se dirigea vers le kiosque de location, demanda. On n'avait pas vu la petite. « Téléphonez à la sécurité publique ! » lui répondit-on. Il n'osa pas dire que la sécurité publique, c'était lui. Il s'assit sur l'herbe gelée, découragé, tremblant de froid et d'inquiétude. Il se releva au bout de quelques instants, l'estomac noué, fit quelques pas, se rassit. Si elle n'était pas là dans cinq minutes, il devrait se résoudre à appeler le commissariat du district. C'est alors qu'il vit Xiuxiu, les patins à la main, qui marchait vers lui sur la berge en arrivant du nord. Son visage était impassible. Elle avançait lentement. Ma comprit qu'elle avait pleuré. Il la prit dans ses bras et la serra. Le plus dur fut de faire semblant qu'il ne s'était pas inquiété.

— Allons manger une patate douce sous la cendre, dit-il simplement.

La petite fit oui de la tête. Ils rendirent les patins et se dirigèrent vers un marchand ambulant dont le bidon sur roulettes qui servait à cuire les patates fumait comme un volcan. L'homme clignait des yeux sous les flocons qui virevoltaient. Il leur tendit la patate enveloppée dans du papier journal et ils mangèrent avec les doigts à même cet emballage de fortune, soufflant sur la chair jaunâtre et fumante. L'immense peur glacée et solitaire avait fondu. Il eut envie de l'amener à l'école au plus vite et de la remettre entre des mains compétentes, des mains responsables, des mains adultes.

Le soulagement de Ma était à la mesure de son inquiétude passée. Prompt à une vision noire de l'existence, il avait imaginé le pire. Il s'était senti insensible à l'affaire sur laquelle il travaillait, à ses amours même, à tout ce qui n'était pas la présence de sa fille à ses côtés. Mais le soulagement d'avoir retrouvé Xiuxiu l'avait remis sur les rails. Il riait presque en lui-même d'avoir eu aussi peur. Que risquait Xiuxiu ? Quelqu'un l'aurait aperçue pleurant toute seule, silhouette minuscule sur le lac gelé. On l'aurait consolée, on la lui aurait ramenée. Au pire, elle aurait donné le numéro de sa mère. Il aurait tout de même risqué des ennuis avec la justice pour négligence et on aurait pu lui retirer la possibilité de voir sa fille, mais les choses s'étaient bien arrangées.

Il redoutait tout de même un peu que Xiuxiu ne raconte les péripéties de la matinée. Les enfants ne savent pas garder les secrets et il n'osa même pas demander à Xiuxiu de taire l'escapade de peur que ce soit précisément la première chose qu'elle fasse en retrouvant sa mère. Il la déposa à l'école. Ce soir, Sunli la récupérerait et il passerait peut-être la soirée et la nuit en compagnie de Mei. C'est alors qu'il repensa au coup de téléphone de Zhou. Un autre homme était mort égorgé. Il fallait s'assurer qu'il n'y avait pas de relation entre les deux meurtres. Quand Ma se pointa au commissariat, la première chose qu'il fit fut de demander où était son second. Zhou était parti avec une des voitures au commissariat du quartier musulman. Il l'appela sur son téléphone.

Vers huit heures trente, Zhou avait reçu l'appel du lieutenant l'avertissant qu'il serait retenu. Zhou s'était ensuite attelé aux tâches matinales qui lui incombaient. Il avait consulté le site interne de la police, puis les twitts du site public. Après avoir découvert qu'un meurtre similaire avait eu lieu, en fin de matinée, il avait téléphoné à Ma pour l'en avertir, puis il avait déposé une demande pour une voiture de service et s'était fait adjoindre l'agent Wong, une jeune recrue à l'allure décidée, pour l'accompagner. La température était tombée à moins dix dans la nuit. Il était onze heures et elle n'était pas beaucoup remontée quand ils étaient prudemment sortis du parking réservé et s'étaient engagés sur l'avenue dans cette lumière neigeuse qui baignait la ville. Zhou avait mis le chauffage à fond et, très rapidement, la buée s'était déposée sur le pare-brise. L'agent, côté passager, lui était inconnu, bien qu'il l'ait déjà croisé dans les bureaux. Wong ne lui était pas sympathique. Zhou regrettait l'absence de son chef qui, bien que souvent mutique, lui semblait proche. Ils avaient travaillé sur pas mal d'affaires ensemble et la tournure d'esprit de Ma commençait à lui être familière, même s'il mesurait l'étendue de son ignorance concernant sa vie (il venait d'apprendre que le lieutenant avait une fille), et même si l'écart d'âge n'était pas si important, il le voyait un peu comme un père.

Ils roulèrent une demi-heure dans la circulation dense du deuxième périphérique. La radio de service crachotait des informations sur les interventions en cours. Il y avait toujours du mouvement du côté de la gare centrale où des *mingong*[1] s'étaient rassemblés. Zhou et son adjoint se garèrent dans le petit parking réservé du commissariat du quartier musulman. Communication réduite au minimum. Ils entrèrent dans le bâtiment. C'était l'heure du repas. Plusieurs personnes attendaient sur un banc, certaines avec une barquette et des baguettes jetables dans les mains. Derrière un comptoir, une agente renseignait une vieille dame au teint bistre. L'agente se tourna vers Zhou et Wong et, quand elle vit les uniformes, les fit passer derrière le comptoir, leur ouvrit la porte du couloir. Le brigadier les reçut dans son petit bureau au soubassement vert olive écaillé. Sa casquette d'uniforme était posée devant lui, et sa brosse stricte et drue laissait penser qu'il s'agissait d'un homme dur et sans concessions. La coopération entre les sections de la sécurité publique fonctionnait sur le papier mais peu en réalité. Leur réservant un accueil maussade, le

1. Migrants des campagnes.

brigadier les fit asseoir et leur raconta comment la victime avait été découverte avec mauvaise grâce. Il estimait en avoir assez fait en prêtant la veille un agent pour accompagner Zhou.

— La victime s'appelait Liang Sudong, dit-il en leur passant d'un geste sec des photos par-dessus le bureau.

Zhou les examina en réprimant le dégoût qui le prenait toujours devant des clichés de cadavres. Il les passa à l'agent Wong.

— Nous avons reçu un appel d'un voisin hier en fin d'après-midi, continua le brigadier. J'ai envoyé une unité. C'est un quartier de *hutong* réhabilitées. Des gens un peu huppés. Le type s'est inquiété d'une odeur désagréable qu'il avait déjà sentie la veille. Il a d'abord sonné puis il a toqué à la porte qui n'était pas fermée à clé et il a fini par la pousser. La victime gisait sur le dos, proprement égorgée au milieu de la pièce dans une énorme flaque de sang. Le voisin a déclaré n'être pas entré. Il a attendu devant le portail de la *siheyuan* et nous a menés directement à la porte de la victime.

— C'est donc l'odeur du cadavre qui l'a alerté ? demanda Zhou.

— Non ! répondit le brigadier avec un pli amer collé aux lèvres. La victime est morte approximativement dans la nuit du 20. Il était en train de préparer un repas à base de fruits de mer et l'odeur, c'était les huîtres qui pourrissaient.

— Il vivait seul ?

— Sa femme est dans l'Anhui aux dires des voisins. Un deuil familial.

— Une chance pour elle. Nous aurions pu avoir deux cadavres ! fit Zhou. Le moment du meurtre est-il certain ?

— C'est un légiste de l'institut principal qui l'a établi.

— Est-ce le docteur Fan ? demanda Zhou.

— Tenez ! Voici le compte rendu, dit le brigadier en lui tendant le papier.

Zhou constata qu'il s'agissait d'un autre légiste, qui n'avait pas fait le rapprochement entre les deux morts.

— C'est la raison pour laquelle nous sommes ici. Nous avons une victime dans le quartier Chunshu, mort de la même façon et la date de la mort est très proche. Nous avons bel et bien un égorgeur qui a frappé deux fois la même nuit !

Le brigadier, sans se défaire de son masque bourru, lâcha un soupir.

— Vous voulez donc que nous coopérions ?

Zhou acquiesça.

— Vous ne connaissez pas ce quartier, répliqua le brigadier. Il a des spécificités. C'est un quartier sensible. Laissez-nous le terrain. J'étais d'accord pour que mon agent vous téléguide dans le quartier, mais s'il y a des actions d'envergure à mener, je ne veux pas voir de flics d'un autre district se mettre dans les pattes de mes hommes, c'est bien compris ?

— Très bien ! Mon supérieur vous contactera à ce sujet, précisa Zhou.

Le brigadier continua d'un air revêche.

— Je vous ai adjoint un homme qui connaît le quartier comme sa poche pour trouver le Ouïghour du portrait-robot, mais si vous devez mener une chasse à l'homme, c'est une autre histoire.

Zhou fit un mouvement d'assentiment. Il se leva et son adjoint fit de même.

— Merci, brigadier. Mon chef vous appellera cet après-midi, dit-il.

Le dossier indiquait que Liang était marié et qu'il était enseignant à l'université. Zhou posa les mains sur ses genoux et se pencha en avant. Il avait une autre requête à présenter au brigadier. Il voulait qu'il lui prête un bureau pour quelques minutes afin de téléphoner aux légistes et leur demander de confirmer si l'auteur des meurtres était une seule et même personne. Le brigadier soupira de nouveau, se leva, sortit dans le couloir et lui ouvrit une porte. C'était la salle d'interrogatoire.

— Duan ! dit-il à un agent qui sortait du réduit abritant la photocopieuse. Donnez un annuaire au sous-lieutenant.

Zhou, l'annuaire sous le bras, salua le brigadier, entra avec Wong et referma la porte. Il hésita à contacter Ma immédiatement, mais il se ravisa, pensant que le lieutenant apprécierait qu'il prenne des initiatives. Il s'assit sur la chaise métallique et son agent resta debout près de la porte pendant qu'il allumait la lampe de bureau posée sur la table. Zhou feuilleta l'annuaire, trouva l'institut et demanda à parler au docteur Fan en urgence. Il expliqua le problème. Le docteur pensait qu'il faudrait un petit moment pour établir une comparaison entre les deux meurtres. Il le rappellerait. Zhou feuilleta l'annuaire à nouveau, composa un numéro et tomba sur une secrétaire. Il se présenta et insista sur le caractère urgent de sa démarche. La secrétaire le mit en attente et, après un temps, il eut un agent administratif au bout du fil. Il demanda à avoir un rendez-vous d'urgence avec un collègue de la victime.

Wong et Zhou ressortirent du commissariat et reprirent le flot de la circulation, direction Beida[1]. Les

1. Abréviation pour Beijing Daxue, université pékinoise.

premiers flocons tombaient sur Pékin. Ils roulèrent en direction du district de Haidian, dépassant, sirène éteinte, des bus touristiques en direction du Palais d'été, d'autres chargés d'étudiants de l'université des géosciences. C'est alors que Ma l'avait appelé et lui avait expliqué que sa fille allait mieux, qu'il l'avait laissée à l'école, qu'il était passé au commissariat et qu'il était en voiture pour le rejoindre au commissariat de la rue du Bœuf. Zhou lui exposa la situation. L'agent Wong et lui roulaient en direction de l'université des géosciences. Ma se déroula pour les rejoindre. Il pouvait prendre le quatrième boulevard circulaire, puis atteindre le deuxième par Xitucheng et Xizhimen et filer plein sud pour les rejoindre.

Les collines basses du campus, la ligne des premiers bâtiments universitaires apparurent, blancs dans les flocons tourbillonnants. Zhou et Wong suivirent les panneaux indiquant les différentes entrées de l'université. Choisissant la principale, ils n'attendirent pas longtemps au portail du campus. Le garde leur montra le bâtiment, la grille s'ouvrit. Ils se trouvaient au pied de deux arches où s'encadrait une immense et blanche statue de Mao Zedong, qui semblait évaluer d'un œil impartial leur légitimité à pénétrer ces lieux d'élite sur les bancs desquels, c'était connu, le premier ministre Wen Jiabao avait usé ses pantalons. Le vent de la connaissance semblait soulever un pan du manteau de pierre du Grand Timonier impassible. On contournait le monument pour accéder à l'austère bâtiment administratif surmonté, en grands caractères rouges, de l'inscription *Zhongguo Dizhi Daxue*. La pelouse était blanche de neige. La cime des peupliers grattait le ciel bas. Ils laissèrent la voiture au pied de l'immeuble et gravirent les marches. Neige balayée, talonnettes qui claquent sur le marbre. A nouveau, un gardien vint s'occuper d'eux et les amena au bureau d'un membre administratif de la section des géosciences. L'homme avait les cheveux poivre et sel et des yeux lointains derrière des verres épais. Il se leva de derrière son bureau et inclina la tête devant les représentants de l'ordre.

— On vient de me prévenir du décès du professeur Liang Sudong. Des policiers voulaient voir ses collègues, dit-il.

Il avait l'air bouleversé et dansait d'un pied sur l'autre devant les deux policiers.

— Je ne le connaissais pas très bien (vous comprenez, il y a des centaines d'enseignants et de chercheurs à l'université), mais je l'ai croisé quelquefois. Cependant, je ne comprends pas la raison de votre présence.

— Le professeur a été assassiné, dit Zhou. On ne vous l'a pas dit.

Le directeur du personnel écarquilla les yeux derrière ses lunettes de fer.

— Assassiné ? bredouilla-t-il. Mais comment...

— Il a été retrouvé mort hier soir. Le décès remonte selon toute vraisemblance à lundi soir.

Le petit homme tenta de se reprendre. Il contourna son bureau et se pencha sur l'écran de son ordinateur.

— Voyons, dit-il. Liang Sudong.

Zhou et Wong entendaient les clics et la roulette de la souris. La lueur bleutée de l'écran dessinait une petite fenêtre animée sur le verre des lunettes du directeur. Finalement, il se redressa en fixant les deux flics et se figea.

— Eh bien ? fit Zhou qui s'impatientait.

Comme s'il était lui-même coupable de ce que lui indiquait l'écran et que c'était plus important que le décès de Liang, le directeur du personnel annonça d'une voix tremblante :

— Il avait cours de dix heures à une heure et de deux à quatre, hier et... il était absent !

— Bien sûr, puisqu'il était déjà mort, fit Wong.

Zhou ne put s'empêcher de jeter un regard bref et pointu comme un couteau à l'agent.

— Comment est-ce arrivé ? demanda le directeur.

— L'enquête est en cours et les détails ne sont pas livrés au public. Où pouvons-nous rencontrer ses collègues ?

Il tremblait presque. Il se pencha sur l'écran, pour vérifier quelque chose qu'il savait déjà. Il se releva, les regarda et se pencha encore une nouvelle fois, « oui, c'est ça, c'est ça ! » comme quelqu'un qui vérifie trois fois de suite s'il a bien éteint le gaz.

— Aya ! Le professeur Hua est présent à l'amphi 2. Il doit être en train de terminer son cours. Liang et lui ont travaillé ensemble souvent. Je vais vous y faire accompagner.

A ce moment, le portable de Zhou sonna. C'était Ma qui arrivait. Zhou lui dit où les retrouver.

La jeune femme à qui le directeur du personnel les avait confiés souriait excessivement. Ils attendaient Ma dans la grande entrée du bâtiment administratif. La neige tombait toujours. Il y en aurait bientôt dix centimètres. Ma avait garé la voiture derrière celle de Zhou et Wong. Il courait pour se mettre à l'abri. Après l'épisode du matin, il en avait soupé de la neige ! Mais il n'eut pas le temps de profiter de la bouffée de chaleur que l'ouverture de la grande porte lâcha sur l'extérieur. Zhou, Wong et leur hôtesse dévalèrent les marches à sa rencontre. Ils plissèrent les yeux. On aurait dit que la doublure d'une veste ouatée avait été déchirée et que le duvet voletait et leur picotait le visage. Ils tenaient le col de leurs uniformes serré autour du cou et rentraient la tête dans les épaules.

— Quelle tempête ! fit remarquer Zhou.

Ma s'abstint de toute remarque. Il inclina la tête en guise de salut à Zhou et Wong. L'hôtesse les fit trotter le long d'une allée sans dire un mot.

— On a identifié la victime ? demanda Ma.

— Il s'appelait Liang Sudong, dit Zhou.

Le nom lui disait quelque chose. Ma se promit d'y réfléchir plus tard. L'air froid agaçait les dents dès qu'on ouvrait la bouche. Les peupliers avaient maintenant l'air de fantômes blancs dressés sur leur route. Ils pénétrèrent dans un grand bâtiment blanc à étages. Le bruit de leurs pas résonnait sur le marbre du sol. Ils avançaient dans un long couloir, des picotements sur le visage et les mains, croisant des étudiants inquiétés par leur présence. Le professeur Hua se tenait au milieu d'un petit groupe, en train de commenter le cours qu'il venait de donner. L'hôtesse l'interpella, fit un signe de tête aux policiers et tourna les talons. Le professeur se retourna et aperçut les uniformes. Ma s'avança. Quand il eut appris les raisons de leur présence, Hua se décomposa. Personne ne l'avait averti de la mort de Liang. Il salua les étudiants qui se dispersèrent.

— Assassiné ? fit-il, mais par qui ?

— C'est ce que nous essayons de découvrir, dit Ma. Y a-t-il un endroit où nous pourrions discuter tranquillement ?

Le professeur porta la main à son visage.

— Excusez-moi, dit-il. Je suis diabétique. L'émotion est mauvaise pour moi. Il faut que je me fasse une injection. Il y a une salle pour les professeurs à l'étage au-dessus de l'amphi. Vous pouvez me suivre. J'en ai pour une minute.

Ils prirent l'escalier à sa suite. Le professeur vacillait en se tenant à la rampe et cet escalier semblait aussi pénible à gravir pour lui que s'il s'était agi des derniers mètres de l'Himalaya. Il entra dans une salle basse de plafond, vaste et propre. De nombreuses chaises occupaient l'espace près d'une table métallique. Hua choisit la plus proche et s'y laissa tomber comme un poids mort. Il trifouilla fébrilement dans une pochette qu'il sortit de la poche de sa longue blouse blanche et prépara son injection. Zhou avait horreur des piqûres. Il regardait ailleurs.

— Le professeur Liang a été assassiné dans la nuit de lundi à mardi, dit Ma après que Hua eut remisé son nécessaire au fond de sa poche. La couleur revenait sur son visage.

— Liang était absent hier. J'ai dû assurer son cours en plus des miens. J'ai fait téléphoner l'administration, mais ça ne répondait pas chez lui. J'étais loin de penser qu'il était mort. Dire que je lui en voulais de ne pas avoir prévenu !

Ma ne commenta pas.

— Vous ne l'avez pas trouvé inquiet ces derniers jours ? demanda Zhou.

Hua secoua la tête.

— Rien qui puisse nous aider ? Un changement de comportement, des confidences ? renchérit Ma.

— Rien. Vous savez, nous sommes des enseignants et des chercheurs, nous parlions uniquement de formations géologiques, de cristaux, de minéraux...

Et tout à coup, une lumière jaillit dans l'esprit de l'inspecteur. Liang Sudong était un ami de Sun. Il l'avait rencontré à plusieurs reprises quand ils étaient étudiants, quelque temps après l'enterrement du premier secrétaire Hu Yaobang. Sun et Liang étaient amoureux de la même fille à l'époque. Ma savait qu'il ne l'avait pas épousée puisqu'il connaissait Mme Sun, mais Liang ? Avait-il eu plus de chance ? Cette fille, dont il ne se rappelait plus le nom pouvait-elle constituer un mobile ? Ma n'écoutait plus, perdu dans ses pensées.

— ... d'urbanisme, disait Hua.

— Excusez-moi, dit Ma. Je n'ai pas entendu votre dernière phrase.

— Je disais que la dernière discussion que nous avons eue, concernait l'urbanisme, la construction, des choses que nous n'évoquions pas d'ordinaire.

— C'était étrange ? demanda Zhou.

— Oui, parce que Liang ne s'y intéressait pas d'habitude.

— Vous pourriez nous répéter cette conversation ? demanda Zhou.

— C'est difficile, car c'était à bâtons rompus. On a parlé de la Sanggang He et de l'urbanisation de ses rives. La stabilité des terrains. C'est une région géologique complexe...

— Avez-vous parlé de barrages ? coupa Ma.

— Maintenant que vous le dites, oui, je crois bien qu'il en a été question. Mais je n'avais pas grand-chose à en dire parce que je ne connais pas bien cette région. Je travaille spécifiquement sur les lœss du Shanxi !

A nouveau, Ma n'écoutait plus. Son esprit fonctionnait à toute allure. Une théorie s'esquissait qu'il comprenait assez mal. Si Sun s'était intéressé à ce barrage, c'est parce qu'il avait découvert un gisement mis à jour par les travaux. Ce gisement intéressait quelqu'un de haut placé qui l'avait fait exécuter par des hommes de main afin qu'il n'en parle pas. Un gisement qui aurait fait arrêter les travaux du barrage. Mais pourquoi des Ouïghours ? Et comment Sun avait-il eu vent de ce gisement ? Son excursion sur le lieu du barrage lui était venue d'un coup. Il avait posé un congé, était parti une journée et en avait ramené un pauvre échantillon. Cette thèse comportait trop de trous et d'incertitudes. Elle lui sembla tout à coup grotesque. Ils étaient passés à côté de quelque chose.

— Professeur Hua, je voudrais vous montrer un échantillon minéralogique, dit-il. Le professeur Liang était allé faire une excursion sur la Sanggang He avec un ami qui a lui aussi été assassiné. Cet homme avait ramené une roche que j'aimerais que vous expertisiez.

— Bien sûr ! fit Hua. Amenez-moi l'échantillon.

— A quelle heure finissez-vous vos cours ?

— A vrai dire, j'ai terminé.

— Alors, prenez vos affaires et suivez-nous. Nous vous ferons ramener chez vous après.

L'épandage de sel n'avait pas commencé. Le blanc immaculé du campus laissait place aux avenues sillonnées de lignes jaunâtres et la neige continuait à tomber. La circulation devenait difficile. Ils arrivèrent en fin d'après-midi à la résidence. Ma demanda à l'agent Wong de rester dans la voiture et Zhou, le professeur Hua et lui montèrent à l'étage de Sun. Mme Sun ouvrit, l'air endormie ou saoule. Son fils était dans la pièce principale et jouait à un jeu vidéo devant l'écran de télé. Comme il tournait la tête, Ma vit son visage dur et fermé. L'inspecteur salua Mme Sun et lui expliqua qu'ils n'en avaient pas pour longtemps. Ils entrèrent. L'enfant avait tourné la tête sans rien dire, puis était retourné à son jeu comme si c'était le seul élément de réalité qui existât. Ma ne put s'empêcher de penser à sa propre fille et à l'aventure de ce matin sur le lac gelé. Il secoua la tête et demanda l'échantillon.

— Celui que mon mari a ramené de sa dernière excursion ? questionna Mme Sun.

— Celui-là même.

Elle tituba en allant vers la bibliothèque, prit l'échantillon à deux mains et le tendit à l'inspecteur. Ma le fit tourner un instant entre ses mains et le tendit à Hua.

— Qu'est-ce que c'est ? dit-il.

Le professeur le prit à son tour, le regarda sous tous les angles ; l'approcha de sa bouche et le lécha légèrement. Il examina la partie mouillée et assombrie par la salive.

— Du quartz, dit-il. Aucune valeur. Très banal.

Ma le fixa.

— Vous en êtes sûr ?

— A cent pour cent !

Ma secoua la tête. Son embryon de thèse s'effondrait. Il n'y avait pas de gisement. Zhou le regardait sans comprendre. Ma remercia Mme Sun. Ils sortirent.

La curiosité de Zhou l'emporta sur sa retenue devant un civil.

— Je t'avoue, lieutenant, que je ne comprends rien à cette démarche, dit-il.

— Je crois que moi non plus ! fit Ma.

L'après-midi touchait à sa fin. Les rues illuminées de neige plongèrent Ma dans une tristesse qu'il ne s'expliquait pas.

Hua se fit déposer au métro. Il irait plus vite ainsi qu'en voiture. Ma l'avertit qu'il aurait peut-être besoin de lui encore. « Pour une petite excursion », dit-il.

La nuit était là, sans étoiles, puits de ténèbres basses. Après qu'ils eurent laissé la voiture au commissariat, Ma était rentré chez lui en transport en commun. Il avait fait de petites courses afin de préparer un dîner pour Mei et lui. Du porc, une boîte de sauce tomate, des légumes frais dans un sac en plastique qu'il balançait au bout de son bras. La neige crissait sous ses pas. Il se rendit compte qu'au lieu de marcher dans les traces des passants précédents qui avaient tassé la neige, il posait ses pas aux endroits où elle était immaculée et pure, vierge de traces. Il se sentait las et sans courage face à ce que la soirée impliquait. En fait, ce dont il avait besoin, un besoin terrible, impérieux, mais irréalisable ce soir, c'était d'être peinard. Il aurait préféré qu'elle ne vienne pas et s'en voulut immédiatement de le penser.

Il avait tout juste le temps de chercher une recette sur internet et de préparer un repas d'amoureux.

C'était comme un tiroir qu'il refermait quand il arrivait chez lui. Le travail, il le laissait derrière. Il voulait que sa soirée soit à lui et à Mei. Mais il avait téléphoné à Sunli, inquiet de ce que Xiuxiu ait pu divulguer l'aventure du lac et Sunli lui avait dit qu'elle avait récupéré la petite à l'école et qu'elle le remerciait de l'avoir gardée. Elle avait été sèche comme toujours, mais elle ne lui avait fait aucun reproche. Xiuxiu n'avait pas vendu la mèche. Pas encore ! Il raccrocha avec un fort sentiment de culpabilité. Mei allait arriver d'un instant à l'autre et ils feraient sans doute l'amour avant de manger. Il ne voulait surtout pas y penser. A vrai dire, il ne savait plus où il en était. Revoir Sunli, l'entendre parler et même lui faire des reproches le mettait sur le gril. Un gril fait de souvenirs heureux que lentement, graduellement, une amertume incompréhensible – ou trop compréhensible, peut-être – avait terni jusqu'au noir total. Xiuxiu était une blessure supplémentaire en même temps qu'un lien insécable. Il avait pensé que Mei effacerait l'ardoise, mais elle devait se faire une place entre la culpabilité torturante, le désir et la peur d'être seul, lâcheté qui le ramenait à la culpabilité première.

Un *gulaoru* qu'il espérait encore chaud quand elle arriverait répandait une odeur alléchante. C'était un plat sichuanais, province d'origine de Mei, qu'il avait confectionné en suivant la recette sur internet. Il ne lui restait qu'à faire sauter des légumes au wok. Il mit le *gulaoru* dans un plat avec un couvercle afin qu'il conserve sa chaleur et commença à faire revenir les légumes. L'huile crépitait. Les légumes semblaient couverts de vernis. Elle aurait déjà dû être là. Lui, qui ne pensait que rarement à l'enquête sur laquelle il travaillait quand il n'était pas en service, ne pouvait s'empêcher de ressasser des éléments de l'affaire, les souvenirs avec Sun et Liang, puis il revenait sur Xiuxiu dont il n'avait pas su profiter pendant les deux soirées qu'il avait passées avec elle. Ensuite venaient des souvenirs de la dernière soirée avec Mei. L'excitation que provoquait la vue d'une mèche de cheveux d'ébène sur sa nuque… La neige s'était arrêtée de tomber, mais il apercevait, à travers la baie vitrée du balcon, sa lueur blanche qui recouvrait la ville. Cette neige semblait lui brouiller l'esprit comme des parasites.

Il avait terminé quand il entendit la clé tourner dans la serrure – clé qu'il lui avait donnée il y a quinze jours à peine.

Ma s'éveilla sur un cauchemar. Il se tourna vers le réveil à cristaux liquide : deux heures vingt. Mei dormait tournée vers le mur. Il percevait sa présence à la chaleur qu'elle dégageait et la courbe de son dos sous les couvertures dessinait vallées et collines. Le rêve s'évanouissait rapidement. Les images disparaissaient vite, mais il se voyait encore, les bras en croix, sur le dos, les mains attachées à des piquets plantés. Sa fille se penchait sur son corps coupé en deux, le doigt levé elle le grondait : « C'est ta faute ! » Sun se penchait au-dessus de lui aussi. Une vaste plaie béante et blanche laissait voir sa trachée-artère. « Ça ne fait même pas mal, tu sais », disait-il. Puis, sans raison, il criait : « Je ne suis pas un corrompu ! »

Ma se retourna dans le lit pour effacer les dernières images désagréables. « Je ne suis pas un corrompu ! » Il se souvint de cette phrase qu'avait dite Sun. C'était il y a longtemps. Ils étaient étudiants, c'était en 1989. Liang, Kaokao et Ma étaient venus voir Sun sur la place. Ma sentait que Kaokao, la petite amie de Sun, avait peut-être une histoire avec Liang. Liang était gêné. Il se tenait en retrait derrière Kaokao pendant que Ma essayait de convaincre Sun d'abandonner le campement de fortune que les plus irréductibles avaient monté au beau milieu de la place Tiananmen et de se remettre à manger. Kaokao tenait un thermos rempli de soupe qu'elle comptait bien faire ingurgiter à Sun. Elle culpabilisait de ne pas avoir le courage de se battre pour ses idées, mais aussi de ce qui s'était passé entre Liang et elle. Il faisait beau, ce jour-là. On était en juin 1989. Les militaires qui ceinturaient Tiananmen les avaient laissés passer, et lui, jeune aspirant policier, il avait hésité à venir de peur qu'on le vire de l'académie. Il avait eu peur pour son avenir parce qu'il s'était pointé sur la place Tiananmen et il avait dû expliquer qu'il voulait convaincre un camarade de laisser tomber la contestation, de ne pas s'entêter. Ils étaient arrivés près des tentes. Ils s'étaient approchés et avaient aperçu Sun, allongé devant sa tente sur un duvet qu'il avait étalé au sol. Il fit un geste large et fatigué englobant les tentes igloo prêtées aux étudiants pour occuper la place et tenir leur grève de la faim.

— Il y a des rumeurs, Sun ! avait averti Ma. Ça court à la sécurité publique. Même si nous, jeunes recrues, n'avons pas accès aux informations sûres, le bruit court que les étudiants grévistes de la faim vont être délogés. Tu es un idéaliste et il n'y a rien à dire à cela, mais ne compromets pas plus longtemps ton avenir. La géologie est ta passion, fais en sorte de pouvoir continuer tes études.

— C'est déjà trop tard, nous sommes tous fichés ici !

— Le gouvernement n'a pas l'intention de céder et de faire des réformes. Tous les membres de l'aile tenue par les réformistes ont reculé.

— La démocratie ou la mort ! avait dit Sun.

— C'est idiot, avait répliqué Kaokao en s'approchant. La démocratie, c'est pas pour nous. Et puis, tu crois qu'ils vivent mieux en Amérique parce qu'ils peuvent voter ?

— Bien sûr ! avait fait Sun. Et puis, quand on dit quelque chose, il faut s'y tenir. On ne cédera que devant la force ! J'ai pris ma décision et je serais un lâche si je ne m'y tenais pas !

— Tu risques de gros ennuis. Jiang Zemin a déclaré que les étudiants devaient être raisonnables. Zhao Ziyang lui-même est en disgrâce.

— Zhao Ziyang ne s'est pas vendu, lui ! avait dit Sun.

— Jiang Zeming a promis de ne pas vous faire d'ennuis si vous démontiez le camp et rentriez tranquillement chez vous, avait précisé Liang. Allez ! Laisse tomber, Sun, et demain, nous prenons un billet de train et nous allons prospecter dans le Shaanxi. Kaokao est prête à nous suivre.

Un pli amer avait alors tordu la bouche de Sun.

— Non ! avait-il craché. On essaye de négocier avec nous. Ceux qui cèdent sont des corrompus et je ne suis pas un corrompu !

Ma observait le plafond noyé dans la pénombre. Kaokao était le seul lien – en dehors de lui-même – qu'il voyait entre Liang et Sun, et tous deux avaient été égorgés par la même personne. Il lui fallait s'assurer que Kaokao n'avait rien à voir avec tout ça. Que la rivalité amoureuse de Sun et Liang n'avait pas pu générer des meurtres pareils ! La retrouver ne serait pas chose facile et il était seul sur ce coup-là parce qu'il ne pouvait pas en parler au chef de section. Comment lui avouer maintenant qu'il avait connu Sun et Liang ? Qu'il les avait rencontrés pendant le mouvement du 4 mai ? Il n'aurait jamais obtenu l'enquête s'il avait raconté ça au début et il était trop tard pour le faire maintenant. Il pourrait toujours en parler à Zhou, mais son adjoint était trop jeune pour connaître ces événements. Il y avait une censure implacable sur ce qui s'était passé à ce moment-là et Zhou le regarderait avec des yeux ronds quand il en parlerait. Flic ou civil, tapez « événements de Tiananmen », « 4 mai », « massacre 1989 » ou quoi que ce soit en rapport avec les manifestations pour la démocratie de cette année-là sur votre moteur de recherche, et vous avez les flics de la sécurité nationale à votre porte dans le quart d'heure qui suit.

Ma se leva et marcha à tâtons vers la cuisine. Il faisait froid dans l'appartement. Il jeta sa veste sur ses épaules nues, alluma la lumière et se versa un verre d'eau. Comment retrouver Kaokao et comment justifier cette recherche au service ?

Soudain, Mei était là, appuyée au chambranle. Il ne l'avait pas vue sortir de la chambre. Elle était nue et elle frissonnait. Il alla chercher une autre veste chaude à la patère près de la porte d'entrée et la lui passa autour des épaules.

— Je t'ai réveillée, constata-t-il.

— C'est sans importance. Quelque chose te chiffonne, je le vois bien. Est-ce que ça a un rapport avec nous deux ?

— C'est le travail, dit-il sans s'étendre.

— C'était un contrat entre nous. Nous laissons notre passé derrière nous. Nous n'en parlons pas. Nous sommes juste un homme et une femme sans passé et peut-être sans avenir.

Ma la regarda comme s'il savait l'avoir déjà perdue.

— Retournons nous coucher, dit-il.

Une fois au lit, elle se pelotonna contre lui.

24 décembre

Ma et Zhou étaient dans le bureau du chef Kou à la première heure.

Kou avait l'air soucieux, mais pas plus qu'à l'ordinaire. Il regarda un moment les deux hommes sans rien dire.

— L'enquête n'a pas avancé, constata-t-il finalement. Je peux vous donner trois hommes supplémentaires à plein temps.

Le problème était que Ma ne voyait pas à quoi il pourrait employer trois hommes. Il avait l'intention d'envoyer Zhou continuer son enquête sur les Ouïghours de la rue du Bœuf. Il tenait un nom et, connaissant la pugnacité de son second, il savait que lui fourrer d'autres hommes dans les pattes ne l'aiderait pas à le retrouver plus vite.

— Chef, j'ai une remarque à ce sujet : comme vous l'avez vu dans le rapport, nous recherchons un Ouïghour qui est notre suspect numéro un, dit-il. Vous avez demandé qu'un agent du quartier musulman soit sous nos ordres directs et à mon avis, c'est suffisant. La probabilité d'une connexion avec les séparatistes est faible, c'est l'estimation des services spéciaux, pas la mienne. Il est hors de question de lancer une vague d'arrestations et donc de mobiliser plus d'agents pour le moment. Comme je n'ai aucune autre piste sérieuse, je me contenterai pour l'instant de mon second et d'un agent de patrouille qui servira de chauffeur.

Le chef Kou prit un air conciliant.

— Bien ! Donnons-nous trois jours encore et si rien de concluant n'en ressort, il faudra envisager des effectifs supplémentaires et des méthodes plus agressives. Lieutenant Ma, quel est votre ordre du jour ?

— Commandant, j'ai, d'une part, deux ou trois choses à vérifier concernant le passé de la victime et d'autre part, la prospection de quelques planques possibles pour le suspect.

— C'est ce que j'appelle tâtonner ! commenta le chef.

En sortant du bureau du chef, Ma se sentait plus à l'aise. Il n'avait pas mentionné cette piste qu'il pensait stérile, mais que sa conscience lui ordonnait d'explorer. Zhou descendit l'escalier pour aller au parking en embarquant à sa suite l'agent Wong qui l'accompagnerait jusqu'au quartier musulman. Ma continua dans le couloir et ouvrit la porte de son bureau.

Il s'installa devant son ordinateur éteint. Une tasse vidée la veille était posée à côté du clavier. Il ne savait que chercher dans la base de données. L'intranet regroupait des millions d'identités, mais encore fallait-il entrer nom, prénom, province d'origine et tout ce qu'on savait. Pour une centaine de noms de famille en tout et pour tout dans le pays, il fallait beaucoup d'informations pour retrouver une personne, d'autant plus qu'il ne parvenait même pas à se souvenir du patronyme de Kaokao. D'ailleurs, l'avait-il jamais connu ? C'était si loin. Près de vingt-cinq ans ! Liang, Sun et lui l'appelaient seulement Xiaomao, Chaton ! Pourquoi n'avaient-ils jamais employé son nom ? Seul son prénom de naissance lui était connu. Et Ma se creusait la cervelle en essayant de se souvenir de ce qu'elle faisait. Il se rappelait bien qu'elle était étudiante, mais il ne se rappelait plus en quoi. Bref, il n'avait pas le moindre élément pour la retrouver. Et pourtant, obsessionnel, il savait qu'il ne pourrait pas continuer à explorer d'autres pistes pour lui plus sérieuses tant qu'il ne se serait pas assuré de l'inconsistance de celle-là. « Et merde ! » tonna-t-il. Il se leva et alla se coller à la fenêtre. On voyait les arbres et le parking deux étages au-dessous, serré entre les ailes des logements des cadres de la sécurité et du bâtiment de la garde à vue. Les véhicules avaient sillonné le sol et seuls les angles restaient immaculés.

Ma retourna vers la porte et fouilla la poche de sa vareuse. Il transportait toujours son vieux carnet d'adresses. Ce carnet était comme un lien avec une ancienne vie – une vie d'avant Sunli et Xiuxiu – faite d'espérances encore vierges de compromissions. Des adresses vieilles de vingt ans s'y lisaient encore. Il alla au bureau avec cette relique qui était faite de lambeaux scotchés au papier marron gommé. Il prit une feuille de papier et nota tous les noms et adresses d'anciens camarades perdus de vue. A l'époque, peu d'entre eux avaient le téléphone. Il y avait deux manières : ou bien on appelait le téléphone public le plus proche et le préposé allait chercher le correspondant, ou bien on passait à l'improviste. Temps révolus. Ma alluma l'ordinateur. Il confronta les noms du carnet aux données de l'ordinateur et obtint deux numéros de téléphone récents. Le premier était Fu Lin, un camarade d'université de Liang avec qui ils avaient passé quelques dimanches à canoter sur Beihai. Il appela à son domicile, mais personne ne répondit. Les coordonnées données par l'ordinateur fournissaient le numéro de la permanence de la *danwei*. Ma eut un responsable de l'unité de travail. Ma déclara appartenir à la sécurité publique et envoya chercher l'ancien ami qui travaillait dans une imprimerie. L'inspecteur attendit patiemment. La mention de la sécurité publique faisant toujours cet effet, c'est un homme effrayé qu'il eut au téléphone. « Ma ? Ma Gong ? » dit Fu en s'étranglant. Ma tenta de le rassurer et lui rappela qu'à l'époque où ils s'étaient connus, il était déjà à l'académie de police. Fu eut l'air de s'en souvenir. L'inspecteur cacha les meurtres et inventa une histoire. Il expliqua à Fu, qu'il avait en fait peu connu, que dans le cadre d'une enquête liée à des faits de corruption imputés à une personnalité de l'université de géologie, une ancienne amie commune avait été mentionnée en qualité de témoin. Ma expliqua ne pas se souvenir du nom de ce témoin potentiel, qu'elle était dans l'entourage de Sun Jie et Liang Sudong, dont elle était alors une amie proche, qu'il l'avait certainement connue aussi et qu'elle portait le petit nom de Kaokao.

— Pa Kaokao, qu'on appelait Xiaomao ? C'est Pa Kaokao que tu... que vous voulez dire ? dit-il, hésitant sur le pronom, se demandant s'il parlait à un ancien camarade ou à un officier de la sécurité publique.

Un sourire éclaira le visage de Ma.

— C'est ça ! dit-il. Pa Kaokao. Fu Lin, tu sais où je peux la trouver ?

— A l'origine, j'étais un ami de Xiaomao... de Kaokao, dit-il. Mais elle est devenue ma femme !

— Tu veux dire que vous êtes mariés.

— Oui. Depuis une vingtaine d'années.

— Mais il me semble qu'elle était la petite amie de Sun Jie, dit Ma.

— Oui ! Puis de Liang Sudong, et ensuite la mienne, ricana-t-il.

Mais il se reprit vite en songeant que l'ancien camarade au téléphone était flic. Ma sourit en pensant que Fu, qu'il se rappelait comme un type malingre et peu brillant, leur avait soufflé la fille.

— Il n'y a rien de grave ? demanda Fu d'un ton rembruni.

— Non, non, s'empressa de répondre Ma. Et il n'est pas du tout certain que nous ayons besoin de son témoignage. Au fait, continua-t-il comme s'il venait de se souvenir de quelque chose de peu important, tu n'aurais pas revu Liang et Sun récemment.

— Aya ! Ça non ! Nous les avons perdus de vue depuis bien longtemps. Et par rapport à Xiaomao, il n'aurait pas été bien que nous nous revoyions !

— Tu penses que Liang ou Sun t'en aurait voulu d'avoir séduit Kaokao ?

— Oh non, et puis, c'est plutôt elle qui a fait le premier pas, dit-il avec une fausse modestie, mais nous avons tous les deux voulu rompre avec notre passé estudiantin. Il faut savoir tirer un trait !

Ma remercia Fu en l'assurant qu'il n'aurait peut-être pas à convoquer sa femme. Fu n'insista pas pour le revoir. L'inspecteur raccrocha, se rendant compte que le passé était bien loin et que le réactiver ne serait jamais qu'une utopie. Ce passé, pourtant secoué par des événements graves, ne reviendrait plus jamais. Ne reviendraient plus l'insouciance et la naïveté de la jeunesse.

Il resta quelques secondes les coudes sur son bureau, le menton dans les mains, sans penser à rien. Il jugea inutile d'appeler le second numéro que l'ordinateur lui avait donné. La piste de la rivalité au sujet de Kaokao s'éteignait. Il fallait passer aux choses sérieuses. Il entra son code pour accéder aux fichiers des services techniques qui avaient passé l'appartement de Liang au peigne fin la veille. Le rapport apparut à l'écran. Il passa sur les photos du cadavre dans la mare de sang qui brillait sous le flash du photographe. Les photos s'étaient ouvertes dans des cadres qui emplissaient tout l'écran. Il en agrandit une de la chambre et une de la cuisine. Les assassins n'avaient pas mis l'appartement à sac. Ils n'étaient pas à la recherche de quelque chose que Liang aurait caché. Ils voulaient l'éliminer. L'éliminer radicalement – et sans finesse. Le dossier mentionnait le fait que l'ordinateur portable trouvé dans la chambre avait été emporté et que l'examen de son contenu était en cours au service informatique. Une note signalait que Mme Liang, en visite chez des parents dans le Sichuan, avait été prévenue et était actuellement en route pour s'occuper des démarches funéraires. Ma imprima l'adresse, puis éteignit la machine. Il se leva, empoigna sa vareuse, longea le couloir et entra au secrétariat. Li Hongshan était seule dans la petite pièce, la tête penchée derrière son écran. Ma l'évitait autant qu'il pouvait, car elle avait servi d'entremetteuse pour une amie à elle quand elle avait appris le divorce de l'inspecteur deux ans plus tôt. Ma s'était empêtré dans des refus polis, prétendant qu'il ne comptait pas pour l'instant refaire sa vie. A la vérité, l'amie de la secrétaire ne lui plaisait pas et il avait déjà des vues sur une fille rencontrée au karaoké où il allait à l'époque avec deux de ses collègues qu'il voyait beaucoup moins depuis – à vrai dire depuis que Mei et lui avaient commencé une relation épisodique. La camarade Li lui sourit en levant la tête.

— Lieutenant Ma, dit-elle. Vous tombez bien. Etes-vous libre un soir de la semaine prochaine? J'ai une amie qui aimerait beaucoup vous rencontrer.

C'était la raison pour laquelle il l'évitait : la camarade Li avait encore une amie à lui présenter.

— J'ai beaucoup de travail en ce moment, tergiversa-t-il. Ce ne sera pas possible, mais j'ai un service à vous demander. Envoyez, s'il vous plaît, une convocation à la société privée Beijing Constructions pour les collègues de la victime après-demain à neuf heures.

Elle fronça les sourcils, l'air contrarié, et répéta d'une voix morne en prenant note :

— Le 26 à neuf heures du matin.

Ma se fit conduire à l'adresse de Liang, en périphérie du quartier, très à l'ouest de la rue du Bœuf. Une *hutong* avait fait partie d'un programme de restauration. On apercevait les toits chargés de neige de la mosquée verte par-dessus les murs et les *siheyuan* basses qui formaient un labyrinthe. Partout, portails et colonnes étaient repeints d'un beau rouge brique très vif sur le blanc sale de la neige repoussée contre les murs. Quelques voitures de marque étrangère, noires pour la plupart, étaient garées le long des murs. Ma se dirigea vers l'entrée du numéro 25. Il poussa le portail qui s'ouvrit. L'entrée était propre comme il s'y attendait. Avaient disparu le fatras habituel, les briques de charbon, les vélos empilés que l'on trouvait naguère dans les entrées. Le mur écran, destiné à empêcher les esprits de pénétrer dans les maisons, démoli systématiquement dans les années 1950 pour cause de superstition et de gain de place, avait été reconstruit plus ou moins à l'identique. De la petite avancée à droite, un vieil homme emmitouflé dans une parka incolore, épaisse comme un édredon sortit, vint vers lui et le salua de la tête. La neige avait été méticuleusement balayée dans la cour.

— Lieutenant, dit-il obséquieusement en reconnaissant l'insigne du grade de Ma. Vous voulez que je vous ouvre l'appartement des Liang ? Quelle histoire ! Qui a pu faire le coup ?

— Vous êtes le concierge ? Le portail est-il toujours ouvert ? demanda Ma sans répondre à la question du vieil homme.

— Je suis le concierge. Ce n'est pas moi, mais un voisin qui a découvert le corps, dit-il en secouant furieusement la tête. M. Huang. Je ne pense pas que vous le trouverez chez lui, il est employé de banque et il est actuellement au travail, je pense.

— Et pour le portail ?

— Ah, pardon, oui ! Le portail. Il est toujours ouvert. Il y a douze familles résidentes. Il y a beaucoup d'allers-retours.

— J'aimerais seulement que vous m'ouvriez la porte de l'appartement de la victime, dit Ma.

« Dui ! Dui ! » fit le concierge en courant sur ses pauvres jambes pour aller chercher les clés dans sa loge. Une fois la porte ouverte, il resta là à scruter l'intérieur plongé dans la pénombre par-dessus l'épaule de Ma, tournant sa petite tête à droite et à gauche.

— Vous pouvez retourner à votre loge, dit l'inspecteur en se tournant vers lui.

D'ordinaire, ces maisons comportaient une petite fenêtre. Le mur qui donnait sur la cour commune avait été percé d'une ouverture plus grande et d'une fenêtre en aluminium devant laquelle le couple avait accroché un store de bambou. Il faisait froid et très sombre dans la pièce, et une flaque noire, comme un animal tapi dans la pénombre, maculait le sol au centre et avait coulé jusque sous la table. Ma espérait que les services de police avaient conseillé à Mme Liang de ne pas venir chez elle à son arrivée. Ma, évitant de mettre les pieds dans le sang séché, alla à la fenêtre et remonta le store. Un peu de lumière froide entra dans la pièce qui donnait plein est. Il la traversa précautionneusement. La petite cuisine était encombrée. Frigo, cuisinière, flacons, reliefs de repas sur la table et vaisselle sale dans l'évier. Ma retourna dans la pièce principale. Un intérieur de couple. A quoi d'autre s'attendre ? Il examina une série de photos en sous-verres sur un meuble. Photo du couple – à Beihai, probablement –, floraison de cerisiers en fond. Portrait de Mme Liang dix ou quinze ans plus tôt. Cheveux longs, visage rond. Un couple aisé. Liang semblait avoir mieux réussi sa vie que Sun, mais Sun était resté idéaliste et naïf et c'est pourquoi il n'avait pas réussi professionnellement. A droite, une porte ouverte. La chambre. Lit défait. Liang était-il couché quand l'assassin avait frappé chez lui ? Ma essaya de se figurer la scène. Il faisait nuit. Bien trop tard pour des visites de courtoisie, sauf si Liang avait rendez-vous avec son assassin, et si Liang ne le connaissait pas, pourquoi avait-il ouvert la porte ? Cependant, si les deux crimes étaient liés comme on le pensait, le ou les coupables étaient un gang de Ouïghours, des malfrats bien capables de forcer une porte. Mais les services techniques n'avaient pas détecté d'effraction. Ma ressortit et appela le vieux concierge. Il sortit avec cette fois une chapka enfoncée sur la tête. « Nous pensons que M. Liang n'avait pas fermé sa porte à clé, pensez-vous que ce soit possible ? » lui dit Ma. Le concierge réfléchit un instant.

— Voulez-vous que nous nous mettions au chaud pour parler ?

— C'est inutile, dit Ma. Répondez à ma question.

Le petit homme secoua la tête avec frénésie.

— De nos jours, fit-il, on lit de tout dans le journal. Quand j'étais jeune, personne n'aurait même pensé à fermer sa porte. On aurait cru qu'il avait des choses à cacher, mais maintenant, avec tout ce qu'on possède et qui coûte si cher, les gens s'enferment. C'est pourquoi ce programme de rénovation a eu tant de succès. Ceux qui ont de l'argent pour venir dans ce genre de résidence se croient en sécurité parce qu'il y a un concierge, que le quartier est bien fréquenté et qu'il faut entrer dans la cour au risque d'être vu de tous. Il y a d'ailleurs une caméra de surveillance qu'on a fait installer l'année dernière.

Ma ouvrit des yeux comme des soucoupes.

— Une caméra ? s'écria-t-il sur un ton de reproches. Mais personne ne l'a mentionnée.

Le vieil homme prit l'air embarrassé et se mit à tourner sur lui-même.

— Aya ! Dui ! Dui ! La caméra. C'est une société privée qui s'en occupe. Je vais vous chercher l'adresse !

Il repartit en courant vers sa loge et en ressortit bientôt avec un contrat en main qu'il tendit à l'inspecteur.

— Société Jia An, dit Ma.

Il sortit son carnet et nota l'adresse et le téléphone, rendit le contrat au vieil homme, le remercia et sortit dans la rue. Le ciel s'était à nouveau obscurci et la lumière laiteuse d'une neige imminente tombait sans produire d'ombres. Il avait les mains gelées malgré les gants. Il se dirigea vers la voiture où l'attendait toujours l'agent qui lui servait de chauffeur. Il s'assit sans lui dire un mot, sortit le portable de sa poche et composa le numéro. Ça sonnait dans le vide. Il ouvrit la fenêtre, fuma une cigarette et refit le numéro. Le vide encore. Il donna l'adresse au chauffeur. Le trajet leur prit le reste de la matinée. La société Jia An était installée dans un immeuble de bureaux au pied de la tour de CCTV. Des flocons virevoltaient dans l'air. Ma examina les plaques de sociétés à l'entrée. L'une d'entre elles affichait trois noms. Hua Trading, Sichuan Developpement et Jia An. Septième étage. Il prit l'ascenseur qui s'ouvrit sur un couloir moquetté, impersonnel et désert. Il retrouva la plaque avec les trois noms vers le fond du couloir. Pas de sonnette. Il essaya d'ouvrir. La porte était fermée. Il frappa. Pas de réponse. La porte du bureau voisin laissait passer des bruits de discussion. La plaque indiquait : « Bureau de recrutement des équipes de ménage CCTV ». Il entra sans frapper et se retrouva dans une sorte de hall vitré, secrétaire jeune et jolie, qui détailla son uniforme de la tête aux pieds avant de caler ses yeux dans ceux de l'inspecteur.

— Ne vous inquiétez pas, dit Ma pour prévenir la panique qu'il sentait monter en elle. Je cherche à parler à quelqu'un de la société Jia An, à côté.

Il vit dans son regard qu'il ne pourrait rien attendre d'elle.

— Il n'y a personne? dit-elle.

— Ça ne répond pas.

Elle se leva et contourna son bureau. Derrière la cloison vitrée, des gens bien habillés et l'air sérieux, confortablement installés dans leurs fauteuils, détaillaient des filles inquiètes. La secrétaire ouvrit la porte et alla frapper à côté pendant que Ma observait le manège des recruteurs.

— Ça ne répond pas, confirma-t-elle.

— Voyez-vous souvent des employés y entrer ?

— Je n'ai jamais vu personne, dit-elle avec une moue désolée.

— Y a-t-il quelqu'un dans le service qui pourrait me renseigner ?

— Je vais vous appeler mon chef.

Elle passa devant Ma et ramena un homme dans la cinquantaine avec des lunettes d'écaille et un embonpoint que son costume cachait mal.

— Oh ! fit-il. Je me souviens de jeunes gens qui se sont installés il y a un peu plus d'un an. Ils avaient une autorisation officielle. Une société de surveillance, je crois. Je ne les ai jamais revus. On ne peut pas dire que ce soient des voisins gênants !

Ma ressortit de l'immeuble et regarda quelques instants la neige tomber sur l'avenue. Les toits des voitures garées étaient couverts d'un édredon blanc. Il secoua la tête. Cette société était une arnaque. L'autorisation résultait de quelques pots-de-vin bien distribués. Des membres du Parti devaient toucher des dividendes sur les mensualités de ceux qui avaient souscrit des contrats avec Jia An. La corruption, encore ! Pas de vidéos. Il se promit de mentionner le fait et d'avertir les services anticorruption. Ma consulta sa montre. Il était plus de quatorze heures, mais il ne savait pas comment utiliser le reste de l'après-midi. Cette affaire tournait court. Le temps perdu en trajets dans la capitale laissait s'éloigner les chances de résoudre l'affaire rapidement. Il fallait espérer que Zhou ait plus de chance.

Dans sa précipitation pour récupérer ces vidéos, il avait négligé de regarder beaucoup de choses dans l'appartement de Liang et s'y fit reconduire. Quand il arriva rue Tayuan, la neige menaçait de bloquer la circulation. Il savait que ce serait la dernière piste qu'il suivrait aujourd'hui. Le concierge lui rouvrit la porte en demandant ce qu'il y avait sur les vidéos, mais Ma n'avait pas envie de perdre du temps en expliquant que les résidents s'étaient fait escroquer. Il parla du secret qui couvrait les enquêtes en cours.

Il semblait que la pièce s'était encore refroidie pendant son absence. La clarté avait baissé et il dut tourner le commutateur. Il passa quelques minutes debout, le regard ouvert, mais ne s'abaissant jamais à regarder la tache de sang. Il passa dans la chambre, alluma. Même lumière blanche, efficace. Le bureau. Traces rectangulaires de l'ordinateur portable dans la poussière du plateau. Un carnet. Une dizaine de pages noircies. Des numéros de téléphone. Six ou sept. Des dessins comme ceux qu'on fait en téléphonant. Du griffonnage pour s'occuper les mains. Il le fourra dans la poche de sa vareuse après l'avoir feuilleté. Il secoua la tête. Travail incomplet des services techniques. Il alla à la bibliothèque et examina la tranche des ouvrages. Quelques romans, des traités de géologie, un atlas. A plat sur un des rayonnages, un petit tas de feuilles. Il les prit et fronça les sourcils. Des photocopies d'après un site internet. Des courbes, des dessins de couches géologiques. Agrafées, des pages savantes : Etude géologique de la vallée de la Sanggang He. Thèse de troisième cycle. Une feuille volante. Etude technique : le barrage de Sanggang. Des coordonnées. Le barrage de Sanggang ! Ma reposa les feuilles sur la table. Liang et Sun avaient été en contact pour parler de ce barrage. Si on doutait encore qu'il eut pu y avoir un lien entre les deux meurtres, ceci en était la preuve. Il prit son téléphone et appela le professeur Hua dont il avait noté les coordonnées la veille. Le téléphone du professeur était éteint. Il laissa un message lui disant que la sécurité publique le réquisitionnait demain dans le cadre de l'enquête sur les meurtres. Il l'assurait qu'il transmettait cette requête aux services de la *danwei* de l'université des géosciences et que le professeur se tienne prêt devant chez lui à huit heures. Une voiture de la police passerait le chercher.

Ma sortit sous la neige. Il se sentait soulagé d'avoir trouvé une connexion. Quelque chose sur quoi travailler, un os à ronger. L'esprit plus libre, il passa l'entrée sans voir le concierge. C'était la sortie des écoles. Des enfants en uniformes revenaient, cartables dans le dos, se jetant des boules de neige. Ils se calmaient dès qu'ils apercevaient la voiture de police garée dans la rue et passaient à côté de Ma dans le plus respectueux silence. Ma crut apercevoir Xiuxiu, mais ce n'était qu'une petite fille inconnue tenant son cartable à deux mains sur la tête pour se protéger de la neige. Elle laissait de toutes petites traces, comme si elle ne pesait rien. L'inspecteur songea que son ex-femme ne l'avait pas appelé pour l'agonir d'injures. Xiuxiu avait-elle gardé le secret sur leur malheureuse escapade sur le lac gelé ? L'image du petit visage de sa fille s'imposa à nouveau. Que ferait-il s'il la perdait ? Se faire le serment de ne plus la quitter des yeux quand il l'aurait sous sa garde ne suffisait pas à le calmer. Elle était la chose la plus importante qui soit, bien plus que cette plongée dans les souvenirs de jeunesse, bien plus que ce travail, bien plus que Mei. Bien plus que Sunli. Il se la remémora bébé. Cette fois où ils étaient partis pour une semaine au Taishan. Les six mille six cent soixante marches en six heures avec Xiuxiu bébé aux yeux grands ouverts dans son sac à dos. Comme ils avaient été heureux ! Le travail lui semblait moins dur. Il ne se rappelait même plus des enquêtes effectuées à l'époque. Le bonheur cachait comme un voile les homicides sur lesquels il travaillait. Maintenant, l'image des morts égorgés, des meurtres sordides pour l'argent, les fruits de la corruption indécente qui rongeaient son existence lui pesaient. Sunli épongeait son mal-être, mais elle avait fini par ne plus pouvoir rien éponger du tout. Tout s'était ranci. L'image de Mei se superposa à la frimousse que Sunli avait à ce temps-là. Mei ! Il enleva ses gants et prit son téléphone. La jeune femme travaillait dans une agence de voyages. C'est ce qui l'avait le plus séduit chez elle. Elle accompagnait des groupes à l'étranger. Elle parlait assez bien français, mais c'est tout ce qu'il savait de Mei. Il rêvait de partir avec elle. De faire l'amour dans des chambres d'hôtel dont les fenêtres donneraient sur la tour Eiffel. Il savait cependant que la réalité ne ressemblerait jamais à ce rêve vague. Elle était encore au travail, mais il composa son numéro. Mei répondit.

— Ma Gong ? Je suis au boulot. Tu ne dois pas m'appeler quand je travaille, dit-elle. Si je me fais prendre, ça va chauffer pour moi. Que veux-tu ?

— Je veux qu'on se voie ce soir, Mei. C'est fou ce que j'ai envie de te voir !

Il s'en voulut immédiatement de cet épanchement. Ce n'était certainement pas ce que Mei voulait et elle risquait de prendre des distances au contraire en pensant qu'il voulait s'accrocher contrairement à ce qu'il avait déclaré, mais Mei dit :

— Moi aussi. A ce soir !

Ma avait préparé des *jiaozi* achetés à un marchand ambulant. Ils avaient fini de manger. Mei l'aidait à débarrasser. Elle se retourna soudain vers lui.

— J'ai dit oui pour ce soir, parce qu'il faut qu'on parle !

Ma se raidit et posa les bols dans le bac de l'évier. Il savait qu'en général ce genre de phrases n'augurait rien de bon.

— Je ne crois pas que continuer à nous voir soit une bonne idée, poursuivit-elle.

— Ah ! fit-il. Je croyais que tout allait bien !

Le spectre d'une vie sans Mei apparut brièvement devant lui.

— A vrai dire, je n'arrive pas à savoir ce que tu penses, dit-elle en regardant ses chaussures. Tu es là et tu n'es pas là. J'ai cru un temps que c'était ton travail qui accaparait tes pensées, mais je ne crois plus que ce soit ça. Je voulais avec toi une relation légère, continua-t-elle. Nous ne sommes plus au temps où les liaisons hors mariage étaient punies par la loi et je voulais en profiter, mais je crois que tu t'attaches à moi. Ce que je pense, c'est que tu n'as pas renoncé à reconquérir ton ex-femme.

C'était comme si Mei avait lu dans son cœur des choses qu'il était incapable de voir. La tristesse qui le submergea lui fit monter les larmes aux yeux et il serra les mâchoires afin de contenir son émotion. Tout dans sa vie n'était que terre brûlée.

— Non! se défendit-il. Entre Sunli et moi, c'est vraiment fini. C'est réellement mon travail qui m'obsède.

— C'est ce que tu crois, parce que tu ne sais pas que tu l'aimes encore... et il y a ta fille.

— Non, ce n'est pas ça, insista-t-il.

— Ouvre les yeux! Tu dis une chose et plus tard, son contraire. J'ai besoin d'un environnement stable, pas d'un homme qui ne sait pas ce qu'il veut et qui désire être ailleurs quand il est là. Tu me plaisais en policier perspicace et solide et je ne voulais rien savoir d'autre, mais en fait, tu es l'homme le plus irrésolu que je connaisse.

Ma fronça les sourcils et se passa une main dans les cheveux en aspirant une grande goulée d'air. Sa main glissa sur son visage comme s'il avait à s'arracher un masque, puis il la fit glisser sur sa nuque qu'il fit mine de masser en fermant les yeux. Quand il était avec Sunli, elle lui reprochait d'être trop préoccupé par son travail pour s'occuper de sa famille, mais à vrai dire, depuis qu'elle avait emporté leur fille et qu'elle était partie, il n'arrivait plus à prendre une seule décision et cela devait aussi influencer son travail. Il se sentait comme un bateau emporté par le courant, occupé à éviter les écueils sans pouvoir regarder la rive.

— Tu te trompes! souffla-t-il en jouant une dernière carte. C'est l'affaire sur laquelle j'enquête qui m'obsède.

— D'accord, dit-elle. Rompons notre accord et dis-moi ce que c'est. Nous verrons après.

Ma parla du crime de Sun, de celui de Liang, de leur ancienne amitié de jeunesse car il voulait jouer sur la corde sensible et plus il racontait, plus il avait l'impression sordide d'instrumentaliser le meurtre de deux de ses anciens amis pour obtenir un délai avec Mei. Il avait l'impression de mentir alors qu'il racontait strictement les faits, mais n'en exagérait-il pas l'importance ? N'était-ce pas seulement le manque de Sunli et Xiuxiu ajouté à la perspective de perdre Mei qui lui déchiraient le cœur et le rendait débile ?

Mei le regarda avec doute et méfiance.

— Si je comprends bien, vous étiez quatre amis, Liang, Sun, Pa Kaokao et toi. Deux sont morts. As-tu pensé que si quelqu'un avait décidé de se venger de quelque chose que vous avez fait à cette époque, la fille et toi êtes aussi en danger ?

— Il y a quelque chose qui en liait deux, c'est la géologie. Ne t'en fais pas. Ni elle ni moi ne sommes en danger. Je ne serai pas égorgé !

Il avança une main hésitante et la lui posa sur l'épaule. Il la retourna et l'embrassa. Elle se laissa faire, mais elle restait comme en pilote automatique, comme si la magie s'était effacée.

Zhou habitait un logement dans l'enceinte des bâtiments de la sécurité publique. Il bénéficiait d'un appartement de célibataire au sixième étage. Sa fenêtre donnait sur l'espace arboré de la cour centrale et il pouvait apercevoir en se penchant l'immeuble de la partie réservée aux officiers qu'habitait Ma et où il espérait bientôt loger aussi. Dans l'immeuble actuel, il ne connaissait aucun des agents logés à son étage. Il prit le téléphone pour l'appel hebdomadaire à sa famille, déboucha une bière et s'assit sur son lit. Il avait fait installer le téléphone dans la vieille maison familiale à ses frais et n'était jamais sûr que l'un ou l'autre allait entendre la sonnerie et décrocher. Son cœur se pinçait à chaque fois. Dans la semaine, le travail l'accaparait et les parties de poker avec les copains en soirée lui faisaient oublier que jamais Pékin ne serait sa ville. Ça avait été dur de partir. Ses amis, ses repères, il les avait laissés pour entamer cette carrière dans la police que lui permettait l'Etat. Le Shanxi lui manquait. Fenyang, la ville de son enfance avait été son terrain de jeu. Cité très industrialisée, poussiéreuse, triste. C'était là qu'il avait grandi.

Sa mère décrocha. Il prit des nouvelles des parents et des voisins immédiats, puis demanda le temps qu'il faisait.

— Il a neigé aujourd'hui, maman, dit-il. Et à Fenyang ?

— Les tuyaux ont gelé, l'informa sa mère. Je suis obligée de casser la glace du puits pour faire la cuisine. Avec tout ça, les rhumatismes de ton père ne s'arrangent pas, mais raconte-moi comment est Pékin sous la neige. Je t'ai déjà dit que nous avions fait le voyage pour voir la place Tiananmen en 1974 ? Mais il faisait beau, alors.

— Tu me l'as dit cent fois, maman. Vous avez vu le président Mao sur la porte Tiananmen.

— Ah oui, c'est vrai ! Au fait, ton père et moi te remercions des photos que tu nous as envoyées.

Zhou avait photographié la place Tiananmen et s'était même fait prendre par un collègue devant le mausolée de Mao exprès. Il se considérait comme un bon fils, il était policier et pourtant, la nuit, il sortait avec des gens peu recommandables.

— Tu te souviens de Mme Du, n'est-ce pas ? Je l'ai rencontrée l'autre jour au marché de l'est. Elle était accompagnée de sa fille, tu te souviens, Du Lanfeng ? Celle que tu appelais Petit cheval, parce qu'elle avait des dents en avant, eh bien ! tu ne la reconnaîtrais pas, elle s'est fait refaire les dents de devant. On dirait Zhang Ziyi [1]. Une vraie beauté ! On a parlé de toi et elle aimerait bien te revoir. Comme tu vas revenir au jour de l'an, je l'ai invitée.

Voilà qu'elle essayait de le caser !

— Aya ! Maman, il faut que je te dise. J'ai rencontré quelqu'un, dit-il pour tenter de désamorcer la bombe que menaçait de lui envoyer sa mère.

Silence à l'autre bout du fil, puis :

— Que fait-elle cette fille ? D'où est-elle ?

Important l'origine géographique et importante l'origine de classe, mais Zhou devait inventer car il n'avait pas l'ombre d'une idée de ces choses, et, disant cela, il pensait à Liyin, la sœur de Wang, une junkie, maquée, sœur d'un petit voyou et dont il ne savait rien hormis qu'elle lui plaisait. Il savait que les mensonges passent mieux quand ils ont un fond de vérité.

— Elle est du Shanxi, elle aussi.

— Aya ! Tant mieux !

— Wang Liyin. Elle est institutrice.

Zhou espérait qu'ainsi sa mère décommanderait cette Du Lanfeng et qu'il ne serait pas obligé de la rencontrer et d'écouter les sous-entendus que feraient les deux familles pour caser leurs rejetons. Les fêtes du Nouvel An approchaient et il était néanmoins impatient de retourner à Fenyang. Il fallait souhaiter que l'affaire des deux types égorgés soit résolue et qu'il ne doive pas tirer un trait sur les congés annuels. De toute

1. Actrice de cinéma très populaire.

manière, cette fille, Petit cheval, dont il se souvenait vaguement du visage ingrat et des dents comme un lapin était de sa génération et si elle était en peine pour trouver un mari, elle se rabattrait comme tout le monde sur les sites de rencontre sur Baidu. Même à Fenyang. Il sentit que sa mère avait besoin de se faire à cette idée, qu'elle avait besoin de temps pour fourbir une batterie de question sur la sœur de Wang et qu'il devrait avant le prochain coup de téléphone, avoir forgé une Wang Liyin plausible et tout à fait épousable.

Après son coup de téléphone, Zhou ressassait ses mensonges. Il mit sa chaude veste de cuir et sortit. Il passa le poste de garde en saluant le planton et s'engagea dans la nuit glacée. Il trouva un taxi sur l'avenue. La bande de copains n'était peut-être plus au McDonald's de Chonwenmen. Ils se réunissaient souvent dans l'appartement de l'un ou de l'autre pour une partie de poker chinois. Il les retrouva chez Wang qui habitait – officiellement avec sa sœur – une sorte de cabane vétuste au fond d'une cour carrée, dans une ruelle survivante entre des immeubles des années 1970. L'intérieur était tapissé de journaux pour obturer les trous entre les planches. Eau courante au robinet de la cour, réchaud à charbon pour la cuisine sous un préau à l'extérieur et toilettes au bout de la ruelle. Une ampoule nue pendait au bout d'un fil électrique au plafond, éclairant les joueurs. La partie en était à un point crucial et Wang, Kai, Tang et Li levèrent à peine la tête à son entrée.

— Salut la compagnie ! fit Zhou. Où sont les autres ?

— Gros San et Petit Liu préféraient traîner près du Crowne Plaza ou du Hilton pour vendre des trucs aux riches touristes étrangers. Ils sont dans la dèche tous les deux. Tu veux entrer dans la partie? dit Wang en raflant l'argent qu'il avait gagné avec le coup du dragon, je te laisse ma place. J'ai besoin de souffler un peu.

Zhou jeta quelques billets de vingt yuans sur la table. Li et Kai se poussèrent.

— Juste quelques tours et je te rends ta place.

Li distribua les cartes et chacun examina son jeu pour le répartir en trois tas posés devant lui. Wang s'était assis sur le lit placé contre le mur et il tirait sur sa cigarette en regardant le plafond. Zhou lui jetait un regard de temps à autre. On retourna les paquets de trois. Le policier n'avait pas le cœur au jeu. S'il était venu, c'était uniquement dans le but d'obtenir l'adresse de sa sœur et du junkie. Il eut vite perdu les soixante yuans qu'il avait emmenés. Il se leva et alla s'asseoir à côté de Wang.

— Ça n'a pas traîné. Le flic est plumé, fit Kai en prenant une clope. Viens reprendre ta place, Wang!

— Attends, Wang! Je voudrais te parler, dit Zhou. Donne-moi une cigarette.

Wang jeta un regard perçant au policier. Il devina qu'il s'agissait de sa sœur. Il lui tendit le paquet sans le quitter des yeux et en prit une aussi, qu'il se cala dans le bec.

— Jouez à trois, les mecs. Le flic et moi avons une affaire à traiter!

Il se leva, arracha son manteau du clou de la porte, se le jeta sur les épaules, puis il ramassa la veste de cuir sur la commode, la balança à Zhou qui l'attrapa au vol. Ils sortirent en frémissant dans la nuit glacée. La cour carrée était sombre. Seules les lueurs de l'éclairage urbain jetaient un halo par-dessus les tuiles de l'aile qui fermait la cour. Les vociférations des joueurs reprirent de plus belle dans la pièce. Wang alluma sa cigarette avec son briquet et approcha la flamme du visage de Zhou en le regardant dans les yeux. Il tira sur sa cigarette.

— Tu as réfléchi à ce que je t'ai demandé ? Si tu arranges ce coup, on sera frères pour la vie, mon vieux, et ce que Wang dit, Wang le fait !

Il souffla la fumée.

— J'ai besoin de l'adresse de ta petite sœur, dit Zhou.

— L'adresse, tu l'as. C'est la mienne !

— Et celle du junkie ?

— Lui et quelques types de son engeance squattent dans le quartier musulman. Il y a des pâtés de maisons en démolition. C'est là qu'ils sont et ma sœur doit être avec eux.

— Elle se pique aussi ?

— Elle a commencé quand elle s'est mise avec lui.

— T'as rien de plus précis ?

Wang le regarda. Ses yeux brillaient dans la lueur des clopes. Il aspira en tenant le mégot entre le pouce et l'index, garda la fumée un instant et la rejeta vers le ciel.

— Elle vient ici quand elle veut me voir et qu'elle a plus de fric.

25 décembre

Le lieutenant Ma avait demandé à l'agent Wong, qui l'avait déjà conduit, d'être devant chez lui à sept heures du matin. Les pensées de l'inspecteur étaient déjà noyées dans les développements de l'affaire en descendant l'escalier. Il fut heureux de constater que la voiture était déjà là, devant l'entrée. Le moteur tournait et une vapeur blanche sortait du pot d'échappement. Il y avait de la buée sur les vitres et Ma ne distinguait pas bien l'agent. Il ne neigeait pas, mais l'allée bétonnée avait disparu sous la couche immaculée. Au moins quinze centimètres. Les tours de verre et de béton qu'on apercevait derrière le mur étaient noyées dans le brouillard que révélait l'éclairage urbain. Ma se dirigea vers la voiture en remontant le col de sa vareuse. Il ouvrit la portière et s'assit.

— Il y aura peut-être beaucoup de route à faire aujourd'hui, prévint-il. Nous allons d'abord chercher quelqu'un.

Il lui tendit un papier sur lequel il avait griffonné l'adresse du professeur Hua.

La circulation au ralenti dans la neige fraîche des avenues les retarda. Vers huit heures, ils se trouvaient à l'angle de Fuxingmen et Xuanwu. Ma fit stopper la voiture en double file. Quelques minutes avant, il avait appelé Hua pour lui dire de se tenir près de la bouche de métro. Il l'aperçut, statique au milieu des passants pressés. Le professeur frappait les pieds contre le sol pour les réchauffer. Ma descendit, s'avança vers Hua, lui tendit la main, puis l'amena à la voiture. Tous deux s'installèrent à l'arrière.

— Wong, tape les coordonnées sur le GPS, dit l'inspecteur.

Puis, se tournant vers Hua :

— Professeur, j'ai trouvé ceci. Est-ce que ça vous dit quelque chose ?

Hua se pencha sur les papiers que Ma avait rapportés du domicile de Liang et les feuilleta.

— Ça concerne un barrage sur la Sanggang, constata-t-il, d'accord, mais vous ne m'en avez pas dit plus hier. Pourquoi avez-vous besoin de moi ?

— Il me faut l'expertise d'un spécialiste au sujet de la nature des terrains autour du barrage et je n'avais que vous sous la main, expliqua Ma.

Ils furent rapidement sur l'autoroute. Les petites villes, comme les perles d'un collier reliées par les tours nouvelles, bordaient l'autoroute de part et d'autre. Le ciel s'éclaircissait à l'est derrière eux. Devant, c'était la nuit encore. Ils ne parlaient pas. Dans le ronron du moteur et la chaleur confortable, Hua commença à somnoler. Ma pouvait voir sa tête dodeliner. L'inspecteur luttait lui aussi contre l'endormissement, chose qu'il ne pouvait pas se permettre. Le ciel continua à s'éclairer. Les nuages lourds l'emplissaient encore. Un camion roulait lentement devant eux. Sur sa plateforme, un tractopelle. Wong le doubla. Ma regarda d'un œil vague la masse énorme de l'engin comme ils le dépassaient. Les chenilles étaient couvertes de neige. Ma pensa à celles des tanks qui avaient enfoncé le goudron de Jiangguomen, qui n'avait été réaplani que l'année suivante, en 1990. Comment Sun et Liang avaient-ils pu renouer après tout ça ? Le meurtre de Liang prouvait que Sun et lui n'avaient pas rompu après les événements de 1989. Sun avait été arrêté les jours suivants la répression sur la place Tiananmen. Ma ne se rappelait pas où il était quand on avait annoncé que les chars avaient marché sur la place et que de nombreux étudiants contestataires avaient été tués. Le lendemain, après les cours de l'après-midi à l'académie de police, il avait demandé une autorisation de sortie sous un prétexte quelconque, qui avait été acceptée malgré le couvre-feu. Il était allé en ville. Le soleil descendait doucement sur les toits. Les avenues étaient pratiquement désertes et les ruelles ne valaient pas mieux. Un silence de plomb régnait. Pas d'oiseaux dans les arbres, pas de cris d'enfants, pas de carillons de vélos. Il s'était approché de la place. L'armée partout. Les autorités avaient tout nettoyé et un cordon serré de militaires empêchait l'accès. Ce bouclage des lieux avait duré des années pour finir par n'être plus effectif qu'aux dates anniversaires de la répression afin d'en interdire toute commémoration, mais à l'époque la présence armée était omniprésente. Ma avait essayé de contacter les proches de Sun. Il avait même appelé l'université, mais personne n'avait de nouvelles de lui et nombre d'étudiants avaient été arrêtés. Le surlendemain, profitant d'une permission encore, il avait pu joindre Kaokao, ou plutôt Xiaomao, comme ils la surnommaient tous à l'époque, mais elle non plus ne savait rien. Il l'avait revue la semaine suivante à Beihai. C'était aussi son jour de repos. Il faisait très chaud. Le lac était éblouissant sous la lumière vive. Il n'y avait pas encore les pédalos, mais les Pékinois reprenaient timidement leurs habitudes et il y avait des groupes de deux ou trois promeneurs, jamais plus. Xiaomao l'attendait sous le portique d'entrée du parc. Elle était accompagnée de Liang et ils étaient ostensiblement ensemble. On n'avait parlé que de ça : la répression. Ma était très mal à l'aise et il se disait que c'étaient eux qui auraient dû l'être. Liang avait soufflé Xiaomao à Sun. Dans son souvenir, c'était bien Liang qui avait commencé à tourner autour de Xiaomao alors qu'elle était encore avec Sun. Ce dernier s'était fait arrêter parce qu'il était fidèle à ses idéaux – et il ne faisait pas l'ombre d'un doute qu'il aurait été fidèle à Xiaomao si elle ne l'avait pas trahi la première, du moins c'est ce que Ma pensait à ce moment-là. Mais il ne savait que penser de Liang. En montant l'escalier qui serpentait à travers les buissons de la colline, il le regardait tenant la main de Xiaomao comme si rien ne s'était passé, parfaitement heureux, comme si l'arrestation de Sun leur avait laissé le champ libre, comme si la lutte des étudiants pour la démocratie était oubliée. Un trait dessus et qu'on n'en parle plus ! Il faisait beau et tous les trois, ils avaient marché dans les allées, étaient montés jusqu'à la *dagoba* blanche au sommet. La jeune femme respirait le grand air, s'étirait, le regard perdu sur Pékin, plate à l'époque, à perte de vue. Le jeune aspirant policier leur en voulait. De là-haut, on voyait la place Tiananmen, rectangle net allongé vers le sud. Tout à coup, Xiaomao crut devoir expliquer pourquoi elle n'était plus avec Sun : elle ne l'aimait plus, il était trop rigide.

— De toute façon, Sun n'était pas un bon parti, avait coupé Liang. Trop idéaliste. Xiaomao a besoin d'autre chose que de finir en prison !

Ma avait failli lui envoyer son poing dans la figure, mais il s'était retenu. Xiaomao écartait sans cesse une mèche collée à son front par la sueur. Ce geste, que sa mémoire faisait revivre, lui fit penser à Mei qu'il avait laissée à l'appartement le matin même. Ce geste, qu'il trouvait si érotique, elle l'avait fait de nombreuses fois l'été dernier, quand leur rencontre était encore toute nouvelle. Que savait-il d'elle ? Rien en fait. Leur aventure remontait à peine à sept mois et elle n'avait jamais voulu parler de sa vie avant leur rencontre. Lui, s'était épanché sur sa rancœur, sur sa peine de ne pas voir sa fille aussi souvent qu'il le désirait, sa colère vis-à-vis de son ex-femme qui lui menait la vie dure, mais Mei lui avait signifié qu'elle ne voulait pas en entendre parler, s'il voulait qu'elle lui donne un sursis. Après qu'il a raconté l'histoire des meurtres, elle avait déclaré qu'elle désirait vivre ce qu'ils avaient à vivre ensemble sans accabler l'autre de ses problèmes. En fait, il ne savait même pas s'il était le seul homme dans la vie de Mei.

Hua sembla sortir de sa torpeur. L'autoroute longeait la rivière. Les montagnes se rapprochaient. Les nuages et les brumes s'effilochaient. Il allait faire beau et le paysage blanchi par la neige était magnifique. Le professeur se tourna vers Ma.

— Inspecteur, dit-il, géologiquement, la région pékinoise est bien connue. La grande plaine du Nord est une zone de sédimentation constituée d'alluvions, amenées par le fleuve Jaune. On pourrait prospecter dix mille ans sans trouver autre chose que les lœss alluviaux et les sables apportés par les différentes rivières descendant des montagnes de l'Ouest. Qu'espérez-vous donc ?

— Je ne sais pas encore, dit Ma. Wong, sommes-nous encore loin du barrage ?

— Nous devrions y être dans une demi-heure, fit l'agent, laconique.

Les montagnes blanches de neige fermaient l'horizon au nord. La végétation de steppe avait remplacé les vergers et les immeubles en construction. Des centrales à béton, des tas de sable et de terre dessinaient des dents de scie sur le plateau qu'ils abordaient. La Sanggang He filait à travers la plaine un peu en contrebas et des arbres rares la bordaient. Elle avait creusé une gorge dans le plateau aride. Ils prirent un embranchement qui leur fit quitter la route principale et descendirent vers la rivière. Un lacet leur permit de voir la vallée qu'elle avait creusée dans le lœss. C'était un immense chantier. Des sortes de piles de béton de ce qui devait devenir le futur barrage commençaient à s'élever. Hua crut bon d'étaler sa science.

— Je ne connais pas grand-chose aux barrages, dit-il, d'un ton professoral, mais ce que je sais c'est qu'ils sont de deux types : les barrages-poids et les barrages souples. Les premiers sont très massifs pour résister par leur propre poids et les seconds reportent les efforts sur les rives. Ce sont les barrages-voûtes.

— De quel type est celui-là ? demanda Ma sans quitter le paysage des yeux.

— La construction n'est pas très avancée, fit remarquer Hua. D'après les documents que vous m'avez montrés, il s'agira d'un barrage-voûte. Il y a moins de matière, ça revient moins cher.

— C'est ici qu'un géologue, ami du professeur Liang, a trouvé quelque chose. C'est du moins ce que nous croyons. Ce qu'il a trouvé est peut-être en rapport avec son assassinat. C'est ce que nous aimerions prouver. J'ai besoin de vos yeux, professeur Hua, et de votre science !

Le signe « à détruire » était peint en grand et d'une main habile – ou habituée – de loin en loin sur les longs murs de la ruelle. Montagnes de gravats recouvertes de neige, poutres en tas, vitres brisées en mangeaient le tracé. Une maison sans étage de ces *hutong*, déjà au trois quarts détruite par les pelles mécaniques. On apercevait, furtifs, des profiteurs qui jouaient au chat et à la souris avec le service d'ordre de la société qui s'occupait de la démolition du quartier et de la construction des futurs immeubles. Ils étaient une dizaine de flics en tout. En travers, pour barrer le passage, deux voitures de police pie, garées à l'entrée du lacis de ruelles juste en bordure de la rue du Bœuf, deux autres plus au nord avec le même objectif, un fourgon qu'on avait garé un peu plus loin parce que deux camions boueux étaient garés à cheval sur le trottoir. Les flics, armés de bâtons électriques et de leurs armes de service, venaient de pénétrer la *hutong*, cinq venant du nord, et cinq autres de l'est. Les entrées sud et ouest n'étaient déjà plus qu'une immense montagne de gravats surmontés de pelles mécaniques et d'ouvriers. Zhou avançait aux côtés de l'agent Rui. Les trois autres à deux pas derrière eux. Ils rasaient les murs. Deux ouvriers, debout sur un tas de gravats, dégageaient une poutre vermoulue et la faisaient rouler jusqu'au bas du tas. Elle roula presque aux pieds des policiers dans un grand bruit.

— Il semble que le danger ne vienne pas que du gang qui se cache ici, dit Zhou.

C'étaient les premières paroles qu'il prononçait depuis qu'ils étaient descendus de voiture. Avoir cassé ce silence lourd encouragea Zhou.

— Pourquoi n'êtes-vous pas déjà intervenus pour arrêter ceux qui occupent le squat ? demanda-t-il.

L'agent Rui le regarda sans cesser d'avancer.

— Les quartiers en démolition restent inoccupés quelques semaines tout au plus avant d'être rasés totalement, dit-il. Pendant ce temps, les squatters les occupent. Il y a toutes sortes d'affaires qui se concluent autour de ces quartiers de vieilles *hutong*. Nous avons repéré cette bande de trafiquants d'opium et d'héroïne la semaine dernière dans un quartier similaire de l'autre côté de la mosquée. Il y a eu une opération, mais les chefs ont réussi à prendre la fuite. Nous n'avons pris que des consommateurs.

Les matraques électriques battaient leurs flancs et les holsters de pistolets pendaient à leurs ceintures. Ils avançaient plus prudemment dans la lumière matinale.

— Ce qui m'a fait penser aux squats, dit Rui, c'est que nous croyons que la drogue passe par le Xinjiang et qui dit Xinjiang, dit Ouïghour. Le nôtre n'est peut-être pas étranger à ce trafic.

— Une descente dans un squat de ce genre n'est pas sans danger, fit remarquer Zhou.

— Il y a peu de chance pour que nous tombions sur des types armés. A part ces Ouïghours qui sont probablement dangereux, les autres dealers sont des camés envapés. Il n'y a pas si longtemps, des bandes comme ça, on n'en voyait pas ! On faisait ses rondes par deux, à vélo, et on pouvait aller dans tous les recoins du quartier. Mais maintenant, avec les voitures, il n'y a plus de rondes dans ce genre d'endroits. Les agents engraissent de ne plus courir les rues et les bandits pullulent. Regarde ! dit-il en se donnant une tape sur l'estomac. S'il faut courir, je risque pas d'en rattraper un !

— On crève de froid, dit l'agent qui marchait derrière Zhou. Espérons qu'on va avoir un peu d'action pour se réchauffer !

Rui se tourna vers lui.

— On sait que, pour toi, l'action c'est des coups de matraque, mais si par ta faute, nous perdons un témoin, tu iras régler la circulation au carrefour, je te le garantis. C'est bien compris ?

L'agent fit un signe de tête. Ils progressèrent dans le labyrinthe des ruelles que Rui et ses agents semblaient connaître par cœur pour y avoir patrouillé des années durant.

— C'est dans cette rue ! dit Rui en se tournant vers Zhou.

Un long et haut mur la longeait du côté gauche, surmonté d'un tortillon de fil barbelé. La rue faisait à peine quatre mètres de large. Des arbres avaient été coupés sur le trottoir de droite.

Il n'avait pas neigé depuis la veille. Ils s'étaient postés derrière le mur et avaient vue sur la cour. Un sillon formé par des allées et venues dans la neige partait du portique d'entrée jusqu'aux portes de l'ancienne fabrique. C'était un bâtiment rectangulaire au toit plat, ceinturé d'un bandeau vitré au trois quarts brisé, surmonté de caractères peints en rouge. « Usine numéro 28 – Machines-outils, antenne des courroies d'entraînement. » Les grandes portes métalliques rouillées de l'entrée des ateliers, qu'ils apercevaient sur leur droite, étaient fermées par une chaîne et un cadenas toujours en place. Sur le côté gauche, une porte, une plaque : « bureau ». Sur le côté est de la cour, l'équipe de récupération de la société de démolition avait rassemblé les machines désuètes, la ferraille, des classeurs métalliques gris, du câble électrique en rouleaux qu'un camion-benne emporterait.

Rui téléphona au chef du groupe des cinq autres agents pour s'assurer qu'ils avaient bien pris position. Rui écouta. « Dui ! Dui ! » dit-il en secouant la tête. Ces cinq agents étaient déjà passés par l'entrée nord où le mur d'enceinte de l'usine béait. Au signal de Rui, ils devraient faire éclater un panneau du bandeau vitré, s'y hisser le plus rapidement possible et pénétrer dans les ateliers. L'opération avait été mise au point la veille sur plan, avec les renseignements des indics de la brigade. Rui se pencha vers Zhou et lui montra d'un signe de tête le bric-à-brac blanchi de neige.

— Tant que les récupérateurs n'ont pas collecté ce qui est récupérable, les pelles mécaniques ne passeront pas. Les squatters sont tranquilles tant qu'ils ne voient pas un camion-benne. Ça peut prendre des semaines. C'était la même chose de l'autre côté de la rue du Bœuf, l'année dernière.

On ne voyait rien bouger dans l'usine.

— Vous croyez qu'ils sont là ? demanda Zhou.

— Ils y sont. On dirait qu'il n'y a pas de guetteurs, mais on va longer le mur en passant derrière les rebuts. Allons-y !

Ils longèrent en file indienne le mur sud, cachés à la vue, et se rassemblèrent sur le côté de la porte du bureau. Ils avaient les pistolets d'une main, les matraques électriques non allumées de l'autre. Malgré la tension perceptible dans leurs gestes, Zhou les sentait prêts à en découdre. Quant à lui, il n'avait pas participé à ce genre de raid depuis qu'il avait intégré la section criminelle. Règle numéro un dans ce genre de cas : connaître le nom de ceux à qui on peut sauver la vie, ceux à qui on peut la devoir. Il repassa le nom des agents dans sa tête. Rui, Jiao, Wu et Pan. Jiao était le plus jeune. On aurait dit un gamin, Wu était un costaud. Pan avait le nez cassé et un sourire de requin. Zhou se sentait rouillé pour l'action. Il avait son arme de service à la main. Il n'aimait pas les armes à feu, mais il savait qu'il pourrait s'en servir s'il le fallait.

Rui leur fit signe de se tenir prêts. Il sortit son téléphone et donna l'ordre aux cinq hommes du groupe 2 d'entrer dans les ateliers, rangea le téléphone et tourna la poignée. Il ouvrit la porte en grimaçant parce qu'elle grinçait. Ils étaient dans le bureau. Douze mètres carrés. Pas de vitre, une sorte de râtelier où étaient encore posées quelques-unes des fiches du personnel. Une vieille affiche de propagande au mur. Une porte ouverte en face. Il y eut une clameur à côté. Ils passèrent la porte intérieure qui donnait sur les ateliers. Grand espace vidé de ses machines. Noir de graisse, d'huile, de limaille. Des cris. Deux pigeons s'envolèrent à l'autre bout de l'atelier. Trois types en train de se lever. C'étaient eux qui venaient de crier. Un encore couché sur des cartons contre le mur ne bougeait pas. Dix flics dans l'atelier se rapprochaient des quatre hommes en un cercle concentrique qui rétrécissait, bras tendus, flingues pointés. Les trois types debout levaient les mains comme dans les films de gangsters. « A plat ventre ! Ne bougez pas ! » Ordres brefs, cassants. Déjà, celui qui menait le groupe 2 détachait les menottes de sa ceinture. Un autre fit de même. Rui, le visage tendu, examinait les lieux.

— Personne d'autre ! dit-il.

Zhou vit l'homme qui était toujours étendu contre le mur bouger. Près de lui, un briquet, une cuillère, une seringue, de la poudre dans un sachet, un long élastique. Le flic au nez cassé le retourna d'un coup de pied, lui tordit les bras dans le dos pour lui passer les menottes.

— Relevez-les, dit Rui, et alignez-les contre le mur !

Nez cassé et le jeune Jiao les plaquèrent sans ménagements.

— Celui-là, il tient pas debout ! dit le chef du groupe 2.

En effet, malgré ses efforts, il ne parvenait pas à relever le type. Il retombait comme un sac.

— Il va falloir le porter jusqu'au fourgon ! dit Rui.

Zhou les dévisagea. Comment voir s'ils étaient ouïghours ?

— Ils ont des papiers sur eux ? demanda Rui.

On les fouilla. On vida les poches. Regards effarés, les camés ne comprenaient toujours pas ce qui leur arrivait. Cheveux hirsutes, gras, couverts de poussière. Fringues déchirées en couches superposées, incolores de crasse. Nez cassé secoua négativement la tête. « Ils n'ont rien ! » dit le chef du groupe 2.

Rui relâcha l'air qu'il avait trop longtemps contenu dans sa poitrine.

— Suo, Sang et Li, amenez-les au fourgon, dit-il. On les identifiera au poste. Que ces deux-là portent leur camarade !

Le chef du groupe 2 intima aux deux les plus valides de prendre le catatonique sous les bras pendant que l'autre prenait les pieds. Ils le soulevèrent et même si le type n'avait que la peau sur les os, il sembla qu'ils allaient s'effondrer eux aussi.

— Prenez par la rue du Général-Bai, dit Rui comme le groupe passait la porte du bureau de la *danwei* et coupez par la ruelle des Trois-Puits, c'est le plus court !

— On va passer l'usine au peigne fin, dit Rui, et peut-être qu'on trouvera quelque chose pour nos camarades de la criminelle !

— Chef, il y a des affaires ici ! cria Nez cassé depuis l'autre bout de la fabrique. Zhou et Rui allèrent vers lui qui tenait un grand sac en toile de jute à bout de bras.

— Ça pue ! dit-il.

— Voyons ce qu'il y a à l'intérieur.

Nez cassé vida le contenu sur le sol. Des vieux vêtements qui ne méritaient pas de servir de chiffons, un paquet de cigarettes, une barquette à moitié vide de ce qui ressemblait à du riz aux lamelles de porc, deux bouteilles de bière non débouchées.

« Rien qui nous intéresse », commenta Rui.

Ils terminèrent la matinée en fouillant les cours carrées, les ruelles défoncées, les maisons branlantes des vieilles *siheyuan* en périphérie de l'usine, et des souvenirs les accablaient parfois pour avoir habité dans leur enfance des ruelles pareilles, malodorantes, poussiéreuses, reliquat d'un passé que personne ne voulait ranimer, mais qui était un argument pour le tourisme occidental, ouvert à cette incompréhensible nostalgie. La tension du chasseur se relâchait dans le groupe. Ils ne trouvèrent rien d'autre et prospectaient pour la forme. Il fut bientôt temps de retourner au commissariat de la rue du Bœuf. Leurs estomacs gargouillaient. Ils avaient faim.

Ma et le professeur Hua traversaient un vaste espace déboisé, lacéré comme par les griffes d'un dragon gigantesque. Des machines pour damer, des pelles mécaniques, des camions qui amenaient le béton et la ferraille, dansaient un étrange ballet sur une ligne transversale à la vallée loin en amont. Des amas de troncs d'arbres coupés s'entassaient près des contreforts des affleurements rocheux qui bordaient la vallée. Ils n'avaient rencontré aucun gardien, aucun responsable. On entendait le rugissement des engins rebondir contre les pentes abruptes. Le policier et le géologue traversaient une aire de terre battue, damée par les rouleaux et rendue humide par la neige souillée de stries en tous sens. Ils se dirigeaient vers une baraque de chantier au milieu de tentes qui servaient aux ouvriers, des *mingong* pour la plupart. Quelques-uns de ces hommes s'affairaient à remblayer l'assise d'un silo à béton à la pelle. Ils parlaient un dialecte inconnu de Ma. Le géologue s'adressa à eux pour demander à voir un chef de chantier, mais les *mingong* ne comprenaient pas ce qu'il voulait. Ma lui fit signe de laisser tomber. Il commençait à se demander s'il ne faisait pas fausse route. Ils marchèrent vers la cabane de chantier, un préfabriqué métallique, petit cube au milieu du terrain boueux et des pentes blanches. Les logos de quelques sociétés de travaux parmi lesquels celui de Beijing Constructions s'affichaient sur la tôle au-dessus de la porte. Ils toquèrent sans succès. Ma tourna la poignée : fermé.

— Il faudrait peut-être téléphoner à la société qui gère le chantier, dit le géologue.

— Je vais chercher un numéro de téléphone, dit Ma en sortant son portable, mais il constata qu'il n'avait pas de réseau. La contrariété tordait la bouche du géologue.

— Montons près de ces affleurements, dit-il. Je voudrais tâter cette roche.

C'était une falaise jaunâtre et poudreuse qui formait une bande sur une bonne longueur des flancs de la vallée. Ils grimpèrent en se retenant aux branches quand leurs pieds roulaient sur un caillou ou glissaient sur une plaque verglacée. Les pans de leur manteau et de leur pantalon étaient trempés de neige quand ils touchèrent la falaise. Le professeur Hua gratta la roche avec le fer de son marteau. De la poussière tomba. Il frappa et le marteau imprimait sa marque dans la roche.

— Du lœss ! dit-il. Du lœss et rien d'autre.

Ma soufflait après l'effort de cette montée.

— Est-ce que ça présente un intérêt minéralogique ? demanda-t-il en s'essuyant le front.

Le géologue plissa les lèvres.

— Le lœss est formé de silice et de carbonate de calcium. Il contient des feldspaths et du mica.

— Et alors ?

— Du sable !

Ma se retourna. La vallée s'étalait à leurs pieds une trentaine de mètres plus bas. Le parking où ils avaient garé la voiture de police avec celle des chefs de chantiers dessinait un petit rectangle en aval.

— Si j'ai bien compris ce que vous m'avez dit, tout ça a été creusé dans des limons déposés pendant des milliers d'années.

— On peut dire ça.

— Mais le socle rocheux sous ce limon peut être d'une nature différente ? continua Ma.

— Bien sûr, confirma le géologue, mais il n'apparaît pas dans les affleurements et si on voulait en prélever des échantillons, il faudrait forer assez profond.

Le policier caressa une nouvelle idée.

— Et du pétrole ou de l'uranium ?

— Inspecteur, la géologie de la région pékinoise est assez bien connue pour qu'on puisse éliminer la présence d'un quelconque minerai précieux, je vous l'ai dit l'autre jour et je vous le redis aujourd'hui. Je ne pouvais faire autrement que de vous accompagner, mais je savais que c'était du temps perdu.

— Nous n'avons pas encore examiné tout le terrain, dit Ma.

— Vous êtes tenace et c'est une qualité, mais s'acharner quand il n'y a plus d'espoir, c'est du temps perdu. Ne dit-on pas que celui qui sait s'arrêter ne périclite jamais ?

Ce disant, il fouillait ses poches.

— Excusez-moi, lieutenant, mais je viens de me rendre compte que j'ai oublié ma trousse d'insuline, dit-il. Il faut que je retourne à la voiture rapidement. Je me sens faible.

Ma sentit la panique retenue dans les gestes du professeur Hua. Ils redescendirent en glissant dans la neige et marchèrent malaisément sur le sol inégal. Le froid leur glaçait les pieds et remontait le long de leur pantalon mouillé. Hua était blanc comme neige. L'agent Wong sortit de la voiture en les voyant arriver et ouvrit la portière arrière au professeur. Hua se pencha sur la banquette.

— La pochette était tombée de ma poche, dit-il.

Il s'assit et se fit sa piqûre.

— Est-ce que c'est handicapant ? demanda Ma.

— Question d'habitude, dit Hua. Ça va déjà mieux. On peut refaire un tour sur le terrain, si vous le désirez.

Ils déambulèrent sur le sol détrempé un moment en s'approchant des bases de la construction. Tout n'était que terre sablonneuse et blocs de lœss. Le barrage commençait à s'élever à une dizaine de mètres. Il ne barrait pas encore la rivière qui continuait à couler, déviée vers le pied du versant est. Au sommet de la formidable construction, des hommes affairés ne les remarquaient pas. Ma et Hua redescendirent vers le préfabriqué. Soudain, une sirène stridente couvrit le bruit des engins. Des cris, des appels l'accompagnaient. Ils virent un type mafflu, casque de chantier vissé sur le crâne, dévalant la pente comme s'il avait le diable à ses trousses, mais qui, passant près d'eux, ne s'arrêta pas. Un trousseau de clés pendait à sa ceinture, avec lequel il fourragea dans la serrure du préfabriqué. Il ouvrit à la volée et s'y engouffra. Déjà, il consultait une liste de numéros affichée au mur au-dessus d'un bureau, le téléphone collé à l'oreille. La sirène s'était arrêtée. Ma et Hua entrèrent. Le type, sans cesser de parler, reconnut l'insigne de la sécurité publique sur le manteau de Ma. Il raccrocha. Il était presque en sueur dans le préfabriqué glacé.

— Il y a eu un accident ! dit-il. La chaîne d'un engin de levage a cassé. Trois hommes sont blessés et un est mort.

Il ressortit en courant vers le haut de la pente.

Le policier et le géologue se regardèrent. Le moment était bien mal choisi pour s'entretenir avec un responsable du chantier. Ils redescendirent vers le parking, muets et l'air grave. L'agent Wong fumait une cigarette, adossé à la voiture, emmitouflé dans les pans de son manteau. Les voyant, il jeta au loin sa cigarette.

— Qu'est-ce qui se passe, lieutenant ? demanda-t-il.

— Un accident, lâcha Ma, laconique. Ne restons pas ici !

Il avait fait perdre sa journée au professeur Hua. Visiblement, son intuition baissait. Il se laissait envahir par ses problèmes personnels. Ma et le professeur s'installèrent à l'arrière. Le géologue se tourna vers Ma, comme pour donner sa conclusion.

— Inspecteur, je ne vois vraiment pas ce qui aurait pu retenir l'attention de Liang. D'un point de vue minéralogique, en tout cas.

Ma repensa soudain à la roche rapportée par Sun Jie, que sa femme lui avait montrée le lendemain du meurtre et qui n'était, apparemment, que du banal quartz.

— Peut-on trouver du quartz par ici ?

— Un peu plus haut ? C'est possible...

— Vous avez raison, professeur Hua, dit Ma. Liang n'a rien trouvé sur ce site.

Tout en disant cela, il eut une idée soudaine. Il se pencha en avant pour se faire entendre du chauffeur et demanda :

— Agent Wong, quand vous serez sur l'autoroute, prenez à gauche vers le village de Huangshidong. Le bureau de recrutement des ouvriers est nécessairement à Pékin, mais l'entreprise doit avoir une antenne pour superviser les travaux à proximité.

Le chauffeur s'inséra dans une circulation clairsemée de camions et de fourgons de transport ouvrier. L'autoroute entrait dans le village, se rétrécissait et se changeait en rue principale. C'était une ancienne bourgade agricole, rattachée à Pékin et vouée à sa vorace consommation énergétique. Le ciel, plus clair qu'à Pékin, était sillonné de câbles électriques et de transformateurs qui s'accrochaient aux poteaux de béton. Les quatre silos d'une centrale à charbon dépassaient des toits du village sur la droite. Un marché se tenait là, à même les bas-côtés. Des étals de légumes, des sacs de blé, des pièces de tracteurs et de vieux outils sur des bâches de chantiers bordaient des hangars en enfilade le long de la route. Les paysans avaient des masques sur le visage pour se prémunir de la poussière de charbon et des fumées. L'agent Wong dut demander plusieurs fois pour trouver le bureau d'études et de supervision des travaux du barrage. Un immeuble de béton récent et bas en abritait les locaux non loin de la centrale de charbon.

La voiture trouva à se garer devant les locaux. Ma déclara avoir quelque chose à vérifier ici. Il demanda au chauffeur et à Hua de l'attendre dans la voiture. Ma avait fait venir le professeur en tant qu'expert géologue et, hors ce sujet, il ne voulait pas qu'il l'accompagne et soit témoin d'autres démarches liées à l'enquête.

Le lieutenant entra dans le hall dont le mur du fond affichait une grande image numérique représentant le futur barrage. En grands caractères rouges : « Bassin de captation d'eau potable de Huangshikou pour la ville de Pékin ». Sur de petits rectangles de bois étaient indiqués le bureau du personnel, le bureau d'études et ceux du transport des matières premières à l'entrée du couloir gauche, des relations avec les *chengbao*[1] opérant sur le site, de la sécurité et de l'administration générale du chantier à droite. Il suivit le couloir de gauche et

1. Système d'entreprises semi-privées mis en place pendant la période post-maoïste.

entra dans le bureau du personnel. Un homme de petite taille était engagé dans une conversation animée. Ma sortit sa carte. Quand le cadre vit l'insigne de la sécurité publique, il mit la main sur le combiné.

— Vous venez pour l'accident du chantier ?

— Non ! Pour autre chose.

— Excusez-moi, je vous rappelle, lâcha-t-il dans l'appareil.

Il raccrocha et leva des yeux inquiets sur l'inspecteur.

— Il vient d'y avoir un accident sur le chantier, s'excusa-t-il, et tout le monde est en effervescence. C'est le troisième en un mois. Ça coûte très cher à l'entreprise.

— L'affaire qui m'amène n'a rien à voir avec ça, le rassura Ma.

— Mais ça concerne des ouvriers du chantier ? le coupa le cadre guère plus tranquille.

— J'ai juste besoin de consulter le registre des ouvriers qui ont travaillé ici.

Le petit homme fronça les sourcils.

— Sur quelle période ?

— Je voudrais remonter le plus loin possible jusqu'à ce que je trouve ce que je cherche.

L'homme n'avait visiblement pas envie qu'on lui fasse perdre du temps. L'accident le préoccupait. Il regarda sa montre.

— Bon ! Vous pouvez consulter les registres, dit-il en montrant un des grands classeurs métalliques gris. Tout est là !

Il ouvrit plusieurs tiroirs et posa les classeurs sur le bureau.

— Si vous avez besoin de moi, je suis au bureau de la sécurité du chantier dans le couloir de droite après le hall.

Il sortit. Ma s'attabla et considéra les gros volumes posés devant lui. Il ne savait pas ce qu'il cherchait, mais l'absence de piste sérieuse l'obligeait à des coups de sonde comme celui-là qui risquait de lui prendre beaucoup de temps, un travail en aveugle dont des subalternes de sa section auraient pu se charger. Cependant, s'il s'inquiétait de son temps, il n'avait cure de l'attente qu'il infligeait au professeur. Il y avait eu deux crimes affreux qui le touchaient personnellement et toute autre considération était secondaire.

Le fichier était bien tenu. Les dates, mois par mois, étaient suivies de la liste des ouvriers qui embauchaient et de ceux qui partaient, avec, pour ceux-ci, le temps qu'ils avaient passé sur le chantier. Sur la colonne de gauche étaient notés les coordonnées des employés, leurs qualifications. De nombreux hommes étaient *mingong*, avec un salaire plus faible. Leur lieu d'origine figurait à la place d'une adresse pékinoise. Les numéros de l'autorisation spéciale et du permis de travail temporaire qui leur avaient été spécialement accordés figuraient au-dessous, leur ouvrant une autorisation de résidence. Certains avaient vécu dans le Sud ou l'Ouest pour la construction d'autres barrages. Tout avait l'air légal. Ma tourna les pages, remontant mois après mois depuis les premiers travaux de terrassement, deux ans plus tôt. Le forçant à sortir de ses pensées, le portable sonna au fond de sa poche, c'était Zhou qui lui annonçait d'une voix chargée de colère que quatre hommes qu'on soupçonnait être en relation avec les Ouïghours recherchés avaient été arrêtés dans le quartier musulman et transférés au commissariat rue du Bœuf. Zhou était très remonté contre le commissaire qui ne voulait pas transférer les prisonniers à la section criminelle de Dongzhimen.

— ... Le chef m'a fourré sous le nez la directive du ministère qu'il a reçue hier et qui lui demande de satisfaire tes demandes et les miennes, lieutenant ! Il était furieux comme s'il avait mangé du dragon à midi ! Des types comme lui, il y en a plein ! Ils n'ont pas su placer un dessous-de-table au bon moment et ils n'ont pas gravi les échelons, voilà tout ! Il paraît que c'est un bon chef. Efficace, au dire de l'agent qui m'a aidé ces derniers jours. Il aurait des crises de frustration, suivies de poussées d'autoritarisme. Peut-être que c'est vraiment un de ces flics intègres comme dans les séries télé, mais là, c'est vraiment nous mettre des bâtons dans les roues. Il a bien mis des effectifs à notre disposition pour la traque des Ouïghours, c'est vrai, mais je vais te dire ce qu'il m'a dit, lieutenant. Il m'a dit texto : « J'ai fait ce qu'on m'a ordonné de faire, mais qu'on ne me demande pas de laisser le bénéfice de cette prise aux flics d'un autre district. Pas à moi. » En fait, il veut gonfler son propre tableau de chasse, lieutenant, voilà ce qu'il veut et nos meurtres, il en a rien à foutre !

Ma lui demanda de le lui passer, mais Zhou dit qu'il était sorti dans la rue pour respirer un peu d'air frais et ravaler sa colère. Il allait rappeler. En attendant, Ma se replongea dans les registres. Il était remonté à la première année. Les ouvriers étaient principalement employés à du déboisement et du terrassement. Au moment où quelque chose attirait son attention, le téléphone sonna à nouveau. Ma arrêta son doigt sur la ligne du registre qui l'avait interpellé. Il porta à l'oreille son portable, sourcils froncés.

— Lieutenant, je te passe le chef du commissariat ! dit Zhou.

— Chef San Sao ? fit Ma.

— Wei ! Lieutenant Ma, c'est ça ? Ecoute, Ma, ne viens pas m'emmerder avec des histoires de transfert ! Ces délinquants ont été arrêtés sur mon territoire. Ce sont de simples drogués, pas des Ouïghours et rien ne les rattache en ce moment à une affaire traitée par la criminelle. Si cela devait être établi, je te les repasserais. En attendant, ils sont traités par le district !

Ma invoqua la prééminence de la section criminelle et le chef San Sao répéta encore les mêmes arguments. Le ton montait. San Sao était très remonté et Ma ne pouvait se laisser faire. Qui perdrait la face ?

— Rien n'indique que l'un de ces détenus sache quoi que ce soit sur ton Ouïghour, gueula le chef. Mes hommes et non les tiens ont procédé à cette opération. Le tien était observateur. Si tu demandes un arbitrage du ministère, vas-y !

Rue du Bœuf, Zhou pouvait admirer le visage du chef qui changeait de couleur, blanchissait, se colorait à nouveau, ses joues se gonflaient, se dégonflaient comme un ballon de baudruche. Les éclats les plus hauts s'entendaient dans la pièce, mais Zhou ne saisissait pas la conversation. La situation était bloquée et le chef dut s'en apercevoir, car soudain son ton se radoucit. Faire perdre la face à un collègue n'était jamais souhaitable. Zhou le vit réfléchir. Il y eut un grand silence, puis :

— Je te donne deux heures pour les interroger ici et en présence d'un de mes agents, dit sèchement le chef San Sao. Levant les yeux vers Zhou, il lui rendit le portable.

— Tiens ! Ton chef veut te parler.

Zhou prit le téléphone et sortit du bureau.

— Tu as entendu ? Attends-moi. Je suis encore au barrage. Prends une pause. Je serai au commissariat d'ici une heure ou deux.

Zhou se tourna vers le mur, cacha l'appareil avec sa main et parla tout bas.

— Lieutenant, que lui as-tu dit pour qu'il accepte ?

— Je lis les rapports annuels internes, Zhou ! Le commissariat de ce quartier a été impliqué dans une affaire de mœurs l'année dernière et le fils du chef était dans le coup. Une affaire de prostitution. Le fiston a eu un blâme et il est stoppé dans son avancement. Comme j'ai un pied à la commission, j'ai proposé de déposer une demande d'intégration à l'équipe criminelle pour lui.

— Tu veux intégrer un mauvais élément ?

Ma soupira dans le téléphone.

— Zhou, depuis quelque temps, j'évite de penser à l'avenir. Ha ! Au fait, quel est le nom du Ouïghour que nous recherchons ?

— Il s'appelle Niuerguli, lieutenant.

— Niuerguli ? Et avec quels caractères écrit-on ça ?

— Celui de la vache, et « isoler », lieutenant. Ses ancêtres étaient bouviers, à ce qu'il paraît.

— C'est ça ! Merci Zhou. Je rentre immédiatement à Pékin. Reste dans le coin. Retrouvons-nous au commissariat de la rue du Bœuf pour interroger ces suspects.

Il raccrocha. Niuerguli. Ces quatre caractères formaient un nom d'origine étrangère. Ouïghour précisément. Niuerguli avait travaillé au barrage et peut-être que Sun était sur sa trace avant de se faire égorger. Il avait établi un lien entre eux maintenant, mais de quelle nature était-il ?

Ils roulèrent sur l'autoroute dégagée jusqu'au cinquième périphérique ouest. Le nuage gris qui enveloppait la ville se rapprochait et l'air qui entrait par l'aérateur était poisseux. Ils ne parlaient pas. Le professeur était plongé dans la contemplation du paysage qui défilait, avec une moue renfrognée. L'agent Wong conduisait avec, parfois, une interjection destinée aux conducteurs imprudents qui lui coupaient la route, quant à Ma, il était plongé dans des abîmes de perplexité. Malgré les liens établis, l'enquête piétinait. On choperait ce Niuerguli, même s'il fallait mettre toute la brigade dessus. Mais en attendant, qui sait s'ils n'auraient pas le temps de faire d'autres victimes ? Il n'attendait pas grand-chose de l'interrogatoire des drogués arrêtés. La bande d'assassins ouïghours ne restait sans doute pas longtemps au même endroit et les renseignements qu'ils pourraient soutirer aux drogués seraient sans valeur. Mais c'est tout ce qu'ils avaient pour le moment.

Ma avait fait déposer le professeur Hua dans sa rue et ils avaient roulé jusqu'à la rue du Bœuf. Une voiture de patrouille venait de démarrer. Wong se gara juste devant la façade. Ma entra directement pour saluer San Sao. Celui-ci, d'un air renfrogné, le renvoya vers le bureau de l'agent Rui. Zhou y consultait les dossiers des quatre délinquants arrêtés sur l'écran de l'ordinateur. Quand il aperçut Ma, il se leva et vint vers lui. Ils avaient deux heures pour faire parler ces types.

Ma retint le bras de Zhou avant qu'il ne pousse la porte de la salle.

— C'est moi qui mène l'interrogatoire, Zhou. Tu attends que je te fasse un signe pour poser tes questions. Qu'est-ce qu'on a sur eux ?

— Plusieurs interpellations pour usage de drogue, lieutenant. Ils ont tous les quatre fait de la prison et du centre de désintoxication.

— Ce sont donc des récidivistes et ils savent ce qu'ils risquent. Si nécessaire, je ferai jouer la clémence ou la menace, mais comment savoir s'ils ont des informations sur les Ouïghours ?

— Il y a donc quatre hommes à interroger, lieutenant, mais l'un d'entre eux est dans un tel état qu'il est inutile de perdre du temps avec lui.

— Nous avons donc deux heures pour trois hommes. Quarante minutes pour chacun, c'est maigre. Nous n'avons pas une minute à perdre. Allons-y !

Ils entrèrent dans la salle d'interrogatoire. On y avait introduit le premier prisonnier. Un gars qui paraissait une trentaine d'années et qui n'en avait peut-être pas vingt-cinq, décharné comme une branche morte, les yeux rougis et les cheveux sales et hirsutes. Il sentait mauvais, sa peau était tavelée et maculée de taches grasses. Ma grimaça en entrant, car la pièce empestait déjà. On l'avait assis sur une chaise métallique vissée au sol et ses mains étaient menottées par-dessous la chaise. Ma vit à son regard inquiet que l'homme dirait ce qu'ils voudraient qu'il dise. Les premiers signes du manque se lisaient dans le tremblement qui agitait son corps penché en avant par les liens. Le brigadier avait délégué un de ses hommes afin qu'il assiste à l'interrogatoire. Il était assis sur une chaise en bois contre le mur du fond, l'air maussade. Deux chaises étaient posées contre le mur. Ils les rapprochèrent et s'assirent.

Ma, raide comme un piquet, fixait le prisonnier d'un regard inexpressif.

— Ton nom et ton âge !

— San Houpian. J'ai vingt-deux ans.

— San Houpian, tu sais que l'héroïne est une substance interdite et tu as déjà fait de la prison pour en avoir pris. Tu sais aussi qu'en tant que récidiviste tu risques un internement prolongé. Parle-moi de tes fournisseurs.

San tremblait, mais il était difficile de dire la part de la peur et celle du manque.

— C'est un gros en costard qui passe deux fois par semaine, dit-il. Je ne connais pas son nom.

— Tu crois que tu vas t'en tirer comme ça ?

Ma laissa planer un silence lourd. La respiration difficile de San et son odeur mettaient les trois policiers sur le gril. Ces deux heures seraient peut-être plus dures à passer pour eux que pour lui. San se mit soudain à rire.

— Celui qui n'a jamais voyagé sans billet n'a jamais voyagé ! dit-il.

— Que veux-tu dire ? demanda Ma.

— Il veut juste se foutre de votre gueule, lieutenant, dit l'agent contre le mur.

— Fermez-la ! fit Ma irrité. Je suis votre supérieur et je ne vous autorise pas à ouvrir la bouche. Le commissaire nous a donné deux heures et pendant ces deux heures, les prisonniers sont à moi ! Si vous l'ouvrez encore, je vous colle un rapport et vous irez régler la circulation sur Jiangguomen !

Ma se mordit immédiatement la lèvre. Il se serait battu. Ce policier l'avait interrompu dans la progression de ses questions. Il venait d'avouer le temps imparti pour l'interrogatoire et avait par la même occasion, sapé son autorité en montrant les dissensions au sein du service. Le drogué savait qu'il n'avait que deux heures à tenir. Il ne lâcherait plus rien. Il regarda Zhou et vit que celui-ci avait compris la sottise de Ma.

— Laisse-le-moi, lieutenant, dit-il.

Ma se leva et laissa la place à Zhou. Celui-ci cherchait dans sa mémoire.

— Tu connais un mec, style punk ? dit-il. Un drogué qui traîne avec une fille qui s'appelle Wang Liyin. C'est un grand, avec des cheveux longs et des piercings à l'arcade sourcilière. (Zhou se pinça le sourcil gauche.) Son petit nom, c'est Lijun. Il en a un ici aussi, ajouta-t-il en indiquant sa pommette droite.

Le regard du junkie s'éclaira.

— Non, je ne connais personne qui ressemble à ça !

— Réfléchis bien. Tu sais que notre société permet parfois de racheter ses fautes. Tu sais que, dans le temps, on ne punissait pas les gens, on essayait juste de les réformer, eh bien avec nous, les flics de la vieille école, c'est pareil.

— Tous les deux, vous n'êtes pas assez vieux pour être de la vieille école.

— On en garde les principes parce qu'on trouve qu'ils ont du bon. Si tu me montres ta bonne volonté, je peux peut-être prouver aux autres flics que tu es réformable. Tu peux aller quelques mois en centre de désintoxication et sortir après pour une nouvelle vie. Du moins, c'est ce qui peut t'arriver si tu m'aides un peu avec ce punk.

— Je connais pas ce type ! Et même si je le connaissais et que je vous dise où le trouver, vous ne m'aideriez pas ! fit-il d'un air matois. Où on irait si on devait faire confiance à des paroles en l'air ?

Zhou se tourna vers Ma.

— Très bien ! Tu as gagné ! N'est-ce pas, inspecteur, qu'on lui signe son certificat de sortie s'il nous donne ce type ?

Ma pinça les lèvres. Il n'aimait pas mentir.

— De toute façon, je le connais pas votre mec ! Mais si c'est un junkie, il doit se ravitailler auprès d'un type qui s'appelle Hu la Fouine.

— Ce Hu la Fouine, on peut le trouver où ?

— Essayez le marché de Fujiao, c'est là qu'il alpague ses clients. Ça, ça vaut une libération, non ?

— Il va falloir faire un peu plus que ça.

Ma se leva. Il empoigna le bras de Zhou.

— Viens ! Je voudrais te dire un mot. Ne le quittez pas de l'œil, dit-il au policier sur sa chaise.

Ils sortirent et Ma referma la porte derrière lui. Il se tourna vers son adjoint, les sourcils froncés et des éclairs dans les yeux.

— Zhou, qu'est-ce que c'est que ces questions ? Qui c'est, ce junkie ?

— Lieutenant, laisse-moi t'expliquer, commença Zhou. La sœur d'un ami est sous l'emprise de ce type...

— Qu'est-ce que ça a à voir avec notre affaire ? coupa Ma.

— Lieutenant, je suis sous tes ordres depuis près de deux ans, mais nous ne connaissons pas la vie privée l'un de l'autre. Je viens d'apprendre que tu avais une fille. Nous n'avons jamais parlé. Tu m'as dit que tu connaissais les deux victimes. Des amis de jeunesse. Malgré le protocole, tu n'as rien dit au chef de section et tu travailles sur une affaire dont on aurait dû te dessaisir. Tu travailles sur quelque chose qui implique en quelque sorte ta vie privée. Cet ami dont la sœur est dans les pattes d'un délinquant est important pour moi, comme les assassins de tes amis que nous recherchons le sont pour toi.

Ma fixa un regard dur sur son adjoint.

— Dois-je prendre ce que tu dis comme une menace ?

— Bien sûr que non, lieutenant. J'ai toujours admiré chez toi ta pugnacité dans les enquêtes. Il se trouve que les développements de l'affaire des égorgeurs impliquent des choses personnelles. Je n'enfreins aucun règlement en questionnant le détenu à ce propos.

— Ces questions hors sujet nous font perdre un temps précieux, dit Ma.

Des bruits mats dans la salle. Ma ouvrit la porte. Le policier se tenait debout devant la chaise du drogué et lui envoyait des taloches à grands coups du plat de la main.

— Arrêtez ! cria Ma. Nous avons deux heures pour interroger cet homme. Retournez vous asseoir sur votre chaise.

L'agent redescendit les manches sur ses avant-bras. Un sourire cynique flottait sur ses lèvres. Il retourna à sa place sans dire un mot et sans que le sourire ne s'efface. Ma s'approcha de l'homme dont les joues commençaient à enfler et à rougir.

— Est-ce que le nom de Niuerguli te dit quelque chose ? demanda Ma.

— C'est un Hui ?

— Non ! Un Ouïghour.

— Les Ouïghours ne se droguent pas !

— Mais tout le monde sait qu'ils font du trafic d'opium, contra Ma.

— Alors, vous le trouverez en chopant Hu la Fouine.

Le détenu livra une description de Hu. Type han, gros comme une baleine, toujours bien habillé, style costume occidental noir, chaussures de marque, un mètre soixante-quinze, les cheveux courts ramenés sur le côté droit. « C'est une plaisanterie. On l'appelle la fouine à cause de ses gros yeux et de son visage rond comme une lune. » L'art de l'antithèse. Ma et Zhou quittèrent la salle en signifiant à l'agent d'aller chercher le deuxième des trois larrons. Ils accompagnèrent l'agent jusqu'aux cellules. Pendant qu'on détachait le deuxième détenu, Zhou s'adressa à son supérieur à voix basse.

— Tu vois, lieutenant, que l'affaire risque de coïncider avec mon petit problème personnel, lui dit-il.

— Zhou, ta vie privée, comme la mienne, appartient à la sécurité publique. Si tes actions en dehors du service interfèrent sur l'enquête, il pourrait t'en cuire !

Ils n'obtinrent rien du deuxième ni du troisième camé. Le temps que le chef du commissariat leur avait accordé terminé, il leur demanda de lui laisser les détenus pour poursuivre l'interrogatoire à sa manière. Ma et Zhou obtempérèrent. De toute façon, ces trois-là ne savaient rien sur le Ouïghour.

L'agent Wong les attendait toujours dans la voiture. Il dormait.

— Quel gaspillage de ressource ! fit remarquer Zhou.

Ma mit la main sur la poignée.

— Il n'y a pas si longtemps, le gouvernement employait six fonctionnaires en même temps pour garder une boutique d'Etat qui voyait dix clients par jour.

— Tu es vraiment de la vieille génération ! rigola Zhou.

Ma ouvrit la portière et secoua l'épaule du chauffeur.

— Au bureau de la section ! dit Ma.

— Nous ne sommes pas bredouille, lieutenant, fit remarquer Zhou. Si nous attrapons ce Hu la Fouine, il nous conduira peut-être aux Ouïghours.

— Et à ton junkie punk ! observa Ma.

26 décembre

C'était dimanche. Jour de repos pour Zhou, d'ordinaire, mais tant que l'affaire n'aurait pas avancé, il ne le prendrait pas, ce jour de repos hebdomadaire. Il avait cherché sur les fiches, mais n'avait rien trouvé concernant le punk, pas plus que sur Hu la Fouine. Ma avait laissé Zhou mener cette piste seul. Il avait des choses à vérifier de son côté et recevoir les ouvriers de Beijing Constructions qu'il avait convoqués. Zhou n'avait pas demandé d'autorisation spéciale de prendre les armes à feu qu'il fallait aller chercher dans un autre bâtiment, mais il avait réquisitionné les agents *xiao* Song et Wong à qui il avait précisé d'emporter matraques courtes et menottes, et de laisser les uniformes au placard. Ils partirent.

Près de la mosquée du Bœuf, Zhou et les deux agents descendirent au marché de viande qui se tenait au sous-sol. On y accédait par un grand escalier luisant de graisse et maculé de traînées rouge sang. Les odeurs fortes les accueillirent dès l'entrée. En civil, ils déambulaient parmi les acheteurs. Des carcasses d'agneaux, de bœufs, des volailles jetées en vrac sur les étals, pendues à des crocs, quelques marchands d'épices ou de raviolis ponctuaient la chair étalée. Hommes portant la calotte blanche, femmes au foulard noué sur la tête côtoyaient des Han bon teint. Les uns et les autres discutaient des prix, remplissaient leurs sacs. A première vue, difficile à un trafic de drogue de s'établir ici. La lumière des néons semblait devoir chasser les mauvais garçons. Plus Zhou examinait les lieux et plus il lui semblait improbable de trouver des dealers.

— Le camé s'est foutu de nous, dit l'agent Wong.

— Je crois que tu as raison, réfléchit Zhou. Comment faire du trafic avec toutes ces ménagères autour ?

— Les usagers de drogues ressemblent à des zombies. Ils ne pourraient pas passer inaperçus dans un tel endroit, remarqua *xiao* Song.

— Qu'est-ce qu'on fait, inspecteur Zhou ?

— Faisons encore un tour et puis on remontera.

Zhou réfléchissait. Les cours de l'académie de police sur le sujet étaient loin. S'il s'était renseigné un peu plus sur le sujet, il aurait pu avoir une idée plus précise de ce qu'il cherchait. Mais il savait que les réseaux étaient très hiérarchisés. Si les Ouïghours faisaient passer le produit raffiné, ils le revendaient certainement en gros et des petits dealers se chargeaient de revendre les doses. Des quantités en gros pouvaient passer sous la forme d'un gros sac et les dealers n'étaient pas forcément des camés au dernier degré. Les transactions pouvaient ne pas être si flagrantes que ça. Il se revit, tout jeune agent, déambulant dans le quartier de la gare ou de Tiananmen, le regard glissant sur la foule. Il se souvenait de son père qui avait subi des violences pendant la Révolution culturelle et qui lui disait : « Le lieu le plus sûr pour une conversation secrète est celui où le brouhaha est le plus fort. » Cette réflexion changea sa façon de voir les choses. Quand il avait commencé le travail de flic, c'était dans la brigade spécialisée dans la capture des pickpockets. Il était rapidement devenu bon à ce jeu-là. S'il n'était pas entré dans la sécurité publique, peut-être aurait-il pu devenir pickpocket, un bon. Tout était dans le regard. La philosophie de la calebasse vide. Se vider l'esprit pour accueillir le monde. La chose la mieux cachée est celle que l'on a sous les yeux. Il fallait essayer de retrouver le même état d'esprit qu'à l'époque où il était dans cette brigade. Soudain, l'idée le traversa que des marchands d'épices pouvaient vendre un autre type de produit que de la poudre de haricots séchés ! Zhou s'arrêta au milieu de l'allée centrale et les deux autres, bras croisés dans le dos et yeux fureteurs firent quelques mètres dans la foule avant de s'apercevoir qu'il était resté en arrière. Ils se retournèrent et le virent le menton dans la main droite, les sourcils froncés.

— Venez ! leur dit-il. Retournons vers l'entrée du sous-sol.

A droite de l'escalier qui montait vers la rue du Bœuf, était dressé le petit étal d'un homme assis sur sa chaise, téléphone portable à l'oreille. C'était l'endroit le plus froid, mais le moins éclairé. Zhou arrêta Wong par le bras.

— Ne nous approchons pas plus. Le plus dur est de ne pas nous faire repérer. Vous deux, remontez dans la rue et guettez. Si vous voyez quelqu'un qui ressemble au portrait de ce Hu la Fouine, prévenez-moi par téléphone. Je reste à observer notre marchand d'épices pour voir s'il pourrait être le grossiste.

Les deux agents remontèrent pour se poster de l'autre côté de la rue et attendre, l'épaule appuyée contre un tronc de sophora en fumant des cigarettes et en bavardant. Zhou commença une ronde. Il remontait l'allée sous les néons en jetant fréquemment un œil pour voir ce que faisait le marchand d'épices, puis remontait l'allée centrale et redescendait de l'autre côté en gagnant le plus de temps possible de sorte qu'on ne le remarque pas. Il savait qu'au bout d'une heure son petit manège deviendrait flagrant, aussi avait-il résolu de remonter dans la rue lui aussi après quelques rondes. Le but était de s'assurer que le marchand revendait. Des clients normaux se faisaient servir des sacs d'épices que l'homme pesait sur une petite balance à bras. Il fallait une licence pour tenir un étal. L'homme tenait son commerce de manière licite et transparente. Comme Zhou remontait l'allée presque en face du marchand et qu'il s'en approchait, un homme plutôt grand aux traits hiératiques, un Mandchou peut-être, lui parla sans désigner les épices, sans flairer les sacs ou indiquer du doigt des herbes sèches. Le marchand se pencha sous son étal. Zhou ne voyait pas ce qu'il faisait mais au fur et à mesure qu'il s'approchait, il lui sembla évident qu'il touchait au but. Le marchand remonta une poche plastique de derrière son étal. Une poche blanche tout à fait banale qu'il ne pesa pas, dont il ne montra pas le contenu au Mandchou et l'autre lui tendit en échange ce qui ressemblait bien à une liasse de billets. L'homme remonta les marches vers la rue. Zhou passa devant le marchand et suivit le Mandchou dans la rue. Il se glissa entre deux voitures stationnées et traversa la rue du Bœuf. Un bus klaxonna, mais Zhou n'en avait cure. Il fonça droit vers les deux agents appuyés contre l'arbre. En le voyant foncer vers eux, les deux agents jetèrent leur cigarette et écartèrent l'épaule du tronc. Zhou pointa le doigt vers *xiao* Song.

— Suit ce grand type là-bas. Celui qui a la doudoune noire. Tu le vois ? Il a acheté un sac de *miaow miaow* ou d'héroïne au marchand d'épices. Suis-le, mais ne prends pas de risques. Ce n'est pas notre cible. Si tu le perds, rejoins-nous. S'il rentre quelque part, attends un quart d'heure en face pour voir s'il ressort. Si ce n'est pas le cas, note l'adresse et reviens. Si jamais il rencontrait celui que nous cherchons, téléphone-moi.

— Bien compris, chef ! dit *xiao* Song.

Zhou prit la place de l'agent qui tentait de traverser entre les vélos et les bus.

Ils attendirent une bonne heure avant que *xiao* Song ne revienne. Le Mandchou était entré dans un immeuble. L'agent l'avait suivi de loin, car l'homme regardait derrière lui fréquemment. Il ne pensait pas avoir été repéré, mais il était arrivé au pied de l'immeuble trop tard pour savoir l'étage. Il avait noté l'adresse, avait attendu un peu, puis était revenu. Un quart d'heure plus tard, ils fixaient un mec qui descendit l'escalier et qui ressemblait fort à la cible. Ils se donnèrent un coup de coude et, tout en sortant des menottes de leurs poches de manteau, traversèrent à grandes enjambées quand la circulation le leur permit.

— Il est peut-être armé, dit Wong.

— Sortons nos matraques, dit Zhou. Tout en fourrageant dans leurs manteaux, ils descendirent l'escalier en évitant des gens qui remontaient du sous-sol.

Ils le virent à gauche de l'escalier devant l'étal. L'homme prenait un sac des mains du marchand d'épices qui les vit le premier. « Cours ! » dit-il à la

Fouine. *Xiao* Song brandissait sa carte de police et les menottes dans la main gauche. De l'autre, il tenait la matraque à l'horizontale, pointée vers le marchand. « tourne-toi et mets les mains derrière le dos! » cria-t-il. Zhou et Wong couraient derrière la Fouine qui bousculait des passants. La Fouine était plutôt gros et, comme une tornade, il renversait les clients sur son passage. Les deux policiers, plus jeunes et plus agiles, bondissaient par-dessus les hommes et les femmes tombés à terre. Le manteau du fuyard accrocha un étal qui bascula en déversant ses poulets exposés sous les néons comme sous des lampes à bronzer, la Fouine était à quatre pattes sur le sol gras au milieu des volailles. Il se retourna sur le dos à temps pour recevoir Wong et le repousser d'une détente des pieds. L'agent alla percuter Zhou qui arrivait juste derrière lui, le cogna de la tête, lui faisant éclater la lèvre. Zhou vit des étoiles. La Fouine se releva, mais il glissait dans la graisse répandue sur le sol. Les clientes hurlaient. Zhou reprit ses esprits et plongea sur le dos de l'homme. Le policier n'avait pas lâché sa matraque. Il l'asséna sur l'occiput de la Fouine et l'homme sembla se dégonfler comme une baudruche. Il gisait dans l'allée, baleine échouée au milieu des poulets. Zhou ramassa les menottes, lui tira les bras en arrière sans ménagement et fit claquer la serrure sur ses poignets.

Zhou, *xiao* Song et Wong encadraient l'épicier et le détenu Hu qui soufflait comme un bœuf en montant les marches de la section criminelle. Zhou avait la lèvre fendue et enflée. Il était d'une humeur exécrable à cause de sa blessure, ayant l'impression qu'un sac à provisions était accroché à sa lèvre. Il y avait des taches de sang sur son blouson en cuir. Il envoya *xiao* Song et Wong mettre les prisonniers au frais et entra dans le bureau de Ma. Le bureau était vide. Il ressortit et passa la tête dans celui de la secrétaire de l'étage pour s'informer. Ma était dans une des salles d'interrogatoire avec un ouvrier de Beijing Constructions. Il n'osa pas aller le déranger. Après tout, en tant qu'inspecteur adjoint, il pouvait prendre des initiatives, ce qui lui permettrait de poser les questions qu'il voulait et notamment sur le punk. Mais il n'était pas en état de le faire tout de suite et sa mauvaise humeur, il la devait au fait qu'il avait peur de se regarder dans le miroir. Il passa à l'infirmerie. Deux points sur la lèvre et il avait l'air d'un monstre de foire. La première salle était occupée par Ma. On n'entendait rien derrière la porte close. Zhou ouvrit la salle 2 et demanda à petit Song qui traînait dans le couloir, d'aller chercher Hu la Fouine et de l'amener dans la salle d'interrogatoire.

Hu avait l'air dans les vapes. Il était blanc comme un linge. *Xiao* Song défit les menottes, et les lui attacha dans le dos à la courte barre au mur fixée à un mètre cinquante du sol. Le gros grimaça. Cette position qu'on appelait pendant la Révolution culturelle « faire l'avion » était intenable plus de dix minutes. Déjà, la Fouine, penché en avant, les bras tirés haut dans le dos, transpirait malgré la fraîcheur de la pièce. Zhou s'assit derrière le petit bureau qui faisait face au gros et posa les bras croisés sur la table. Petit Song restait nonchalamment debout contre la porte.

— Ton nom ?

Le détenu avait une respiration de soufflet de forge.

— Ça fait mal, dit-il.

— Sois content, tu vas perdre quelques kilos ! Ton nom ?

— Hu Lianbing. Laissez-moi m'asseoir !

— Qu'est-ce que tu achetais à l'épicier, Hu Lianbing?

Le gros haletait.

— Bon, on sait ce que tu achetais, mais je veux que tu le dises. Tu sais comment on punit les trafiquants?

— Une balle dans la nuque, précisa *xiao* Song, et que nous te facturons!

Le gros essaya de rire, mais son ricanement se noya dans sa gorge.

— Tu sais comment c'est, dans les camps? Tant que tu n'as pas sué un bol, tu restes dans cette position, sauf si tu parles vite, dit *xiao* Song.

— Une livre de *miaow miaow*, dit le gros.

— A qui tu revends ça?

— Enfin, merde! s'écria Hu. Je vois bien que c'est la section criminelle ici. Pourquoi je suis là et pas au commissariat de la rue du Bœuf?

— Enfin de bonnes questions, dit Sun. Pourquoi il est là? On le lui dit?

— Si tu réponds gentiment à ce qu'on te demande, tu pourrais éviter la peine de mort et purger seulement quelques années de *laogai*. As-tu des Ouïghours dans tes relations?

— Si je réponds, vous pouvez me détacher et me laisser me reposer?

Zhou avait déjà testé. Si on détache le détenu, il reprend confiance et tout est à refaire. Ces types-là ne voient pas plus loin que le bout de leur nez.

— Réponds d'abord! dit-il.

— Des Ouïghours?

La Fouine commençait à parler de manière hachée et soufflait bruyamment. Zhou attendit.

— Des Ouïghours, j'en connais. Des types à vous donner des sueurs froides dans le dos. Parfois, ce sont eux qui me vendent du *miaow miaow* directement, parfois, c'est celui que vous avez serré qui fait le relais.

— Quand les as-tu vus pour la dernière fois ?

— Je ne sais plus. Depuis au moins trois semaines, c'est l'épicier.

— Où te donnaient-ils rendez-vous ?

— Ça dépend. Il paraît qu'ils ont une planque dans le quartier, un squat en attente des pelles mécaniques.

Zhou réfléchit un instant. Si c'était celui où ils avaient arrêté les camés, ils l'avaient ratissé et n'y avaient trouvé aucun Ouïghour.

— Un quartier de Chunshu ? demanda-t-il.

— Non. Celui-là, ils m'y ont donné rendez-vous plusieurs fois, mais ce n'est pas là qu'ils crèchent. Je crois que leur planque, elle est dans une maison à côté de la mosquée du Bœuf.

— C'est une bande ? Combien sont-ils ?

— J'en connais trois.

— Que tu pourrais me décrire ? Attention, tu joues ta tête !

Le gros ahanait et grimaçait.

— Après tout, dit-il. Condamné pour condamné, être égorgé par des truands ou fusillé par les flics, c'est pareil !

— Pourquoi dis-tu « égorgé » ?

— J'ai entendu dire que ces salauds ont coupé le cou à un client qui leur devait du fric.

— Tu les as vus plusieurs fois. Comment sont-ils ?

— Il y en a un qui a la peau très brune, les cheveux courts comme de la moquette et une barbiche qui lui pend au menton comme un bouc, un maigre à faire peur, et le troisième avec une boucle à l'oreille gauche et la peau sombre.

Zhou tourna la tête et lança un regard à *xiao* Song. La description collait !

— Est-ce que tu es déjà entré dans cette maison dans la rue du Bœuf qui leur sert de repère, Hu Lianbing ?

— Non, je sais que c'est la maison qui fait l'angle avec la rue du Bœuf et Shuru hutong du côté de la mosquée, mais je ne sais rien d'autre.

— Bon ! Nous allons vérifier tout ça. J'ai une autre question, Hu Lianbing. C'est au sujet d'un type habillé à la mode punk qui est peut-être un de tes clients.

— Ce paumé de Fang Jie ? Aya ! Lui, il est facile à trouver. Quand il est pas raide chez lui, il fait les poches des touristes dans le parc Taoranting ou dans le coin.

Le patron leur avait confié le minibus qui leur servait à se rendre le matin au lieu de travail et ils étaient arrivés ensemble, ce dimanche matin, dès l'ouverture du commissariat. Le lieutenant les interrogeait séparément l'un après l'autre. Le temps avait viré au gris derrière la fenêtre que Ma avait dans le dos. Il se sentait las d'avoir passé l'essentiel de la matinée derrière son bureau à poser les mêmes questions et s'apprêtait à recommencer une quatrième fois. Dans le contre-jour, l'ouvrier ne distinguait que l'ombre du lieutenant. Il ne voyait pas ses lèvres bouger, il ne voyait pas l'expression de son visage. La stratégie de Ma consistait à interroger séparément les terrassiers et à les confronter après avoir croisé les différentes questions.

— Nous savons que tu caches quelque chose ! dit Ma d'un ton sans réplique. Ce n'est pas parce que tu n'as pas commis de délit, encore que ça reste à voir, mais cacher des informations importantes sur une affaire de meurtre peut te coûter très cher !

L'homme n'en menait pas large. Il tremblait comme une feuille. Ma, convaincu de son idée, ne comptait pas le lâcher avant qu'il ait tout avoué. Il tenta un coup de sonde.

— Nous sommes persuadés que tu sais quelque chose au sujet du meurtre de Sun Jie !

Le regard effaré de l'homme était un livre ouvert.

— Je... je... bégaya-t-il.

Ma, sans quitter l'ouvrier des yeux, leva le bras en indiquant le slogan de la sécurité publique sur une affiche punaisée au mur de gauche.

— Tu peux parler ! La sécurité publique est là pour servir le peuple, pas pour l'opprimer, continua-t-il. Elle doit te protéger si tu n'as rien à te reprocher.

— Est-ce... Est-ce que je serais protégé si je parle ?

— Bien sûr ! Qui crois-tu que nous sommes ? Des mauviettes ?

L'homme leva les mains à hauteur de son visage et les secoua en signe de dénégation. Non, non ! Ce n'était pas ce qu'il croyait, mais il avait encore plus peur de ce que pourraient lui faire ceux qui avaient assassiné Sun que de la police. Il jetait des regards à droite et à gauche, les yeux ronds comme des soucoupes. Il transpirait, alors qu'il ne faisait que quinze ou seize degrés dans le bureau.

— Eh bien, Sun l'intello nous a dit des choses, avança-t-il.

— Des choses ? Quelles choses ? Reprends depuis le début !

— C'est que je ne sais pas bien raconter.

— Fais ce que tu peux, dit Ma, conciliant, en haussant les épaules. Quand t'a-t-il parlé ?

— Attendez, chef! Quand on me questionne, je m'embrouille! Laissez-moi prendre mon temps. Ecoutez! Sun l'intello, c'était quand même pas un bavard. Nous, on plaisantait beaucoup, sur les filles, sur... (Il voulait dire le gouvernement, mais se souvenant de l'endroit où il était, il se tut.) Enfin, vous voyez, quoi ? dit-il. Il avait fait des études, lui, et on le chambrait sur ça. On l'appelait l'intello!

L'ouvrier se prit la tête entre les mains. « On peut pas fumer ici ? »

Ma inclina la tête. L'ouvrier sortit son paquet, fit glisser une cigarette, se la cala dans le bec et l'alluma. Ma avança vers lui un cendrier qu'il sortit de son tiroir.

— Vous voyez, moi, je suis pékinois de souche, dit-il en soufflant un nuage. J'ai vu les transformations de la ville. Quand j'étais petit, on n'avait l'eau courante que dans la cour, et les toilettes au bout de la ruelle. L'hiver on se caillait, et l'été on cuisait. Le vent du Gobi amenait de la poussière à travers les trous du mur qu'on bouchait avec du papier journal. On se lavait avec un seau d'eau ou aux bains publics une fois par mois. Quand j'ai obtenu un travail dans le bâtiment, j'ai cru que les choses étaient modernes et bien faites, mais Sun m'a dit qu'il n'en était rien!

— Qu'est-ce que tu veux dire ? Quelles choses ?

— Les choses de la construction, quoi. Les machines, les immeubles, c'était fait scientifiquement.

— Qu'est-ce que tu veux dire par « scientifiquement » ?

— Eh bien, des spécialistes étudient le terrain avant qu'on fasse des fondations et qu'on coule du béton dedans, expliqua-t-il, énervé comme si Ma ne comprenait rien à rien. C'est à ça qu'on bossait, nous. Avec des pelles mécaniques et des rouleaux compresseurs. Les gars qui montent les grues, c'est des cracks, alors nous, on voulait être des cracks de la pelle mécanique.

Pour prendre son mal en patience, Ma sortit son propre paquet et alluma lui aussi une cigarette.

— Essaye de raconter à partir du moment où Sun t'a dit quelque chose.

— En fait, c'est pas qu'à moi qu'il a parlé, c'est à nous tous.

— Et tu penses que c'est ce qu'il vous a dit cette fois-là qui est cause de sa mort ?

— Je ne le pense pas, j'en suis sûr ! Le chantier près de l'aéroport avait pris du retard. On devait pelleter des tonnes de terre.

— Attends ! Tu parles de quand, là ?

— Quelques jours avant qu'il meure, je ne sais plus exactement. Le patron est venu voir sur place. Sun a voulu lui parler, nous, on est restés là où on était. On tendait des fils pour délimiter le trou. Ils se sont engueulés sur le terrain. Enfin, c'est ce qu'on a cru, parce qu'ils parlaient très fort. Sun est resté sur place, près de la voiture du patron et le patron est venu vers nous. On s'est arrêtés de tendre les fils. « Sun ne travaille plus sur ce chantier ! » il a dit, puis il a pris sa voiture et il est reparti. Sun l'a regardé partir, puis il est venu nous voir, nous, on s'était pas mêlés à ça. Sun l'intello, il nous a dit que le patron ne le voulait plus sur ce chantier. Il nous a dit que le travail, ici, n'était pas fait comme il fallait. Il a utilisé des termes techniques et nous, on n'a pas compris ce qu'il voulait dire. Il a dit que le patron le mettait au chômage quelques jours pour qu'il réfléchisse et qu'il l'enverrait bosser sur un autre chantier en ville. On a dit qu'on continuait quand même et c'est ce qu'on a fait quand Sun l'intello est allé prendre le bus pour retourner en ville.

Ma leva la paume de la main.

— Attends ! Tu as dit que le patron avait arrêté Sun pour quelques jours ? Ce n'était pas des congés qu'il avait pris ?

L'ouvrier ricana.

— Des congés forcés, oui !

Le patron lui avait donc menti quand il avait dit que Sun avait demandé un congé. Et Sun avait aussi menti à sa femme puisqu'il lui avait dit la même chose.

— Est-ce que tu as revu Sun après ça ?

— Non.

— Et tu ne peux pas me répéter ce que Sun vous avait dit avant de partir ?

L'ouvrier écrasa son mégot dans le cendrier.

— Que le travail ne se faisait pas comme il fallait, dit-il entre ses dents. Qu'il aurait fallu des semaines de travail pour stabiliser le terrain parce que c'était sur les remblais de l'aéroport construit dans les années 1950 et que ces remblais, ils n'avaient pas été tassés comme il fallait. En bref, la construction ne remplirait pas les normes de sécurité. Ça, c'est ce qu'on en a déduit après que l'intello est parti, parce qu'il parlait toujours avec des mots compliqués et que nous, on n'a pas fait d'études comme lui, mais je crois que c'est ce qu'il voulait dire. On en a parlé entre nous après le travail et on a réfléchi, alors le lendemain, on est allés parler de ça au patron, parce qu'on ne voulait pas construire des trucs pas bien et parce qu'on nous avait dit qu'on construisait la Chine de demain, moderne et sûre.

— Et que vous a-t-il répondu ?

— Que nous n'avions pas à nous préoccuper de ça. Il a dit : « Vous croyez que Sun Jie serait terrassier comme vous s'il savait le bout du bout de quelque chose sur l'architecture ? » Nous, on a dit qu'on savait qu'il avait fait des études et que, vu comme il parlait, il devait en connaître un rayon, mais lui, il a répondu que Sun ne savait rien de rien, que ses études, ce n'était pas de l'architecture et qu'il l'avait arrêté pour lui apprendre à se mêler de ce qui le regarde. D'ailleurs, on était tellement en retard sur le chantier que si on finissait à temps, il y aurait une prime pour nous. Pas pour Sun l'intello et que c'était tant pis pour lui.

— Comment avez-vous appris que Sun était mort ?

— C'est le patron qui nous l'a dit le lendemain de sa mort. Quand on est rentrés dans la camionnette et qu'on est venu l'avertir de l'avancement, il nous a dit que Sun ne travaillerait plus ici. Il avait été victime d'un accident.

Derrière la silhouette en ombre chinoise de l'inspecteur, l'ouvrier pouvait voir des gouttes dégouliner le long de la vitre et zigzaguer à cause du vent qui fouettait les carreaux. Il se mettait à pleuvoir. Ma joignit les mains, coude sur le plateau du bureau, posa le menton dessus et se mit à réfléchir. Un des agents s'était chargé d'avertir la société que Sun avait été assassiné dans la nuit. Selon l'ouvrier, le patron avait dit « accident ». Il n'est certainement pas facile de dire à des employés que l'un de leurs collègues a été égorgé.

— Quel était l'état d'esprit du patron quand il vous a appris ça ? demanda Ma.

L'ouvrier sembla réfléchir intensément.

— Qu'est-ce que vous voulez dire ? dit-il.

— Je veux dire : est-ce qu'il paraissait touché par la nouvelle ?

L'ouvrier pinça les lèvres en secouant la tête.

— Ça oui ! Il avait l'air un peu remué par l'histoire.

— Il a dit « accident ». Comment avez-vous appris que c'était un assassinat ?

— Je ne sais pas qui l'a su en premier, mais le bruit s'est répandu. Comme on dit, « même une muraille ne peut arrêter un bruit qui court » !

Sans quitter l'ouvrier des yeux, Ma prit les feuillets des dossiers des ouvriers qui reposaient ouverts devant lui sur le bureau et les frappa à petits coups contre le plateau pour les rassembler en une pile parfaite où pas un coin ne dépassait, puis il fit chercher ses trois collègues qui attendaient dans la salle de réunion. Tous les quatre furent bientôt dans le bureau du lieutenant. Il reprit collectivement les divergences dans chacun des témoignages et corrobora les versions. Rien de notable ne transparaissait hormis le fait que celui qui avait répandu le bruit de l'assassinat de Sun était un nommé Huang, le deuxième qu'il avait interrogé et que celui-ci avait appris la réalité en écoutant aux portes. Le patron avait donné un coup de fil à un interlocuteur inconnu le matin suivant la mort de Sun. Ma libéra les quatre terrassiers. Il était urgent de réinterroger le patron de Beijing Constructions.

Les embouteillages du périphérique l'avaient beaucoup retardé. Midi. Le préfabriqué collé à la grille ouverte était toujours vide de gardien. Ma arriva sur le parking de Beijing Constructions et sortit de la voiture banalisée. Des rafales balayaient son visage. Il boutonna son manteau jusqu'au col. La pluie froide lavait à grande eau les dernières traces de neige changée en boue. Son estomac gargouillait. Il espérait presque trouver la porte fermée et le directeur Tang Xuefeng et sa secrétaire partis déjeuner à l'extérieur. En attendant leur retour, il trouverait bien quelque chose à avaler dans le coin. Les locaux de l'entreprise n'étaient en fait qu'une sorte de hangar préfabriqué au toit plat de la même couleur plombée que le ciel uniforme au-dessus. L'espace bétonné du parking devant l'entreprise laissait apparaître des flaques gelées. Ma traversa l'espace prudemment. Il posa la main sur la poignée glacée, tira. La porte s'ouvrit. Il entra dans le hall désert avec un curieux pressentiment. Il n'y avait aucun bruit, hormis son ventre qui grondait. Une odeur redoutée flottait, douceâtre et métallique. La porte du bureau de Tang Xuefeng était ouverte. Il fit un pas et se figea. Un corps gisait au milieu d'une flaque rouge sang. Le sang avait giclé partout et dégouttait encore de la chaise, du bureau. Il avait manqué les égorgeurs de peu et sa vie n'aurait pas valu cher s'ils s'étaient croisés. Passé la stupeur, Ma sortit son téléphone en tentant de réguler sa respiration. Il avait trop de métier pour se ruer au milieu de la pièce et brouiller les traces potentielles. Aucune chance pour que celui qui gisait la gorge tranchée soit encore vivant. Il appela le service de médecine légale en se tournant vers le couloir. Il attendrait ici que la voiture des légistes et l'ambulance arrivent. Il resta dans le couloir à tourner en rond quelques minutes, une cigarette non allumée à la main. Il passa sa main sur son front soucieux. A sa première visite, il avait vu dans la pièce attenante au bureau, celui de la secrétaire personnelle de Tang Xuefeng. Où était-elle partie ? Il avança dans le couloir et se rendit compte qu'il n'y avait pas d'autre accès à cette pièce. Le couloir donnait sur une porte fermée à clé, marquée au pinceau du caractère « garage ». Du côté opposé au bureau, une autre porte avec, écrit au pinceau, « vestiaire des employés ». Ma rêvait-il ? Il croyait entendre respirer derrière la porte. Il tourna la poignée prudemment. Une silhouette était recroquevillée au fond du vestiaire entre le bout du banc et le mur. La masse, ramassée comme un petit chien roulé en boule, poussa un cri étouffé et sa respiration se fit haletante. Ma fronça les sourcils en examinant la pièce sombre et étroite qui faisait la longueur du couloir, meublée d'une rangée d'armoires métalliques grises avec le nom des employés sur de petits cartons collés dessus et, plaqué contre le mur, un banc, une gamelle pleine de porc et de riz. Pas d'endroit pour se cacher. Ma s'approcha doucement de la forme recroquevillée. La secrétaire. Tailleur clair, cheveux, barrette, queue-de-cheval.

— Je suis le lieutenant Ma. J'appartiens à la sécurité publique. Vous êtes en sûreté, dit-il en restant à distance. Est-ce que vous pouvez parler ?

La jeune femme haletait. Elle leva la tête lentement. Livide comme un cadavre. Elle regarda le lieutenant qui lui tendait sa carte de la sécurité publique. La carte tremblait un peu dans ses mains. Elle éclata en sanglots. Un flot ininterrompu. Ma en fut rassuré.

— Les services de police arrivent. Je vais attendre avec vous, dit-il.

Il laissa la secrétaire sangloter et renifler bruyamment. Les services spécialisés n'arrivaient toujours pas.

— Voulez-vous que j'avertisse quelqu'un ? demanda Ma.

Elle s'était calmée et sa respiration n'était plus rauque comme tout à l'heure. Mais elle était livide encore et la morve coulait de ses narines jusqu'à sa bouche. Ses yeux étaient rouges comme des lanternes.

— Il est mort? Je veux dire, M. Tang, il est mort?

— Oui, M. Tang est mort, dit le lieutenant.

— Mon mari! Il faut que j'avertisse mon mari, dit-elle. Je vais l'appeler pour qu'il vienne.

Elle appuya la main sur le bout du banc et entreprit de se relever. Elle se tenait debout comme un échafaudage branlant. Ma proposa de l'aider et vint la soutenir. La secrétaire tendit la main pour indiquer un des casiers.

— Celui marqué « Lin Xiao », dit-elle.

Ma alla au casier. Il n'était pas fermé. Il l'ouvrit et regarda la femme.

— Mon manteau!

Ma le lui tendit. Elle fouilla la poche.

— Je suis bête! songea-t-elle. Mon téléphone est dans mon sac et il est dans mon bureau.

Ma songea qu'il était impossible d'y aller à cause du type au milieu et de son sang répandu.

— Je vais appeler pour vous, dit-il.

— Non, laissez! Vous allez lui faire peur.

Ma lui tendit l'appareil. Elle fit le numéro, attendit et, d'une voix qui ne tremblait plus, déclara que son patron était mort, qu'elle était toujours dans les locaux et qu'il fallait qu'il vienne la chercher tout de suite. A peine avait-elle raccroché que les sirènes de police montaient crescendo dans la rue.

Ma sortit sur le pas de la porte, accueillit les hommes et les conduisit dans le bureau. « Merde! Encore un! » dit le docteur Fan. Pendant un moment, le légiste et son assistant s'activèrent près du corps. Ma retourna près de la secrétaire qui attendait l'arrivée de son mari dans le vestiaire. Il vit qu'elle avait tout à fait repris la maîtrise d'elle-même.

— Mademoiselle Lin, je dois prendre votre déposition, dit-il. Vous êtes le seul témoin de ce qui s'est passé ici. J'attends les résultats préliminaires du service de la police scientifique et je vous emmène au commissariat. Votre mari pourra nous accompagner.

— Je préférerais me débarrasser de la déposition le plus vite possible. Ça ne pourrait pas se faire ici ?

— Non, mais si vous avez des détails qui peuvent m'aider, dites-les-moi maintenant.

— Je n'ai rien vu ! dit-elle en secouant la tête, et son regard noir croisa pour la première fois celui de l'inspecteur.

La voix du légiste coupa la secrétaire.

— Lieutenant !

Ma tourna la tête vers le couloir.

— Qu'est-ce qu'il y a ?

— J'ai fini l'examen préliminaire.

Ma traversa le couloir et passa la tête dans le bureau.

— Ils en ont mis partout encore une fois, dit le docteur Fan. Même mode opératoire, mêmes individus à coup sûr. J'ai relevé trois traces de chaussures différentes et les traces continuent dans le couloir. Vous avez dû marcher dessus.

Ma regarda dans le couloir. Les traces, il ne les avait pas remarquées pour la bonne raison que la moquette était d'un rouge sombre, humide et maculée de traces. En se penchant un peu, il les vit.

— On va passer une partie de l'après-midi ici, dit Fan. On va essayer de trouver des empreintes de pneus sur le parking. Ils n'ont tout de même pas pu repartir à pied avec des taches de sang sur les vêtements.

— Merci, docteur Fan. Vous me faxerez le rapport quand il sera prêt.

Ma était persuadé qu'il n'apprendrait rien de précieux de ce côté-là. Il retourna dans le vestiaire et pria la secrétaire de reprendre son récit. Elle hocha la tête.

— Le directeur Tang avait encore du travail, dit-elle en retenant ses larmes, et j'avais attendu qu'il ait fini de me dicter une lettre. A la fin de sa lettre, il m'a dit qu'il avait encore des choses à faire et qu'il mangerait plus tard. Lui, il mange fréquemment dehors. A la sortie du quartier, il y a un restaurant pour rendez-vous d'affaires où il se rend souvent. Il m'a dit qu'il avait rendez-vous là-bas un peu plus tard et que je pouvais prendre la pause maintenant parce qu'en attendant, il n'avait pas besoin de moi, alors je suis allée au vestiaire où je laisse mon sac. (Elle alla toucher le casier et l'ouvrit.) J'avais mon repas dans une gamelle, dit-elle en allant ramasser le récipient plein de riz au curry. J'ai ouvert mon casier et j'ai sorti la gamelle avec l'intention de l'apporter dans mon bureau pour manger. A ce moment-là, j'ai entendu la porte d'entrée s'ouvrir. Des voix d'hommes. Un dialecte. J'ai posé la gamelle pour aller voir ce qu'ils voulaient, mais j'ai entendu des cris et je crois que c'était M. Tang qui criait. Il y a eu des bruits de bagarre. J'étais terrorisée. Un dernier cri m'a glacé le sang. Je ne pouvais pas bouger. Ça a duré un moment.

La jeune femme tremblait de nouveau en revivant la scène, mais Ma avait l'intention de profiter de la fraîcheur de ses souvenirs.

— Combien étaient-ils ?

— Je ne sais pas...

— Deux ? Quatre ? Dix ?

Elle secoua la tête et ses cheveux rassemblés en queue-de-cheval balayèrent ses épaules.

— Au moins deux et certainement moins de dix ! Il va falloir que je repasse devant le bureau ?

— Oui, vous devrez passer devant le bureau, mais vous n'êtes pas obligée de regarder.

27 décembre

Zhou accrocha son manteau à la patère. Il était gelé d'avoir traversé les allées jusqu'au bâtiment de la criminelle. Le ciel était gris au-dessus de la pollution. Il s'installa à son bureau, alluma sa lampe. Les deux autres avaient une petite mine. La bouilloire électrique glouglouttait sur son support. Fang se leva et versa de l'eau chaude dans une tasse, souffla dessus, aspira une gorgée et la posa sur son bureau.

— Vous avez du boulot ? demanda-t-il.

— Le lieutenant nous a demandé de téléphoner à tous ceux qui étaient sur la place Tiananmen en 1989 et qui ont été arrêtés en même temps que Sun. Ça fait trois jours qu'on y est.

— Travail de police ! commenta Zhou avec un sourire. Ça donne quoi ?

— Qu'est-ce que tu veux que ça donne ?

Zhou ne répondit pas. Il fit son code et se connecta à l'intranet. Il y avait maintenant quarante-six mille caméras de vidéo surveillance à Pékin et plus de quatre mille policiers étaient chargés de visionner ce qu'elles avaient enregistré. Plusieurs immeubles de la sécurité publique étaient destinés à ça. Zhou fit quelques manipulations pour obtenir le site des caméras. Rue du Bœuf. Il chercha celle qui était la plus proche de l'angle de la rue du Bœuf et de Shalan hutong.

— Sous-lieutenant, c'est vrai que le chef ne veut pas qu'on fume dans les bureaux ?

— Pas si je ne vous dis rien.

— Alors, on peut ?

— Oui, fit Zhou.

— Qu'est-ce que tu regardes ? interrogea Fang.

— La maison d'angle que notre indic nous a signalée. Les Ouïghours que nous recherchons s'en servent comme planque, paraît-il.

Fang se leva, s'approcha.

— On voit pas bien, dit-il.

— Monte la luminosité, conseilla Pan.

— La maison est un peu distante, mais on peut voir qui y entre, dit Zhou.

Fang posa ses mains sur le dossier du fauteuil de Zhou et s'y appuya d'une main pendant que, de l'autre, il tirait sur sa cigarette, soufflait en l'air et laissait retomber son bras le long de son corps.

— Ça pue ce que tu fumes, constata Zhou.

— Contrebande, dit Fang, laconique.

Zhou fit défiler la bande en arrière en accéléré. Pan se leva à son tour et se plaça dans le dos de Fang, le regard rivé sur l'écran, la tasse à la main. Sur le dix-neuf pouces, le jour déclina rapidement, les bus passaient de manière saccadée, des vélos peinaient dans le froid, des piétons se dandinaient à reculons et à toute vitesse, comme des canards allant à l'abattoir. L'éclairage urbain s'alluma. C'était le petit matin. Pan aspira encore une gorgée.

— Là ! Quelqu'un sort ! s'exclama-t-il.

Zhou stoppa le défilement. Sept heures cinquante-cinq.

— On peut zoomer? demanda Fang, un œil fermé à cause de la fumée de la cigarette pincée entre ses lèvres.

— Je peux pas avec ce terminal. Pose cette clope et ouvre les deux yeux!

— Tu crois qu'il ressemble à un Ouïghour? dit Pan.

— A quoi ça ressemble, un Ouïghour? rétorqua l'autre.

— Admettons que ce soit un de ceux qu'on cherche, dit Zhou tout bas.

— Il fit avancer la bande à vitesse réelle. L'homme sortit de l'écran. Zhou remit en marche arrière et l'homme réapparut.

— C'est magique! rigola Pan.

— Arrête l'image, coupa Fang. On dirait pas qu'il a de la barbe au menton?

— C'est peut-être notre homme, dit Zhou.

Il fit avancer rapidement. Les réverbères s'éteignirent, le jour avança en rampant le long des trottoirs, les détails du jour émergèrent dans la lumière grise. Les vélos, les passants, les bus à nouveau et soudain l'homme que Zhou n'avait pas vu la première fois. Huit heures trente-trois.

— C'est peut-être pas lui.

— Tu te trompes, Pan, moi, je dis que c'est le même, affirma Zhou. Même manteau.

Il fit encore défiler la bande.

— Regardez! Cette fenêtre du premier étage est allumée. Elle s'éteint et une minute plus tard, notre Ouïghour sort de l'immeuble, dit Fang.

— Selon toutes probabilités, on connaît maintenant l'adresse complète. Premier étage, à gauche sur le palier! dit Pan.

— Ouais ! Mission pour nous aujourd'hui ! annonça Zhou.

Un sourire fendit la face de Fang.

— On y va ? Chouette ! Pas de vérification de témoignages. J'en ai marre d'éplucher vos comptes rendus à toi et au lieutenant.

Pan maugréa.

— Si ces types sont des égorgeurs, c'est à l'armée d'intervenir, pas à nous, armés de matraques électriques contre des couteaux ouïghours ou qui sait quoi !

— Je vais signer une décharge pour des pistolets, on va aller les chercher au bâtiment 4. Après, on prend une voiture et on y va, dit Zhou.

Zhou téléphona au commissariat de quartier pour se renseigner sur l'immeuble en question. Il n'était pas régi par l'Etat. C'était l'association musulmane qui le gérait et l'appartement correspondant à la description de Zhou était soi-disant occupé par les bureaux de l'association.

Zhou demanda à Fang de garer la voiture à l'angle de Shalan hutong et de la rue Xiaosi.

— C'est à une centaine de mètres au bout de la rue, dit Zhou. D'ici, nous ne voyons rien, mais les Ouïghours, si tant est qu'ils s'y trouvent, ne peuvent nous repérer non plus.

— C'est les prendre pour des cons ! Ces types-là repèrent une voiture de flics à des kilomètres ! Je me demande même si les voitures pie n'ont pas une odeur spéciale.

— On est en uniforme, tous les trois, et on planque dans la bagnole. Comment veux-tu qu'on ne nous repère pas ? remarqua Pan.

— On va sortir, dit Zhou, on va aller devant la maison qui fait l'angle, on va entrer et voir.

Fang fit la moue.

— Super plan ! On met le gyrophare ?

Zhou se tourna vers lui en fronçant les sourcils.

— Tu as peut-être une meilleure idée ?

— Ouais ! On se met en civil et on poireaute devant pour voir les mouvements.

— T'as envie de te geler les miches toute la journée ?

— Le sous-lieutenant a raison, Fang. On entre, on arrête tout le monde, on perquisitionne et c'est tout.

— Le chef est au courant de cette action ? s'enquit Fang.

— J'ai une idée, dit Pan. Les Ouïghours sont musulmans, non ?

— Où veux-tu en venir ? fit Zhou.

— Les musulmans ont des heures de prière. Nous n'avons qu'à attendre la prière et on les aura tous, le cul levé dans l'appartement.

— Tu vois que t'es pas con, quand tu veux ! dit Fang.

Zhou était déjà en train de pianoter sur son téléphone.

— Voilà, dit-il. 27 décembre 6 heures 59, 12 heures 25 et 16 heures 12.

Il consulta sa montre.

— Si on patiente une petite heure, on est bons !

Ils attendirent dans le silence, chacun se déroulant le film dans son esprit afin d'être prêt, puis Zhou donna le départ. Ils descendirent de voiture et remontèrent Shalan hutong jusqu'au carrefour. Ils entrèrent dans l'immeuble d'angle. C'était un immeuble construit dans les années 1970, standard. Arrivés au premier, ils s'arrêtèrent pour écouter un instant. Trois portes donnaient sur le palier.

— Pas de noms, pas de sonnette ! Laquelle est-ce ? murmura Pan.

— L'escalier fait un demi-tour. Ça devrait être celle-là, dit Zhou. Fang, c'est toi le plus costaud. Tu vas la défoncer d'un coup de pied.

Fang hocha la tête, recula, haussa son pistolet, les deux mains serrées sur la crosse, s'adossa à la rampe, leva le pied droit. Porte défoncée d'une formidable détente, éclatée au niveau de la serrure. D'un bond, Fang était dedans, pointait son arme sur les trois individus occupés autour d'une table, saisis comme par le flash d'un photographe. Zhou et Pan à la suite de Fang, pistolet au poing. Non ! Ils n'étaient pas en prière. « Police ! » cria Fang. Mais il eut à peine le temps de photographier la scène. Le Ouïghour à barbiche face à la porte derrière une table. Un autre très maigre à sa gauche, le troisième, brun comme de la sauce de soja et buriné comme un paysan à droite. En une demi-seconde, Barbiche, comme s'il n'attendait que l'irruption des policiers pour agir, recula sa chaise d'une détente, pied posé sur le bord de la table, la repoussa avec une énergie digne du diable à poil roux. Le plateau en plein estomac. Fang plié en deux. L'héroïne qu'ils étaient en train d'ensacher vola à travers la pièce, blanchissant la face et l'uniforme de Fang. Celui-ci s'écroula en percutant Pan et Zhou. Le coup de feu partit en l'air, troua le plafond. Les deux acolytes de Barbiche plongèrent sur le côté. Le maigre avait bondi vers un meuble bas sous la fenêtre. Il se retourna. Dans son poing levé brillait une longue lame courbe. Barbiche tenait un long couteau lui aussi. Il sauta comme un athlète émérite par-dessus les policiers au sol, en train de se relever. Maigrichon et Buriné, couteau en avant, gênés par la table les quatre fers en l'air. Les trois policiers pointaient les pistolets un peu au hasard. Ils se sentaient tous soudainement très excités. Fang tira, toucha Maigrichon en pleine tête. Mouchetures de sang sur la poudre blanche, les débris de la porte. Barbiche descendit quatre à quatre les escaliers sans se retourner. Zhou rampa vers le palier, se releva. Il ne vit pas le pistolet qui lui avait échappé des mains et ne prit pas la peine de le chercher. Un autre coup de feu derrière lui. Il boitait un peu, mais en descendant les escaliers, ça allait mieux. De mieux en mieux. Il sauta les dernières marches. La porte avait claqué derrière Barbiche. L'avenue. Zhou poussa la porte. Fang et Pan étaient toujours là-haut. Il ne savait pas ce qu'ils étaient devenus. Il avait cru entendre un troisième coup de feu en dévalant l'escalier. Il n'hésita pas un instant. Le Ouïghour courait. Il renversa un vieil homme, bouscula une femme. Un taxi arrêté au bord du trottoir. Barbiche avait toujours le couteau à la main. Le chauffeur était en train de téléphoner. Barbiche ouvrit la portière. Négligence du chauffeur, chance de Barbiche. Zhou ne vit pas ce qui se passait. Quand il arriva à la hauteur du taxi, celui-ci avait déjà démarré en trombe et s'était inséré dans la circulation entre deux bus. Le Ouïghour avait dû mettre le couteau sur la gorge du chauffeur. Zhou s'arrêta désorienté. Il vit l'arrière du taxi, bleu, bas de caisse jaune. Il s'éloignait dans la circulation. Le policier se retourna, regarda dans le flot de véhicules. Merde ! Merde ! Découragement ! Tout foiré ! Et soudain, un autre taxi entre deux bus encore. Zhou traversa, on klaxonna. On freina. Zhou mit la main sur le capot. Il sortit sa carte de police comme si on ne voyait pas déjà qu'il était en uniforme. Il se plaça carrément devant le taxi pour éviter qu'il ne démarre et que lui se retrouve en plan au milieu de l'avenue. Il n'avait pas le choix, il devait se faire aider de force. Zhou plaqua sa carte de police sur le pare-brise et ouvrit la porte. Le chauffeur, un jeune type qui n'avait pas inventé les fusées du Nouvel An, le regarda avec des yeux ronds comme des billes.

— Police ! dit-il pour bien marquer le coup. Suis le taxi jaune et bleu !

— Je le vois pas...

— Roule ! Là ! Tu le vois ?

Le carrefour de Guananmen. Zhou allait descendre pour parcourir les quelques dizaines de mètres entre les deux taxis. La circulation reprit. Il claqua la portière. Smog, ciel gris et bas, gaz d'échappement. Le flot remonta Changshun trop vite pour qu'il tente ça à pied. Bientôt, le carrefour de Xuanwu et son rond-point. On ne vit plus le taxi jaune et bleu. Il y en avait d'autres. On ne savait plus lequel c'était. Le téléphone dans la poche de Zhou se mit à sonner.

— Allô !

— Sous-lieutenant ? Fang à l'appareil. Où es-tu ?

— Le Ouïghour a pris un taxi en otage. J'en ai réquisitionné un aussi. On est en train de le perdre dans la circulation.

— Donne l'alerte !

— Je n'ai pas pu noter le numéro du taxi.

— Tu es où ?

— Xuanwu.

Le chauffeur descendit de la voiture, se haussa sur la pointe des pieds, remonta à bord et fit signe à Zhou.

— Je crois qu'il remonte vers Tiananmen.

— Et vous ? fit Zhou au téléphone.

— On attend les renforts. Les deux Ouïghours sont abattus.

— Je raccroche !

Zhou donna un coup de poing au tableau de bord. « Putain ! Tout a foiré ! Deux morts dans la planque, Fang et Pan ont failli y passer eux aussi, Niuerguli – si c'est lui – en cavale, comment justifier cette catastrophe ? » Le chauffeur tourna la tête, effrayé. On se faufila. On parvint à doubler une file de bus par la gauche. On klaxonna encore.

— Je crois qu'il continue sur Naoshikou, dit le chauffeur.

— Jusqu'où on va aller comme ça ? se lamenta Zhou.

— On ne l'a pas encore perdu, dit le chauffeur qui se prenait au jeu.

A droite sur Fuxingmen. Encore moins fluide. Xidan. De plus en plus dur de voir le taxi. Le temps passa. Au loin, peut-être était-ce celui-là ? On ne voyait que le toit bleu de la voiture. Carrefour. A gauche : dégagé. Nanchang. Nouvel arrêt. Un bus coinçait. Zhou descendit, courut, remonta plein nord entre les voitures.

— Eh ! Ma course ! cria le chauffeur.

— Zhou Pinghuai, section des affaires criminelles, quartier de Dongzhimen ! cria Zhou sans se retourner.

Le toit bleu. Il s'approcha. Le Ouïghour l'avait repéré. Il descendit aussi. Il courut entre les voitures et les bus, tourna pour le perdre derrière un autre bus. Zhou le vit sur le trottoir de l'autre côté. Il traversa, les véhicules klaxonnèrent encore. Une voiture manqua de le renverser. La circulation repartit. Il avait pris pied sur le trottoir. Barbiche courait au loin. Sillage de gens ébahis par ce forcené, long couteau au poing. L'entrée sud du parc Beihai. Barbiche sauta par-dessus le tourniquet, bouscula des touristes. Deux flics le regardaient passer, les yeux comme des soucoupes, ne faisaient rien. Zhou loin derrière. Il bondit par-dessus le tourniquet. Pas un regard pour les deux flics qui se démanchaient la tête pour voir l'autre qui était déjà à mi-chemin sur le pont de l'île aux hortensias.

Déjà essoufflé. Il s'arrêta une seconde, courbé, mains appuyées sur les genoux. Point de côté. Respirer doucement. Réguler le souffle. Il repartit en petites foulées. Sans ami, quand il était arrivé à Pékin, il passait ses jours de repos à visiter la ville et à s'émerveiller de ses richesses. Le parc Beihai, il le connaissait par cœur, sauf que cette fois, il était en uniforme engoncé dans son manteau. Il s'était engagé sur le pont qui rattachait l'entrée sud et la Cité ronde à l'île. Le Ouïghour, il le voyait au loin. Pas beaucoup de monde ce matin. Il courait déjà vers l'élégante galerie à deux étages qui borde la colline surmontée du *dagoba* blanc. Du coin de l'œil, pris dans sa foulée et aux aguets, Zhou aperçut quelques rares joggers, un vieillard qui faisait résonner sa canne sur les dalles, deux, trois couples qui sillonnaient la rive bordée de saules pleureurs dénudés par l'hiver. Niuerguli avait l'air égaré, figé près du KFC. Il jeta un œil indécis vers la nappe gelée du lac à droite, puis vers la colline, à gauche, perdue dans la brume. Zhou s'efforçait de garder le souffle. Chaque enjambée le rapprochait du criminel, mais il ne savait pas comment réagirait le Ouïghour quand il serait arrivé à sa hauteur. Niuerguli entendit les pas de sa course, le vit et le trouva beaucoup plus proche que ce qu'il pensait. Une trentaine de mètres les séparaient encore. Le Ouïghour choisit de s'engager dans la galerie aux colonnes laquées de rouge à une volée de marches devant lui. Le Ouïghour bouscula un couple de promeneurs. La femme poussa un petit cri. Zhou les doubla, le regard rivé au dos du Ouïghour. Il n'était qu'à quelques mètres derrière lui. Mais, à bout de souffle, Niuerguli dut se rendre compte qu'il ne sèmerait pas facilement le policier. Il hésitait à prendre, au bout de la galerie, l'escalier qui risquait de réduire dangereusement la distance. Il s'arrêta brusquement et fit volte-face. La lame du long couteau brillait dans sa main. Zhou se figea. Cinq mètres les séparaient. Il se tenait fermement campé sur ses jambes, le couteau pointé en direction de la poitrine du policier, un rictus sur le visage.

— Viens ! dit-il. Viens si tu l'oses !

Les jambes légèrement fléchies, le torse en avant, Zhou le fixait, mutique, le visage sans expression. Dire quelque chose, c'était déjà engager le combat et ça, il ne le voulait pas, sûr de son désavantage face au long couteau. A une distance respectueuse, dans son dos, une demi-douzaine de promeneurs avaient fait quelques pas dans l'allée pour voir de quoi il retournait. Deux d'entre eux téléphonaient avec des mines anxieuses. Nul doute que la sécurité publique était prévenue et des renforts ne tarderaient pas. Comme un pêcheur, Zhou n'avait qu'à attendre, tenir le Ouïghour au bout de sa ligne, lâcher du mou quand il tirait trop, la tendre quand il mollissait. Le Ouïghour fit un pas en avant. Zhou recula d'autant, les promeneurs refluèrent. Le policier, trop concentré sur les gestes de Niuerguli, n'entendait ni les commentaires ni les cris des promeneurs. L'assassin recula d'un pas. Zhou avança d'un pas. Son cœur battait la chamade. Sans arme, impossible d'attaquer cet homme. Le suivre et garder la distance était la meilleure tactique. Il fallait le fatiguer comme un gros poisson. Niuerguli se retourna et se mit à galoper. Zhou galopa. De nouveau, le Ouïghour se retourna. Zhou stoppa. La distance n'avait pas varié entre eux. « Haaaa ! » fit l'assassin en donnant un coup de lame dans le vide. Zhou ne bougea pas. Le Ouïghour recula d'un pas, puis de deux. Zhou avança d'un pas, puis de deux. Soudain, Niuerguli fonça sur lui, lame en avant. Zhou détala vers le KFC. Il entendait la course du Ouïghour derrière lui. Les spectateurs refluaient en désordre. Les pas cessèrent derrière lui. Il se retourna encore. Les promeneurs observaient la scène à distance respectable. Niuerguli repartit en sens inverse vers le fond de l'allée. Zhou fonça après lui. Il n'avait perdu qu'une dizaine de mètres. Niuerguli attaqua les escaliers quatre à quatre. Zhou s'élança à son tour. Il avait pour lui quelques années de moins que le Ouïghour, un entraînement plus régulier et le temps jouait pour lui. Niuerguli, lui, n'avait rien à perdre et c'était sa force, mais essoufflé, il perdait du terrain et s'arrêta à mi-pente. Zhou voyait les nuages de vapeur blanche qu'il expirait. Le Ouïghour se retourna vers le policier qui s'était arrêté sur une volée de marches en dessous. Sa respiration aussi était saccadée et se transformait en vapeur blanche. Niuerguli se pencha et lui jeta une poignée de terre. Zhou s'écarta à peine pour éviter le jet inoffensif. Le Ouïghour lâcha quelques jurons en dialecte, puis il lui cria :

— Tu vas finir par me lâcher ?

Zhou l'observait sans ciller. L'autre reprit sa montée et Zhou entendit son souffle haletant. Ils arrivèrent bientôt dans les allées au sommet. Zhou songea que c'était une chance que les allées soient désertes, car les promeneurs se seraient transformés en autant d'otages potentiels. Le policier constata qu'il avait perdu le Ouïghour de vue à la faveur d'un tournant caché par un massif. Plié en deux, il posa les mains sur les genoux fléchis et aspira l'air glacé à grandes goulées qui lui brûlaient les poumons, puis il leva la tête vers la vue dégagée de la ville sous un ciel uniformément gris où se perdaient dans le lointain l'immense carré de la place Tiananmen au-delà du carré de tuiles vernissées des bâtiments antiques de la Cité interdite et les silhouettes des tours qui parsemaient la ville. Peut-être le Ouïghour s'était-il accroupi au détour d'une haie et attendait-il le policier pour l'égorger par surprise ou bien attendait-il qu'il passe sans le voir pour prendre une des allées redescendant vers le lac. Zhou n'était pas assez familier des sentiers sinueux qui parcouraient le sommet de la colline pour anticiper les mouvements de l'assassin. Il calma sa respiration dans l'espoir d'un bruit, d'un halètement qui lui indiqueraient la position de son adversaire, mais il n'entendait rien que le vent dans les branches dénudées. Il partit en petites foulées un peu au hasard, vers le *dagoba* blanc qui surplombait la colline et les pans de son manteau s'accrochaient aux branches griffues. Les sirènes de voitures de police perçaient le grondement lointain de la cité, étouffées par la distance. Sur la terrasse du *dagoba*, il examina les abords du lac gelé en contrebas et reconnut deux voitures de police qui avançaient sur la rive est. Les flics devaient cerner le parc Beihai et les entrées devaient être d'ores et déjà fermées. Il serait très difficile à Niuerguli de fuir. Il était encerclé, mais il pouvait encore occasionner beaucoup de dégâts. Zhou l'avait perdu. Il sortit son téléphone et appela le central pour qu'on le mette en relation avec le commandant des voitures envoyées. C'était une unité spéciale et les agents avaient été armés. Il expliqua qu'à la poursuite du forcené il l'avait perdu au sommet de la colline aux hortensias. L'individu, très dangereux, était armé d'un long couteau. Le commandant lui signifia de ne pas bouger, qu'une unité montait vers lui. Mais la traque pouvait prendre beaucoup de temps. Le parc était vaste. Les haut-parleurs diffusèrent un message d'alerte. Les usagers du parc étaient priés de se rendre vers la sortie la plus proche. Ils ne devaient pas rester solitaires et se rapprocher les uns des autres en préparant leurs papiers pour vérification. Zhou remit son portable dans sa poche. Dans ce jour sans ombre, gris et brumeux, la recherche du Ouïghour n'était pas facile. Niuerguli était peut-être déjà au pied de la colline, mais peut-être était-il encore caché ici, à quelques mètres à peine. Zhou refit le chemin en sens inverse et nota mentalement les bifurcations que l'autre aurait pu prendre. Les hortensias étaient déplumés par l'hiver. Une silhouette cachée se serait vue. Il opta pour le sentier dallé qui redescendait côté ouest, désobéissant à l'ordre du chef de l'unité spéciale et c'est alors qu'il le vit ou plutôt qu'il vit les branches des massifs bouger dans la pente. L'homme descendait droit devant lui, hors des allées.

— Niuerguli !

Il n'avait pu s'empêcher de crier. Le Ouïghour ne se soucia plus de se cacher et galopait dans la pente, mais il était ralenti par les branches. Bientôt, Zhou fut à sa hauteur. Il dévala les marches parallèlement à lui. Au bas de la pente, un haut-parleur se fit entendre.

— Restez où vous êtes et levez les bras !

Les flics étaient prêts à tirer. Maintenant, Zhou était plus bas que le Ouïghour. Il quitta l'escalier. Ecartant les branches des buissons qui ralentissaient sa course, il se trouva juste en dessous de la trajectoire de Niuerguli.

— Arrêtez de courir ! Levez les bras ou nous allons tirer ! cracha le haut-parleur.

Mais le Ouïghour tenait son couteau brandi. La lame jetait une lueur pâle. Zhou se tenait prêt à recevoir l'assaut du Ouïghour et sa respiration était bloquée par la peur. Deux coups de feu résonnèrent. Niuerguli plongea comme un pantin désarticulé et roula. Un buisson l'arrêta. A quelques pas de Zhou. Le policier leva les bras.

— Je suis de la sécurité publique, cria-t-il. Ne tirez plus. Il est touché !

Niuerguli était ramassé comme un sac au pied d'un sophora décharné. Il ne bougeait plus et Zhou ne pouvait le quitter des yeux. Le couteau avait roulé à quelques pas. Trois flics les entourèrent, pistolet pointé sur le corps du Ouïghour qui semblait désarticulé comme une marionnette.

— Ecartez-vous ! dit le flic à Zhou.

Mais Zhou fixait l'homme abattu. Une balle lui avait traversé l'œil.

— Vous venez d'abattre un élément clé de mon enquête ! dit-il.

28 décembre

Le Ouïghour mort, c'était une piste qui s'évanouissait dans le désert, un fil que la brigade spéciale avait coupé d'un coup de ciseaux, une ruelle qui donnait sur un mur, une impasse. Le lieutenant Ma et son adjoint Zhou se trouvaient dans le bureau du chef de la section criminelle. La satisfaction d'avoir retiré de la circulation de dangereux assassins était ternie par l'incertitude quant à la suite de l'enquête. L'air en colère, le chef, assis derrière son bureau, fixait Ma et Zhou alternativement. La neige tombait à nouveau et les flocons virevoltaient derrière la vitre sur le ciel de plomb.

— Une semaine s'est écoulée, sept jours d'enquête sur trois meurtres. Les assassins sont morts. Nous devrions être contents, mais ce n'est pas le cas. Asseyez-vous ! ordonna le chef. Si le chef de la bande des Ouïghours, ce Niuerguli, était un forcené, l'affaire serait terminée puisqu'il a été mis hors d'état de nuire ce matin. Mais nous savons qu'ils étaient au moins trois, ce qui exclut cette hypothèse, car les forcenés agissent seuls. Les deux autres ont aussi été abattus, ce qui ne facilite pas la tâche pour trouver le commanditaire. Il faudrait se tourner vers un mobile plausible, or vous n'avez pas été foutus d'en trouver un crédible.

Le chef brandit quatre feuillets imprimés sous le nez de ses hommes.

— Voilà ! dit-il. Voilà ton rapport d'enquête, Ma. Quatre malheureuses pages d'interrogatoire de témoins et de suspects pour quoi ? Voilà ce que j'appelle un travail bâclé !

Zhou jeta un regard sur le lieutenant impassible, puis revint sur le chef courroucé.

— Le mobile des Ouïghours aurait pu être la vengeance, dit Zhou pour venir en aide à son supérieur, et si c'était le cas, il serait inutile de chercher un coupable ailleurs.

— Sous-lieutenant Zhou, si j'étais toi, je la fermerais ! hurla le chef. Parlons-en de ton opération. Tu n'as pas prévenu la brigade spéciale et elle a dû intervenir pour te sauver la peau ! Tu es une tête folle. Tu n'as pas vocation à organiser et participer à un assaut. Bilan de l'opération. Le bras armé est mort, mais pas la tête qui commandait le bras. Et soyez contents, toi et tes têtes brûlées ! Quand on coupe un tentacule du poulpe, il repousse ! C'est ce que j'appelle saboter le travail ! Je ne crois pas que je vais te garder dans la brigade !

Zhou devint livide. Tout ce qu'il avait envie d'ajouter pour se justifier s'évanouit.

— Ma, comment vois-tu la suite de cette affaire ? continua le chef.

Le lieutenant avait son idée, mais il préféra laisser le chef parler.

— Je vais te dire ma façon de penser et c'est ce qui s'appelle repérer le chien à l'odeur de sa merde ! Ça pue l'affaire de corruption ! Tu ne vois pas de rapport entre la géologie et le terrassement ? On creuse la terre, bordel ! C'est le sol, le lien !

Le chef agita à nouveau les feuillets de rapports devant le nez des enquêteurs.

— Ça, des inspecteurs ? Mais vous n'êtes même pas capables de trouver vos clés dans vos poches ! Le sol, bordel ! Aussi sûr qu'il neige dehors.

Ma avait la même idée, et depuis longtemps. Mais rien de concret n'avait émergé dans les rapports. Pas de preuve, juste des intuitions. Des putains d'intuitions qu'il avait eues dès le début. La passion des minéraux de Sun, son camarade d'université géologue, le patron de Beijing Constructions. Il avait éliminé les pistes annexes. Il n'en avait même pas fait mention dans les rapports. Ces anciens liens avec Sun, avec Liang, qui remontaient à l'époque des événements de Tiananmen. Black-out, tabou ! Ne pas parler de cette période dont les jeunes ne connaissaient presque rien parce que la censure y avait posé une chape de plomb. Il s'était empêtré dans le souvenir de ces amitiés anciennes et il n'avait pas vu qu'elles n'avaient rien à voir avec ce qui se passait. On avait assassiné Sun parce qu'il avait découvert quelque chose en liaison avec son travail. L'entreprise de terrassement était au cœur de la question. Sun était mort non pas parce qu'il avait découvert quelque minerai précieux en prospectant dans la région, mais parce qu'il était tombé sur quelque chose qui gênait sa conscience tatillonne. Il en avait fait part à Liang. Pourquoi ? Ça restait à éclaircir, mais Liang était mort à cause des révélations que Sun lui avait faites, et le patron de Beijing Constructions était le pivot de l'histoire. Sentant que les enquêteurs se rapprochaient de lui, le vrai patron de tout ça avait fait éliminer Tang par ses hommes de main pour effacer la piste. Aya ! On pouvait dire que Zhou avait eu une initiative malheureuse !

— Oui, chef! dit Ma. Le sol. Beijing Constructions s'occupait uniquement de préparer les fondations de grands ensembles immobiliers. Beaucoup d'autres entreprises faisaient le reste, mais eux s'occupaient de creuser le sol. Les promoteurs de ces ensembles doivent être identifiés. Il se pourrait que l'un d'entre eux ait quelque chose à se reprocher. Si nous trouvons, nous aurons notre commanditaire. Vous avez lu dans le rapport que Sun avait été rossé une première fois deux jours avant qu'on ne l'assassine. C'était peut-être pour le prévenir de la fermer sur quelque chose qu'il avait découvert. Il n'en a pas tenu compte et on lui aura fait son affaire.

— Si cette théorie a quelque fondement, on comprendrait que le promoteur ait voulu se débarrasser du patron de Beijing Constructions, mais, le professeur Liang, que viendrait-il faire là-dedans? Et pourquoi Sun n'aurait-il pas tenu compte du premier avertissement que les Ouïghours lui auraient donné?

— Le professeur Liang était un ami d'université de Sun. Un géologue. Sun a été lui demander conseil.

— Et comment cet hypothétique promoteur aurait-il appris la démarche de Sun?

— Les Ouïghours attendaient que Sun descende ses poubelles la nuit où il a été assassiné. Ils connaissaient parfaitement ses habitudes. Il était surveillé. On l'aura suivi.

— Il faudrait donc, inspecteur Ma, savoir où et quand ils se sont rencontrés.

— L'examen des appels du portable de Sun devrait être terminé. Il faut que je descende au service informatique pour connaître le résultat.

— Tu veux dire que tu as négligé cette piste?

— C'est ce que je veux dire, admit Ma.

— S'il s'avère que Sun a appelé le professeur avant d'être assassiné, c'est que nous tenons quelque chose. Tu as perdu beaucoup de temps en négligeant ce fait et un autre homme, même s'il était tout aussi coupable en est mort. Cependant, tout cela n'explique en rien comment le promoteur aurait eu connaissance du risque que représentait pour lui un petit employé comme Sun. Qu'aurait pu faire Sun contre un promoteur puissant ?

— Le bureau contre la corruption ! coupa Zhou éclairé par une révélation. Voilà ce qui aurait pu effrayer le gros méchant.

Le chef jeta un regard sans aménité sur Zhou.

— Et comment le promoteur aurait-il su que Sun voulait dénoncer des malfaçons ? Car c'est bien de cela que nous parlons. De malfaçons volontairement négligées par Beijing Constructions pour le compte du promoteur ?

— Oui, ce n'est pour l'instant qu'une théorie, chef, dit Ma, mais elle est cohérente.

— Cela n'explique toujours pas pourquoi Sun a négligé l'avertissement qui lui a été donné. Voilà ce que j'appelle ne pas tenir compte de la sirène à incendie !

Ma avait son idée sur la question. Sun avait toujours été travaillé par sa conscience. Il était si naïf et si intègre qu'il s'était toujours révélé incapable de se protéger, mais la connaissance du caractère de son ancien ami, Ma ne l'avoua pas.

— Si cette thèse se confirme, l'affaire ne nous appartient plus en propre ! reprit le chef. Nous devrons la partager avec le secteur des enquêtes administratives. Vous connaissez votre métier ? Pas de conjectures que l'on ne puisse prouver !

Zhou avait une tête d'enterrement en sortant du bureau du chef. Pas de jour de repos tant que l'on n'aurait pas avancé ! Il se planta en plein milieu du couloir, les mains profondément enfoncées dans les poches de sa vareuse.

— Et maintenant, lieutenant, qu'est-ce qu'on fait ?

— Maintenant, je descends au service informatique pour voir s'ils ont réussi à démonter le portable de Sun et à éplucher les appels qu'il a passés.

— Et moi ?

— Les bureaux de Beijing Constructions sont sous scellés. On a perquisitionné chez eux et les fichiers numériques des ordinateurs ont été copiés. Fais-toi envoyer par mail la liste complète des clients de la société. Les comptes, tous les documents de l'entreprise.

— Et qu'est-ce que je dois chercher ?

— Vérifier si Beijing Constructions n'a pas traité l'étude géologique des sols et le terrassement d'un barrage sur la Sanggang He et si le même promoteur ne finance pas la construction de l'ensemble immobilier sur lequel Sun travaillait avant son assassinat. Ce serait ce que j'appelle un faisceau de présomptions, comme dirait le chef, fit Ma avec un sourire triste.

On avait allumé les néons dans les bureaux. On se serait cru à six heures du soir. La neige tombait drue et les employés commençaient à se demander, si ça continuait comme ça, si le trafic ne serait pas plus encombré que d'ordinaire pour rentrer chez eux ce soir.

La salle informatique bourdonnait et les écrans des ordinateurs clignotaient. Ma alla vers une responsable du service. Il avait laissé le téléphone de Sun bien assez longtemps pour qu'on l'ausculte.

— Pièce à conviction numéro 126, dit la responsable. Je vais vous sortir la liste des appels, lieutenant.

Malgré son carré strict et bien peigné, elle lui rappelait Mei. Son odeur aussi. Chanel nº 5 peut-être, ou plus certainement une copie chinoise bon marché, Ma n'avait pas le nez assez fin pour le reconnaître. Il observa sa nuque pendant qu'elle frappait quelques touches. L'imprimante à côté commença à vrombir, sortant le lieutenant de sa rêverie. Il avait bien trop rêvé ces derniers temps. Au moins un homme était mort parce qu'il n'avait pas été assez rapide pour démêler l'écheveau de l'énigme. Les souvenirs de jeunesse et d'amours défunts l'avaient engourdi, l'avaient aveuglé au point qu'il en avait perdu le fil de l'enquête. C'était fini. Il fallait s'éveiller et se concentrer sur le travail. Un listing se déroula. Elle l'arracha et le tendit à Ma.

— Il y a les numéros appelés par ordre chronologique, dit-elle. Sur la même ligne, vous voyez le nom des abonnés que nous avons recherchés. Venez me voir quand vous voudrez, dit-elle de façon équivoque.

Il la remercia, un peu troublé par son sourire, prit la liste et remonta à son bureau quatre à quatre. Il s'assit et se mit à l'examiner. Dès la première ligne ! Le 16 : appel pour Liang Sudong. La veille, le 15, appel pour Liang Sudong encore. Le lien était là, il le savait avant d'avoir posé les yeux sur la liste. Quelques jours après, Niuerguli et ses complices les avaient égorgés. Il bondit de son fauteuil et entra en trombe dans le bureau de Zhou, lui mettant la liste sous les yeux.

— Deux appels pour Liang à deux jours d'intervalle. Le dernier, quatre jours avant sa mort ! Et toi ? As-tu pu te faire envoyer les documents de l'entreprise ?

— Je les attends, lieutenant.

Ma souffla entre ses dents. Il paraissait si pressé maintenant, alors que jusqu'à présent il avait eu l'air préoccupé, absent même de l'enquête. Zhou le regarda, intrigué.

— Qu'y a-t-il, lieutenant ? On dirait que tu as mis le pied sur une fourmilière.

— Nous avons tout, Zhou Pinghuai. Il ne manque qu'à vérifier les documents de Beijing Constructions, mais je suis sûr que nous allons trouver un promoteur haut placé qui a financé les travaux du barrage et le chantier près de l'aéroport. Dès que nous aurons ça, nous pourrons lancer nos accusations. Attendre plus longtemps, ce serait totalement inutile

— Lieutenant, tu oublies quelque chose, réfléchit Zhou. Si les hommes de main de notre promoteur ont filé une correction à Sun pour le dissuader de faire une dénonciation à la commission anticorruption, pourquoi sont-ils revenus deux jours après pour le tuer ?

— Où veux-tu en venir, Zhou ?

— Je disais tout simplement que Sun ne s'est peut-être pas dégonflé et que, tout juste sorti de l'hôpital, il est allé aux bureaux de la commission et qu'il a tout balancé. Les Ouïghours l'ont liquidé après et cela signifie que...

— Cela signifie qu'il y a un corrompu au bureau anticorruption qui a escamoté la dénonciation et qui a averti le promoteur, coupa Ma. Tu as peut-être raison et ça ne va pas faciliter notre tâche.

Le lieutenant fronça les sourcils et se tourna vers la fenêtre où venaient s'écraser les flocons et le ciel lourd comme son cœur.

Zhou et Ma roulaient en direction de Dongzhimen. Tout était blanc. La circulation se ressentait de cette averse de neige. Ma avait mis la radio de la police. Les appels ne cessaient pas. Encore les *mingong* près de la gare centrale. Un migrant sans travail s'était immolé par le feu avec de l'essence et des chômeurs de sa province natale s'étaient rassemblés pour une manifestation spontanée. Ils refusaient de se disperser et la manifestation était en train de tourner à l'échauffourée avec la sécurité publique. Zhou secouait la tête, le regard fixé sur la circulation arrêtée. Les pneus patinaient aux feux rouges et une voiture noire, une Audi aux vitres fumées, était en travers de la voie, bloquant la circulation. Le chauffeur s'excitait, prêt à en venir aux mains avec un conducteur de bus garé tout contre le trottoir, en travers lui aussi, et qui refusait de descendre de son véhicule et gueulait en gesticulant par sa fenêtre entrouverte. L'autre donnait de vains coups de pied contre les grandes roues du bus, la carrosserie beige et rouge, et lui promettait les foudres de l'enfer, qu'il descende ou pas. La vitre fumée arrière de l'Audi, ouverte au tiers, laissait voir une main aux bagues voyantes tenant un cigare dont elle secouait la cendre de temps à autre. Zhou pestait contre le temps et les embouteillages. Il pouvait voir la cendre virevolter, noire parmi les flocons blancs et se poser sur l'asphalte poudré.

— A Fenyang, quand j'étais jeune, la neige, c'était toujours une fête, pesta-t-il. Un moment de bonheur inoubliable. Des batailles de boules de neige, du patinage, de la luge sur la rivière gelée. Une fois, pour la fête du Nouvel An, mes parents m'ont amené voir de la famille à Harbin. J'ai vu le concours de sculpture sur glace. Une féerie! Mais ici, la neige, c'est la merde! Deux heures pour aller sur les lieux d'un crime, deux heures pour rentrer chez soi après. Les assassins n'ont rien à craindre. Le temps qu'on arrive sur les lieux, ils ont eu le temps de faire un tournoi de mah-jong. La neige, c'est une délinquante. On devrait la foutre en taule !

Le lieutenant ne disait rien, comme à son habitude.

— Tout ce temps perdu dans ces embouteillages ! Et pour rien peut-être ! reprit Zhou après un moment d'attente. Il tapa plusieurs fois sur le volant avec le plat de la paume. « Putain ! »

— Zhou Pinghuai ! s'il te plaît. C'est bien assez pénible d'attendre coincé là, sans t'entendre râler, réagit Ma. Et ce n'est peut-être pas pour rien que nous y allons ! Je me souviens bien que Mme Sun a dit qu'elle n'avait pas eu le courage de laver les affaires de son mari le jour où il s'est fait casser la gueule. Il est mort depuis, alors, soit elle a tout jeté, ce dont je doute, soit ses vêtements sont au fond d'une armoire ou dans un sac, encore tachés de sang.

« Central ! On demande d'urgence deux fourgons de police supplémentaires à la gare centrale », crachotait la radio.

— Ces putains de *mingong*, dit Zhou, ils n'ont même pas un bout de ficelle pour attacher leur pantalon alors que d'autres ont assez pour s'acheter un paquebot. Ils devraient s'écraser et retourner dans leur province. Mieux vaut mourir chez soi que dans la rue !

— As-tu entendu parler de Lei Feng ? dit Ma sans s'arracher à la contemplation de la neige qui blanchissait l'avenue.

— La journée du « faire comme Lei Feng », c'est le 5 mars, je ne suis pas complètement idiot !

— Mais sais-tu qui était Lei Feng ?

— Un travailleur modèle qui est devenu une icône de la période Mao Zedong. Je n'étais pas né.

— Lei Feng a passé sa vie à aider les autres. Une nuit d'hiver, il se met à pleuvoir à seaux. Sa brigade avait façonné des briques en terre crue pour l'édification d'un local pour les ouvriers. Lei Feng est sorti dans le froid et la pluie et il a couvert le tas de briques encore fraîches avec son unique vareuse pour les protéger de la pluie. Il donnait la moitié de sa ration quotidienne aux chevaux faméliques de la brigade... et il n'avait même pas une ficelle pour tenir son pantalon !

— C'est de la propagande. Lei Feng n'a jamais existé !

— Si, il a existé !

— D'accord, lieutenant, mais du moins, pas comme l'altruiste dément tel qu'on nous l'apprend à l'école. C'est plutôt un sujet de rigolade, maintenant.

— Voilà, Zhou ! Voilà ! Un sujet de rigolade. Moi aussi j'ai été gamin, et à l'époque, les parents n'amenaient pas leurs enfants voir les sculptures sur glace. On respectait les pauvres. Ils étaient la meilleure part du peuple et maintenant, si tu n'as pas ton Audi, tu ne mérites que le mépris ! Sun Jie était un peu comme ça. Il était de ma génération et il croyait à autre chose qu'au fric !

— Et il en est mort !

— C'est bien pour ça qu'il faut coincer le salaud qui l'a fait égorger.

Ils arrivèrent à Dongzhimen vers onze heures. Le haut de la barre d'immeubles de l'ensemble Paradis du Nord-Ouest se perdait dans la bourrasque cotonneuse. Ils ouvrirent les portières dans le froid polaire et la lumière grise et sans ombre. Ma enfila ses gants en marchant d'un pas rapide vers la tour numéro 4. Zhou soufflait sur ses mains. Mme Sun respectait l'ordre des autorités de ne sortir qu'après avoir averti le commissariat afin de rester à la disposition de la police. Les deux policiers la trouvèrent amaigrie depuis la dernière fois. Elle ne s'était pas peignée et portait toujours le même peignoir. Il régnait dans l'appartement un grand désordre.

— Je vous reconnais ! dit-elle en ouvrant la porte. Vous venez parce que mon mari s'est battu au pied de l'immeuble, j'imagine.

— Madame Sun, vous ne vous souvenez pas de nous ? demanda Ma franchement étonné.

— Aya ! s'écria-t-elle excédée. Avec le monde qui passe ici, ces derniers jours, si je devais me souvenir de tout le monde ! Les services de la *danwei* où je travaille sont venus hier. Ils ont proposé de prendre mon fils en pension. J'ai dit oui, ça ne peut que lui faire du bien. Il y a eu ma sœur aussi, qui est venue. Je ne sais pas pourquoi elle est venue. Il y a eu des policiers, l'autre jour, pour je ne sais quelle histoire à dormir debout, comme quoi mon mari avait disparu, qu'il était mort, je ne sais quoi. Et vous, c'est pourquoi, déjà ?

— C'est bien pour la bagarre de l'autre soir, confirma Ma. Vous avez dit que vous n'aviez pas eu le temps de nettoyer ses vêtements. Est-ce toujours le cas ?

— Je n'ai pas une minute à moi, dit-elle en levant les mains au ciel.

— Pouvons-nous les voir ?

— Qu'est-ce que vous voulez en faire ? Aya ! Après tout, faites-en ce que vous voulez mais rendez-les-moi après. Je ne sais pas si mon mari sera content que je vous les montre, mais tant pis pour lui. Il n'a qu'à être là au lieu de courir par monts et par vaux à la recherche de pierres pour sa collection !

Elle alla dans la pièce attenante et en ressortit avec un ballot de frusques tachées.

— Tenez ! Les voilà !

Zhou tendit les mains et prit la balle de vêtements sans quitter Mme Zhou des yeux.

— Si ça ne vous dérange pas, dit-elle, je continue mon épisode à la télé.

Mme Zhou retourna s'asseoir devant le poste de télé. Zhou posa la chemise et le pull sur le dossier d'une chaise et entreprit de fouiller les poches du jean.

— Regarde ! dit-il au lieutenant.

Il tenait de la main gauche le jean maculé de taches brunes et dans la paume de l'autre, quelques papiers de bonbon et trois tickets de bus, tous validés d'un trait de crayon rouge. Ma les lui prit des mains.

— La ligne 425, la 706 et la 740. Cette dernière correspond au lundi 20, le jour de sa mort. Tu n'aurais pas un indicateur des lignes de bus par hasard ?

— Non, mais je peux trouver ça sur internet.

— Tu feras ça dans la voiture. Sortons d'ici, cet appartement me déprime, dit Ma, conscient du caractère trop personnel et non professionnel de sa remarque. Il reprit un ton plus haut : « Madame Zhou, nous avons posé les habits sur le dossier de la chaise. Nous vous laissons à votre épisode. Merci beaucoup. »

Mme Zhou fit un geste de la main sans quitter l'écran des yeux.

Une fois retournés dans la voiture, ils restèrent un moment à l'arrêt. La neige s'était accumulée sur le pare-brise et il faisait très sombre dans l'habitacle. Zhou déboutonna son manteau, sortit son portable de sa poche et activa la 4G. Ma était penché de manière à voir l'écran. La lumière bleutée se reflétait sur leurs visages. Lignes de bus. La 740 passait par l'avenue Dongsi. Celle qu'ils cherchaient justement.

— Une annexe du bureau de la lutte anticorruption est située sur Dongsi, constata Ma.

— Comment savoir s'il y est allé ?

— Il suffirait de demander si Sun a déposé une dénonciation, mais il y a fort à parier que le fonctionnaire qui a pris sa plainte a prévenu le promoteur. Il n'y a donc aucun moyen de le savoir. Cependant, le fait qu'il ait pris un bus qui passe précisément à cet endroit interroge.

— Pourquoi Sun n'a-t-il pas envoyé une lettre anonyme ?

Le lieutenant tiqua. Dans la lumière cotonneuse de l'habitacle, un souvenir lui revint. Sur la place Tiananmen, le 4 juin, les chars avaient roulé et écrasé les tentes des derniers manifestants. Les tanks étaient même passés sur le corps de plusieurs hommes. La place était cernée et ceux qui tentaient de s'enfuir avaient été arrêtés. C'était le cas de Sun. Ma, jeune aspirant avait été prévenu de son arrestation par Xiaomao. Le soir, après les cours, on était venu le chercher pour un appel de l'extérieur. Une salle était réservée aux appels entrants pour les jeunes recrues. L'ambiance était tendue à l'école de police et certains, comme lui, avaient des relations ou de la famille impliqués dans les manifestations. On faisait attention à ce qu'on disait au milieu de la salle encombrée de jeunes gens qui cachaient leur bouche avec la main afin qu'une oreille indiscrète n'entende pas ce qu'ils avaient à dire. Les appels étaient peut-être écoutés par la hiérarchie et beaucoup refusaient de répondre, raccrochaient ou engueulaient leur interlocuteur, un parent ou un ami soupçonné d'avoir participé ou soutenu le mouvement, mais Ma avait pris le risque de répondre à l'appel de Xiaomao qu'il savait le mettre en porte-à-faux. Elle lui avait demandé s'il pouvait faire quelque chose pour Sun ou au moins savoir ce qui l'attendait. « L'internement pour sédition ! » avait-il répondu. Elle expliqua que Sun avait été coincé dans un contrôle au milieu d'un groupe de fuyards comme lui, assez loin de Tiananmen. Liang et elle avaient cherché à se renseigner, mais le black-out régnait. Un bureau avait été finalement ouvert qui donnait la liste de ceux qui avaient été pris. Sun y figurait. Ses compagnons d'infortune avaient tous été reconnus sur des vidéos prises par la police, sauf lui. Il y avait donc un doute. Xiaomao avait pleuré au téléphone et Ma s'était laissé attendrir. Il avait décidé de mentir. D'aller trouver un supérieur et de lui confier que Sun n'était pas sur la place pour la bonne raison qu'il était avec lui l'après-midi où les chars avaient roulé. Il avait fait le mur. Un ami avait répondu présent à sa place et il était allé jouer au poker chinois avec Sun ce jour-là. Le nom de la recrue qui avait répondu présent à sa place ? Il ne voulait pas le dire. Connaissait-il les sanctions qu'il encourait pour avoir déserté cette après-midi-là ? Il les connaissait. On le mit aux arrêts et, dans les interrogatoires menés à échelle industrielle qui avaient succédé aux arrestations en masse, la fausse confession de Ma avait surgi comme un bouclier pour Sun. Et ce dernier, contrairement aux attentes de Ma, s'était offusqué de l'aide apportée par Ma. Il avait nié de toute sa force l'histoire inventée par Ma. Il avait avoué être resté sur Tiananmen jusqu'à la fin et que ce policier qui voulait l'aider au risque d'être interné à sa place avait menti et que le mensonge était ce qu'il exécrait le plus. Ma avait été convaincu de mensonge. Il avait fait son autocritique. Il avait pensé sortir un ami d'un mauvais pas. Il commença à raconter cette histoire à Zhou.

— J'ai écopé d'un mois aux arrêts, conclut Ma. J'aurais pu être éjecté de la police et purger une peine grave, mais j'ai bénéficié d'une grande indulgence de la part de mes chefs de l'époque. J'ai eu beaucoup de chance, même si cette tache salit toujours mon dossier et bloquera toujours mon avancement.

— Tu as quand même réussi à obtenir un grade de lieutenant !

— Des affaires brillamment résolues, sourit Ma. Mais tu comprends maintenant pourquoi je suis sûr que Sun est allé déposer sa dénonciation en personne.

— Pour vous, Sun était-il un fou ou un héros ?

— Ce sont parfois les mêmes ! précisa le lieutenant.

Zhou soupira.

— Qu'est-ce qu'on est censé faire ?

— Que veux-tu faire ? L'affaire va nous être retirée et les services anticorruption vont prendre le relais. On nous demandera de produire le rapport de ce qui s'est passé, du déroulé de l'enquête, des preuves à charge contre les Ouïghours et de leurs liens avec le gros bonnet qu'on va inculper. C'est un secteur administratif qui va prendre le relais maintenant, mais...

Ma laissa passer un temps.

— Mais ? fit Zhou.

— Mais qui a escamoté la dénonciation de Sun ?

— Tu penses, lieutenant, que si c'est un haut responsable du bureau anticorruption, l'enquête risque de tourner court, n'est-ce pas ?

— C'est exactement ce que je voulais dire, confirma Ma.

Lorsqu'ils furent revenus au centre, Ma s'informa du résultat des recherches qu'il avait commandées au service. Un adjoint de Lin Guotang monta lui faire son compte rendu. Ma s'était assis à son bureau et Zhou regardait le ciel gris et glacé à travers la vitre embuée. L'agent entra.

— Les renseignements sont arrivés, lieutenant, dit-il en lui tendant un papier. La société Phénix a fait appel à Beijing Constructions pour plusieurs chantiers. Ils ont décroché le contrat pour le complexe résidentiel situé près de l'aéroport international en dernier lieu, mais ils ont aussi le contrat de préparation des sols et fondations du barrage sur la Sanggang He. Voici des copies des contrats.

Ma prit les papiers.

— C'est le lien ! fit-il en se tournant vers Zhou. Sun a travaillé sur le chantier du complexe résidentiel.

Zhou se tourna et s'adossa au mur.

— Résumons ! dit-il en frappant le poing contre la paume de sa main. Un truc qu'il avait vu faire aux inspecteurs à la télé. Sun découvre un vice de forme dans le chantier de l'aéroport. Il en parle à ses collègues et à son directeur. Le directeur avertit le gros bonnet de Phénix...

Ma observa les yeux pétillants de Zhou. Il n'avait plus, lui, l'enthousiasme de la jeunesse.

— Et ce gros bonnet l'« arrose » pour passer sur les contraintes de sécurité, coupa-t-il. Le gros bonnet mandate ses hommes de main...

— Les Ouïghours ! coupa Zhou à son tour.

— ... les Ouïghours qui agressent Sun, poursuivit Ma. Mais Sun ne se laisse pas intimider.

— Contrairement à ses collègues qui ferment leur gueule !

— Sun a compris que Beijing Constructions est une entreprise véreuse. Il mène sa petite enquête. Il connaît le contrat du barrage. Il veut vérifier. Sun s'y connaissait en géologie, mais pas assez peut-être pour savoir si la nature des terrains offrait les garanties de sécurité requises. Il a fait appel à son vieux camarade pour lui demander son avis. L'emploi du temps de Liang que nous a donné le recteur montre que le professeur s'est absenté le 18. C'est le jour de la petite escapade géologique de Sun. Il se rend avec Liang sur le chantier du barrage et constate aussi des irrégularités. Sun a compris la collusion entre le gros bonnet aux commandes et son propre patron. Il décide de passer à la vitesse supérieure. Il va déposer une plainte au bureau de la lutte anticorruption.

— Manque de pot, un responsable du bureau court-circuite la plainte et avertit le gros bonnet. Celui-ci fait effacer les traces par les Ouïghours.

— Ça promet un joli procès !

— Nous ne sommes pour le moment que dans les suppositions, temporisa Ma.

— Pourquoi Sun n'a pas fermé sa gueule après s'être fait tabasser ?

Ma redevint pensif. La nature de Sun telle que se la rappelait Ma était une explication, mais le Sun qu'avait connu Ma n'était plus le même. Il avait une famille. L'idéalisme de la jeunesse, le caractère intransigeant de Sun n'expliquaient pas tout. Néanmoins, qu'est-ce qui pouvait motiver l'audace de Sun ?

Ma fronça soudain les sourcils.

— Notre dossier n'est pas solide, remarqua-t-il en secouant la tête. Nous devons faire constater les entorses à la sécurité sur le chantier de l'aéroport, celles du barrage, prouver que les Ouïghours étaient à la solde du gros bonnet, prouver que Sun a déposé une plainte au bureau anticorruption et savoir qui l'a escamotée... Je crains fort que l'affaire soit étouffée!

— Avant que le mur ne fasse une maison, il faut en empiler, des briques! dit Zhou. Je vais d'abord essayer de dégoter un vrai expert en construction. Pas un géologue!

La migraine commençait à tarauder le lieutenant.

— D'accord, dit Ma. Essaye de trouver cet expert. Moi je reste au bureau. J'ai besoin de réfléchir.

Comme il sortait du bureau, Zhou vit son chef prendre un cachet, le laisser tomber au fond d'un verre et y verser de l'eau de la bouilloire.

Ma avait beau cogiter depuis une heure, il n'arrivait pas à clarifier ses pensées. L'idée qu'il allait voir sa fille le soir même l'empêchait de penser clairement. Des parties de mah-jong et un dessin animé à la télé voilà sa soirée! Il se sentait découragé. Lessivé par la vie. Il n'osait pas s'avouer que les enquêtes ne le passionnaient plus. Il devenait mauvais en tant qu'enquêteur, mauvais en tant que père et mauvais en tant qu'amant, certainement. Il avait bien senti la lassitude de Mei. Soudain, son téléphone portable se mit à sonner au fond de sa poche. Il s'extirpa de sa rêverie déprimante. Il vit que l'appel provenait justement de Mei et se sentit paniqué à l'idée d'une conversation sérieuse. Il ne répondit pas. Il dirait qu'il avait oublié son téléphone au travail ou quelque chose comme ça... Il regarda l'écran de l'appareil. Pourquoi ne s'en était-il pas acheté un? Celui qu'on lui avait attribué au boulot ne devait servir qu'aux appels professionnels dans le cadre des enquêtes. Il n'en avait pas alors et n'en voulait pas. Mais n'était-ce pas détourner un outil de travail que d'en faire un usage personnel. Le président Xi Jinping avait dit que, dans la lutte anticorruption, il n'y avait pas de petits délits, qu'on devait frapper aussi bien les mouches que les tigres. Etait-il coupable de corruption au même titre que le gros bonnet de Phénix l'était ? Comment pouvait-on comparer le détournement d'argent – à plus forte raison si la sécurité des citoyens était menacée comme elle l'était par les tripatouillages de Phénix et de Beijing Constructions – à un usage privé d'un téléphone professionnel ? Les bakchichs faisaient partie de la culture chinoise, le népotisme, les « petits cadeaux » aussi. On appelait ça passer par la porte de derrière. Tous les Chinois seraient-ils donc des corrompus ? Tous sauf Sun ? Même Lei Feng, le héros socialiste et pauvre comme un mendiant qu'il avait vanté à Zhou dans les embouteillages avait, paraît-il, possédé une montre-bracelet ! Ma ouvrit son tiroir et prit le Baidu de Sun qu'il avait oublié de ramener à sa femme. Il tourna et retourna le portable jaune dans sa main. Une curiosité vague l'envahissait. Il l'activa et refit défiler les photos du téléphone. Il avait été obnubilé par les photos de la région du barrage et il avait négligé les photos de famille. Il reconnut la femme de Sun et son fils dans l'appartement. Ils se tenaient debout et posaient devant la collection minéralogique de l'étagère. Ma fit glisser les clichés avec le pouce. Les revoilà sur la place Tiananmen, à Beihai. Quelques portraits du fils seul. Souriant à l'objectif. En train de patiner sur Beihai. Et puis un portrait d'une inconnue. Une jeune femme aux cheveux longs, d'un noir de geai. Un portrait de très près. Le visage seul. Une tendresse dans le regard. Des sourcils fins comme de cives. Des lèvres rouges et fines. Une peau de pêche. Qui était-elle ? Il y en avait trois comme ça. La seule image où le corps entier apparaissait la montrait dans un appartement modeste. En habits d'intérieur. Un peignoir vert. En arrière-plan, la fenêtre laissait voir la façade d'un immeuble. Une inscription peut-être. En vert. Floue. Ma ouvrit un autre tiroir. Il fouilla. Un guide d'utilisation pour le téléphone. Un manuel pour l'intranet de la sécurité publique. Un câble pour recharger son téléphone portable. Pas ce qu'il cherchait. Il sortit du bureau et entra dans celui que Zhou partageait avec deux collègues.

— Zhou? fit-il.

— Il est sorti, dit l'un des collègues.

— Merde! fit Ma.

Il descendit quatre à quatre au service informatique. La fille avec sa coupe au carré et son sourire ambigu. Il s'approcha, le Baidu à la main.

— Bonjour lieutenant, dit-elle en faisant remonter le coin de ses lèvres.

— Bonjour, Lin Guotang, répondit-il en lisant le nom sur son badge. Pouvez-vous me tirer un agrandissement de cette image?

Il toucha l'écran qui s'illumina. Elle se pencha dessus. La photo de la fille avec la fenêtre en second plan.

— Jolie fille! Qu'est-ce que vous voulez, lieutenant? Un agrandissement de toute la photo ou seulement du visage?

— Ni l'un ni l'autre, dit Ma. J'aimerais savoir ce que c'est que cette enseigne qu'on voit derrière la fenêtre.

Lin Guotang alla chercher dans un tiroir un câble qu'elle connecta au portable d'un côté, à son ordinateur de l'autre. Elle s'assit. Ma s'installa debout derrière elle et appuya les mains sur le dossier de la chaise. Elle enclencha le transfert et bientôt, sur l'écran de l'ordinateur, toutes les photos s'empilèrent comme des cartes qu'on abat. Elle élimina toutes les images jusqu'à ce qu'il ne reste que celle de la fille devant la fenêtre. Elle joua avec le zoom pour ne cadrer que la fenêtre.

— Très pixélisé ! commenta-t-elle.

L'image était un assemblage de carrés de tons beiges très proches et verdâtres au milieu.

— On dirait un logo, ce truc vert.

— Oui. Peut-être avec des lettres et des caractères chinois dessous.

— On voit encore moins bien que tout à l'heure.

— C'est une question de focale, lieutenant. Quand on agrandit trop une image, elle n'en est pas plus lisible. Souvent encore moins.

— Bon ! Ça ne m'avance pas beaucoup.

— Je peux quand même tenter quelque chose, fit-elle avec son petit sourire. Je vais la lisser avec un logiciel spécial. Ça prend quelques minutes.

— Je peux attendre ici ?

— Bien sûr, lieutenant. Je pourrais ainsi profiter de votre présence.

— Je crois que je vais profiter de la vôtre aussi, fit Ma en se fendant lui aussi d'un sourire jusqu'aux oreilles.

Elle cliqua sur une icône et un écran blanc s'ouvrit. En quelques clics, elle fit glisser l'extrait d'image, entra quelques paramètres et lança le programme. Une barre verticale balayait l'image de gauche à droite, inlassablement. A chaque passage, l'image était plus nette. Les pixels se regroupaient et bientôt, un autre paramétrage élimina les pixels en calculant des courbes.

— Du vectoriel ! précisa-t-elle. C'est un cercle vert coupé par une ligne verticale, fendue comme une fourche vers le haut. Les caractères au-dessous, je crains que ce soit trop pour le logiciel.

— Le logo suffit, dit Ma. Ça me coupe le souffle ce qu'on peut faire avec ces machines !

Elle rit. Ses dents s'alignaient entre ses lèvres fines comme les perles d'un collier.

— On voit que vous n'y connaissez rien, lieutenant. C'est l'enfance de l'art. Si vous saviez ce qu'on peut faire avec des machines plus performantes !

Il pensa soudain à Mei et son visage se rembrunit, ce que la jeune femme sentit.

— Je veux bien vous croire ! repartit-il avec aigreur. Reconnaissez-vous ce logo ?

— Rien de plus facile !

La jeune femme ouvrit une autre fenêtre sur l'écran et tapa « logos d'entreprises », puis « image ».

— Il ne reste plus qu'à faire défiler les images jusqu'à ce qu'on en trouve une qui corresponde.

— Celle-là ! coupa bientôt Ma.

— Ça lui ressemble beaucoup ! confirma-t-elle.

Elle cliqua sur l'image. Agricultural Bank of China.

— Peut-on avoir l'adresse ?

— C'est une grosse banque. Beaucoup de succursales. La photo a-t-elle été prise à Pékin ?

— Je n'en sais rien, avoua Ma, mais je suppose que oui.

— Le siège est sur Chaoyang. Voici l'adresse.

L'imprimante se mit à bourdonner. « Tenez ! » dit-elle en lui tendant l'adresse. Ma la remercia. Se dirigeant vers la porte, il faillit se retourner avant de la passer, mais qu'aurait-il dit ? Il remonta à son bureau, confus de ses hésitations. Il décrocha son manteau et l'enfila. Avant de prendre l'escalier, il passa la tête dans le bureau de Zhou. Les deux autres tapaient sur leurs ordinateurs. Chauffage à fond dans le bureau.

— Wei ! Pas de nouvelles de Zhou ?

— Rien, lieutenant Ma.

— S'il repasse, dites-lui de m'appeler, d'accord ?

Ils avaient déjà replongé la tête dans leurs écrans. De vraies baignoires ces machines !

Ma signa le formulaire. La voiture banalisée numéro 3. Disponible. Réservoir plein. Direction Chaoyang. Avenue encombrée. Neige à gogo. Ça vociférait derrière les pare-brise, ça klaxonnait haut et fort. Ma serra les dents. Si c'est ça ! Merde ! Une vraie tuile ! Les souvenirs ça vous englue, ça s'empare de votre cerveau, ça le met en charpie, en bouillie. De la neige qui passe devant vos yeux et vous n'y voyez plus rien ! Chaoyangmen enfin. Il était près de quatre heures. Fouiner un peu de ce côté, aller chercher Xiuxiu à l'école en bagnole et rentrer pour faire le repas. Jouer au mah-jong...

Il chercha une place au plus près, se gara. Son portable sonna. C'était Zhou. Le bruit de la circulation et les coups de klaxons le gênaient pour entendre son adjoint.

— J'ai fouiné du côté de Phénix, dit Zhou. C'est une sorte d'empire qui monopolise les appels d'offres de l'Etat concernant l'urbanisme de Pékin et sa région. En quelques clics, j'ai trouvé qui est à la tête de Phénix : c'est un cousin du ministre de l'Habitat et de la Construction.

— C'est une affaire pour le Comité central pour l'inspection disciplinaire du Parti communiste chinois. Nous devons leur livrer en l'état les résultats de l'enquête. Je vais voir le chef à l'instant. Il est nécessaire de faire le point et de rendre la responsabilité de la suite à la section politique.

— Ok, Zhou, nous verrons ça demain matin, dit Ma.

Il raccrocha.

Il fallait remonter l'avenue sur plusieurs centaines de mètres, avec cette neige... la banque était de l'autre côté. Ça l'arrangeait. Des passants pressés, riflards de toutes les couleurs, lui, col relevé, casquette enfoncée sur le crâne, tête baissée pour regarder où on met les pieds. Ça glissait. Il leva la tête. Grand immeuble, lisse comme un miroir et la neige qui virevoltait jusque dans ses yeux. Zhongguo nongye yinhang. Il y était. Le logo rond et vert. Assez haut sur la façade, mais juste assez pour qu'il soit visible. Il était sur le bon trottoir. La fenêtre de l'appartement devait se trouver au troisième ou au quatrième. Presque en face. Il sortit le portable de Sun, regarda encore la photo. Sur la droite, un peu plus haut. « C'est de cet immeuble-là ! » pensa-t-il en se retournant. Une entrée à laquelle on accédait de plain-pied. Un immeuble modeste mais quand même. Il entra. La loge du concierge à droite. Il sonna. Un vieil homme. Il avait une chapka avec les rabats d'oreilles boutonnées sur le sommet de la coiffe. Ma tendit sa carte de police.

— Connaissez-vous cette femme ? demanda-t-il en montrant l'image du téléphone.

Le vieux sortit précautionneusement une paire de lunettes de sa poche intérieure et entreprit de les nettoyer avec le bas de son pull-over. Il prit le téléphone, prudemment entre ses doigts gonflés par l'arthrose.

— Aya ! fit-il. Je l'ai déjà vue. Une des filles du troisième.

— Une des filles ?

— Des étudiantes. L'appartement est aux parents de l'une d'entre elles. Une fonctionnaire de rang 6.

— Combien sont-elles ?

— Elles étaient trois le mois dernier.

— Elles ont des visites ?

— Il y a beaucoup de gens ici. Je ne sais pas.

— Quel est le numéro de leur appartement ?

Le vieux concierge entra dans la loge, laissant la porte ouverte. Il vérifia un tableau métallique avec de petites fiches dans des cases.

— Etage 3, porte 6, à droite de l'escalier.

Ma le salua d'un signe de tête et appela l'ascenseur. Il n'y avait pas de noms à côté de la sonnette. Il carillonna. Pas de réponse. Il regarda sa montre. Il ne pouvait rester plus longtemps à poireauter. Xiuxiu à aller chercher à l'école. Il redescendit et reprit la circulation. Ça y était. La nuit était là et le coton tombait toujours du ciel. Le verglas allait rendre les trottoirs pareils à des patinoires. Il roula dans la circulation au ralenti et arriva à l'école juste à temps. Xiuxiu était dans le couloir avec les deux lanières de son sac à dos qui la serraient aux épaules.

— Salut papa !

— Salut Xiuxiu.

Les mots habituels alors qu'il aurait eu envie de la serrer contre lui, de lui dire qu'il voulait qu'elle reste toujours avec lui, et qu'il était désolé, mais la pudeur, ce mur entre soi et les sentiments, l'en empêchait. Il lui prit la main et l'amena à la voiture.

— On n'a pas la voiture avec le gyrophare, cette fois ?

Ma approcha sa tête aux oreilles décollées du visage de la petite.

— Non. On ne l'a pas, dit-il.

Il l'interrogea sur sa journée sans trop écouter les réponses, en relançant les questions sans être plus attentif aux réponses tant la fille inconnue de l'avenue Chaoyang l'obsédait.

— Xiuxiu, se décida-t-il. Il faut que papa fasse une course. C'est pas très loin. Je dois voir quelqu'un. Tu attendras dans la voiture, d'accord ?

Il s'arrêta au coin d'un kiosque près de l'avenue Chaoyang et acheta un *manhua* pour Xiuxiu.

— Tiens ! Une bande dessinée que tu pourras lire quand tu m'attendras. Je n'en aurais pas pour longtemps.

— Papa ? Je peux la commencer tout de suite ?

— Si ça ne te donne pas mal au cœur... dit Ma en rigolant.

Il trouva une place non loin et se gara. Il verrouilla les portes et s'engouffra dans l'entrée.

Il y avait du bruit dans l'appartement. La porte s'entrouvrit. C'était la fille de la photo. Trente ans. Vingt de moins que Sun. Il se présenta et montra sa carte de police.

— Connaissez-vous M. Sun Jie, dit-il.

Elle hocha brièvement la tête. Derrière elle, deux filles qu'il ne voyait pas parlaient haut, riaient.

— Vous ne l'avez pas vu depuis longtemps ?

De nouveau, elle hocha la tête.

— Pourquoi vous êtes là ?

— Comment connaissez-vous M. Sun, dit-il en éludant.

— Vous êtes vraiment policier ?

— Bien sûr !

— Nous n'avons rien fait de mal !

— C'est qui ? demanda une voix haut perchée.

La fille tourna la tête vers les profondeurs de l'appartement.

— C'est rien. Mêle-toi de ce qui te regarde !

— Quel est votre nom ? s'enquit Ma.

— Ping Fang.

— Mademoiselle Ping, j'ai quelque chose de grave à vous dire.

Elle fronça les sourcils.
— Grave ?
A son tour, il hocha la tête.
— Ça... ça concerne Sun Jie ?
— Oui.
Il vit passer une ombre sur son visage. Peut-être imaginait-elle que Sun avait des problèmes avec la justice. Il devait crever l'abcès.
— Sun Jie est mort, dit-il en tentant de conserver un visage impassible.
— Mort ?
Elle sortit de l'appartement et referma la porte dans son dos. Elle se tenait tremblante, appuyée au chambranle et il était là, face à elle, comme une statue.
— Quelles étaient vos relations avec M. Sun ?
Elle déglutit. Son visage était blanc comme neige et il crut qu'elle allait tourner de l'œil.
— Comment est-ce arrivé ?
— Un accident, dit-il. Je réitère ma question : quelles étaient vos relations ?
— Lui et moi étions amis. Excusez-moi. Il faut que je m'asseye.
Elle se laissa glisser le long du chambranle, et quand ses fesses atteignirent la moquette, on n'entendait plus rien à l'intérieur. Les deux autres filles devaient écouter derrière la porte.
— Que voulez-vous dire par « amis » ?
— Vous voulez des précisions ? dit-elle, avec colère.
— J'ai besoin de précisions. Amants ?
Des yeux comme des poignards. Elle baissa la tête et noya son visage dans ses bras croisés sur les genoux. C'était une réponse.
— Vous savez qu'il était marié ?

— Sa femme est folle !

— C'est ce qu'il vous a dit ?

Elle hocha la tête sans relever les yeux.

— Je le connaissais depuis trois mois. J'avais eu le temps de m'habituer à lui.

Ce fut au tour de Ma de froncer les sourcils. Cette remarque étrange le laissait songeur.

— Quelle est votre situation sociale, mademoiselle ? demanda-il.

Elle releva la tête. Elle ne pleurait pas. Son visage avait retrouvé des couleurs.

— Toutes les trois nous sommes... coiffeuses.

— Je croyais que vous étiez étudiantes.

— Qui vous a dit ça ?

— Le concierge.

— Ah ! Bien sûr !

— Ce n'est pas vrai ?

— Le concierge, on lui graisse la patte pour qu'il dise ça.

— Vous êtes coiffeuses et vous faites des extras après le travail ?

— On ne peut rien vous cacher.

— Sun faisait appel à vos services ?

— Une fois ou deux oui, mais après, c'est devenu sérieux. Les autres se moquent de moi en disant que le premier client que j'ai, je tombe amoureuse de lui.

— Sun était votre premier client ?

— Non, mais lui, il est tombé amoureux de moi. Il voulait divorcer de sa femme et se remarier avec moi.

— Sun avait un enfant et il avait vingt ans de plus que vous.

— Il était mieux que tous ceux que j'avais rencontrés. C'était quelqu'un de droit, de franc et de gentil.

Je n'avais connu que des voyous ou des types qui cherchaient juste une aventure. Lui, c'était différent. Il y a quinze jours, il m'a dit qu'il allait toucher une grosse somme d'argent et que je n'aurais plus à partager l'appartement avec les coiffeuses.

Ma la regarda, toujours la tête perdue dans les genoux. Il ne savait que dire, il hésitait encore. Il se pencha par-dessus elle et poussa la porte. Les deux filles étaient debout derrière et elles le regardèrent avec des yeux ronds et effarés.

— Mesdemoiselles, aidez-la à se relever, faites-lui du thé bien fort. Pendant ce temps, je voudrais voir ses papiers.

Les filles s'activèrent. Elles aidèrent l'éplorée à se relever et allèrent l'asseoir dans le canapé. L'une d'elles remplit une bouilloire électrique, sortit des bols. Au fond, la fenêtre où apparaissait le logo vert et « Agricultural Bank of China » en anglais et en caractères chinois, parasités par les flocons qui dansaient dans la lumière artificielle. La seconde fille alla fouiller dans le sac de la maîtresse de Sun avec son assentiment et revint avec le *hukou*. Ma prit des notes dans son carnet.

— Je m'en vais, dit-il. Mademoiselle Ping, il faudra sans doute que nous nous revoyions et je vous demande de ne pas quitter Pékin.

Il sortit dans le froid. La voiture était comme ensevelie sous la neige. Il ouvrit la portière.

— Alors ? dit-il, elle était bien cette bande dessinée ?

— C'était long !

— Raconte-moi l'histoire.

— C'est l'histoire d'une fille qui a le pouvoir de traverser les murs...

— C'est sûr, ça doit être bien de pouvoir faire ça.

S'il avait pu traverser les murs, il aurait pu éviter tellement de choses. C'était clair : le Sun Jie qu'il découvrait n'était pas celui qu'il avait connu, mais c'était normal, après tout. Pourquoi ce sentiment de trahison ? Tout le monde change. La Chine aussi change. Où étaient passés les idéaux anciens, ce en quoi avaient cru les générations précédentes. Maintenant, les jeunes ne pensaient qu'au fric. La croissance, l'argent, la réussite sociale. Où étaient les idéaux de droiture et d'entraide ? Pourquoi Sun aurait-il été le dernier Chinois à croire en la justice sociale ? Et lui-même ? Comment reconnaître dans les ruines de sa vie amoureuse la tendresse et la passion des débuts ? Sunli et Mei avaient changé. Il avait changé lui-même, pourquoi Sun n'aurait-il pas changé ? Cette grosse somme dont avait parlé Ping Fang, c'était un pot-de-vin que Sun avait demandé en échange de son silence. A qui avait-il demandé ce bakchich ? A quelqu'un qui, au lieu de le payer, lui avait fait trancher la gorge d'une oreille à l'autre. Ma vérifia la ceinture de sa fille et lui sourit.

— Xiuxiu, on va manger au McDonald's ?

— Aya, j'en ai assez du McDonald's. Je veux aller manger au restaurant de la rue des Fantômes !

— Qui t'a parlé de la rue des Fantômes ?

— C'est Fa Lintong. Elle est dans ma classe et son papa l'a emmenée dans le restaurant de cette rue.

— Avec sa maman ?

— Oui, sans doute.

— Tu ne le sais pas ?

— Ce que je sais, c'est que son papa est très riche.

— C'est vrai que c'est très cher et puis, c'est assez loin d'ici et demain tu vas à l'école.

— Tu dis ça parce que tu ne veux pas m'y amener.

— Mais, finalement, tu veux aller dans cette rue parce qu'il y a des fantômes ou parce que tu veux pouvoir dire que ton papa est aussi riche que celui de ta copine ?

— Le nouvel amoureux de maman, il est riche aussi, mais je ne veux pas que ce soit mon papa, parce que c'est toi, mon papa.

Elle avait dit ça sur un ton péremptoire, mais Ma qui venait de démarrer et de s'insérer entre un bus et un taxi, tourna légèrement la tête et vit que Xiuxiu pressait ses deux poings sur ses yeux.

— Tu pleures ?

— Non ! dit-elle.

Ma fronça les sourcils.

— Bon ! dit-il. Je mets le GPS et nous allons manger rue des Fantômes. Tu sais, je connais cette rue. Je n'y ai jamais mangé, mais j'y suis passé. Il y a des lanternes rouges qu'on allume le soir. C'est très joli, mais il n'y a pas de fantômes. C'est parce que, avant, la nuit, les marchands allumaient leurs lampes à pétrole et que ça faisait des ombres qui ressemblaient à des fantômes. On n'écrit plus « Gui jie » avec le caractère *gui* des fantômes, mais avec le *gui* qui veut dire « jarre à grain ».

Durant le trajet, Ma ne cessa de penser à ses propres vieux fantômes et la présence de sa fille à ses côtés était la seule chose qui le ramenait au réel.

29 décembre

Le matin, la salle de briefing avait été réquisitionnée. Le chef de section était assis au bout de la table rectangulaire qui faisait face à deux rangées de chaises vides. Le lieutenant Ma et son adjoint étaient assis à sa gauche. L'expert pour les questions d'urbanisme auquel ils avaient fait appel, un homme strict engoncé dans un pull-over gris de deux tailles en dessous, était assis à sa droite. Il était formel.

— En 1958, dit-il, pour la construction de l'aéroport international, on a nivelé et tassé des terrains pour construire les pistes. Un village a été rasé pour cela et les décombres ont été rassemblés par une noria de camions à l'ouest de l'aéroport. J'ai là les copies de ces registres, pris aux archives du district.

Ma prit la parole.

— Nous savons que ce dépotoir a été racheté par Phénix il y a deux ans et que Beijing Constructions a été choisi pour masquer le caractère instable des sols et le niveler tant bien que mal. Une autre société gérée par Phénix devait construire dessus.

— Construire sur ces terrains était dangereux ? demanda le chef de section.

— Les futurs immeubles risqueraient de s'effondrer en cas de grosse pluie, confirma l'urbaniste.

— Comment êtes-vous arrivé à ce constat ?

— Tout le monde pourrait voir ça avec un peu de jugeote. Il suffit de soulever un peu de terre avec une pelle pour découvrir des bouts de briques, de tuiles, de poutres pourries, même à quelques dizaines de centimètres sous la surface.

Le chef leva les mains, paumes vers le plafond.

— En quoi ces gravats empêchent-ils la construction ?

— Tuiles, briques, bois, que sais-je encore ne sont pas des éléments stables, pas des éléments homogènes. Des creux se créent. Avec le temps et le poids d'un immeuble, ces déchets s'écrasent, se brisent, pourrissent. Les creux se comblent, créant des effondrements sous les fondations des bâtiments. Il peut aussi y avoir des glissements de terrain, car j'ai relevé une pente assez forte pour ça dans la partie sud. On a déjà vu le cas. Les immeubles basculent, tombent, se fracassent.

Le chef se tourna vers Ma et Zhou.

— Selon vous, c'est ce dont se serait aperçu Sun Jie ?

— Oui, chef, affirma le lieutenant, et il y a mieux. Les archives de l'institut d'urbanisme et de protection des sols du district a gardé la trace d'une visite de Sun. Exactement comme l'a fait l'expert, Sun a consulté des registres de travaux publics concernant les aménagements des infrastructures, dont, entre autres, l'aéroport.

— Même topo pour le barrage, reprit l'urbaniste. Je me suis rendu sur le site pour une inspection surprise. Les fondations ont été sous-évaluées et les contreforts non étayés !

— Votre rapport suffit à incriminer Phénix, dit le chef. J'ai demandé des renseignements au ministère. Et justement, son PDG est un cousin du ministre de l'Habitat et de la Construction. Il s'appelle Qian Lu.

— Le cousin du ministre va avoir chaud aux fesses, conclut Ma.

Le chef Kou tiqua.

— Lieutenant, c'est comme si nous conduisions un tank dans un couloir et qu'on ait envie de faire demi-tour ! Il n'y a pas la place de manœuvrer. Nous ne pouvons pas apporter de preuves que ce Qian Lu ait engagé le gang de Ouïghours comme tueurs à gages. Dénicher des témoins ? Trouver des traces écrites ? Il faudrait déjà un mandat de perquisition pour un personnage de ce poids-là. A part ça, le seul angle d'attaque, c'est les pots-de-vin. Il s'agit d'une enquête administrative qui n'est pas du ressort de la police criminelle.

Zhou réfléchissait, le menton entre les mains. Il se lança.

— Comment a procédé le bureau anticorruption pour confondre le chef du Parti de ce village du Jiangsu et l'accuser d'avoir engagé deux cents voyous pour chasser de leurs terres les paysans afin de construire des usines pétrochimiques ? Et comment s'y sont-ils pris, récemment, pour accuser un ancien directeur général des Communications du Heilongjiang qui avait engagé des tueurs pour assassiner son successeur ?

— Bah ! fit Ma. A ce stade, je ne vois qu'une solution : alerter l'inspection disciplinaire du Parti communiste et leur donner ce que nous avons.

— Oui, acquiesça le chef. Ça, c'est ce que j'appelle réfléchir de manière pragmatique. L'enquête administrative mettra sans doute à jour des flux d'argent suspects. Le procès établira les responsabilités, mais on a déjà vu étouffer des affaires aussi graves. Ce serait autre chose si sa responsabilité pour les meurtres de Sun, de Liang et du patron de Beijing Constructions était prouvée.

— Il en est sans aucun doute le commanditaire, mais il a été assez habile pour ne pas laisser de traces, soupira Ma.

— C'est plutôt l'expédition de Zhou pour capturer les Ouïghours qui n'a pas été très habile ! rétorqua le chef en fronçant les sourcils. Nous aurions pu faire témoigner ce Niuerguli. C'est ce qui s'appelle une opération foireuse ! Il ne me reste qu'à prendre rendez-vous avec le ministère et si le ou les coupables sont assez influents pour faire étouffer l'affaire, ça ne nous regarde plus.

Ma sortit du bureau avec l'air de celui qui va voir un médecin pour un rhume et ressort avec un diagnostic de syphilis. Zhou le suivait à deux pas.

— Inutile de faire cette tête, lieutenant, on ne peut rien faire !

Ma ne se retourna pas. Il pensait à Sun et à Liang.

— Je me suis renseigné. Le taux de condamnations est très faible. Il y a eu plus de quarante mille affaires de corruption impliquant des représentants de l'Etat ces dernières années et seuls cinq ou six pour cent ont abouti à des condamnations.

— Rendre la justice n'est pas en notre pouvoir, lieutenant, tu le sais bien. Nous rassemblons les preuves et remettons les hommes aux tribunaux et c'est à eux de juger de leur degré de culpabilité. Le patron de Phénix est coupable, nous en sommes sûrs, mais il n'est pas en notre pouvoir de le punir. C'est un bien trop gros tigre.

— J'ai toujours cru en la justice, Zhou, dit Ma en secouant piteusement la tête. Et j'ai toujours pensé que pour que cette idée vive, il fallait des modèles. A l'école, on apprenait les vies de héros du peuple comme Lei Feng, prêts à sacrifier leur vie pour la communauté. « L'homme est un rouage inoxydable de la Révolution. » Ah oui ? Mais ce que je crois maintenant, c'est que ces héros n'étaient pas des vis en acier inoxydable mais des clous rouillés.

— Et Sun, ton ancien camarade ? Il l'était, lui, inoxydable. Il en est mort, fit Zhou.

Le rire de Ma résonna dans le couloir. Un rire qui sonnait faux.

— Nous avons fait fausse route, Zhou, dit-il. Sun n'est pas allé déposer une dénonciation au bureau anticorruption. Dans la même avenue, il avait une maîtresse et c'est elle qu'il est allé voir. Pas le bureau anticorruption !

— Quoi ? fit Zhou. Sun avait une maîtresse !

Ma expliqua comment il en était arrivé à cette conclusion.

— Hier soir, reprit-il, après être allé chercher ma fille, j'ai fait un crochet par Dongsi. J'ai rencontré cette fille. Une sorte de call-girl avec qui il avait une relation sérieuse.

— Ça m'étonne après tout ce que tu m'as dit de lui, mais ça ne remet pas en cause son intégrité.

Ma leva la main.

— Ça n'est pas tout, dit-il. Je suis convaincu qu'il a demandé de l'argent pour taire ce qu'il savait.

— Au gros bonnet de Phénix ?

— Certainement.

— Bon ! dit Zhou en tentant de rassembler les morceaux. Si l'enquête est menée en toute impartialité, la culpabilité du patron de Phénix apparaîtra. Ses biens seront saisis, son entourage, tous ceux qui ont profité de ses largesses recevront la peine qui leur est due. Tous les biens seront confisqués. Qian Lu subira la peine capitale. C'est ce que je veux, c'est ce que Sun aurait voulu.

— Mao disait que le pouvoir est au bout du fusil, je crois, moi, que le fusil s'est changé en stock-options !

— Inutile de se faire de la bile, lieutenant. Je te le redis, il n'y a rien à faire.

— Moi, je crois qu'il y a quelque chose à faire.

Ma tourna le dos à son adjoint et sortit. Sur le trottoir de l'avenue, il laissait des empreintes nettes.

La neige ne tomba plus de la journée et Ma ne retourna pas au commissariat.

En sortant du bureau, il ne savait pas encore ce qu'il allait faire, mais il savait que ce serait quelque chose. Une grande lassitude l'avait envahi. On dit que la langue bute toujours sur la dent qui fait mal. Tout était douloureux. Il marcha un moment au hasard des rues et comme il se retrouvait devant une entrée de métro, il descendit. Sol et colonnes de marbre blanc étincelant, mais air moite aux odeurs d'huile brûlée, remugles de vêtements sales, gens mornes et pressés. Il monta dans une rame, se retenant à la barre, la pensée vadrouillante, descendit à la station de Lingjing hutong et marcha jusqu'à l'école. Il n'était pas encore midi. Il attendit un peu. Les élèves externes sortirent par grappes, comme des moineaux. Il entra et signa une autorisation de sortie. Il ne l'avait jamais fait et la mère n'avait pas laissé de consigne pour le lui interdire, n'avait jamais pensé qu'il puisse le faire.

Il demanda à l'institutrice d'aller chercher Xiuxiu, signa la décharge et attendit dans le couloir où s'affichaient des dizaines de dessins sur les murs, des calligraphies appliquées et maladroites, des caractères laborieusement tracés sur des feuilles de papier machine. Sa fille avait l'air heureuse de le voir. Le restaurant de la rue des Fantômes avait resserré des liens plutôt distendus et douloureux ces derniers temps. Elle lui avait dit avoir passé une bonne soirée. Ma avait pris sur lui et il avait réussi à la distraire et à la faire rire. Aujourd'hui, il en recueillait le bénéfice.

— On va encore au restaurant des fantômes, papa ?

— Pas cette fois, Xiuxiu.

Il n'arrivait plus à l'appeler de son surnom, Petite grenouille, depuis que Sunli était partie avec elle.

— ... Pas cette fois. Ce coup-ci nous allons au McDonald's au coin de l'avenue.

L'idée lui était venue pendant qu'ils faisaient la queue, sa fille et lui, au fast-food. Mais il ne savait pas comment l'appliquer, cette idée. Il ramena Xiuxiu et ne cessa plus d'y penser pendant qu'il marchait. Le chef Kou aurait certainement dit : « C'est ce que j'appelle la différence entre la pratique et la théorie ! » Ma alla jusqu'à l'angle de Jianguomen où il savait devoir trouver une librairie Xinhua. Le froid commençait à remonter dans ses pieds. Il sortit les mains de ses poches, en fit un petit réceptacle et souffla dedans. Il poussa la porte et se dirigea vers le rayon des journaux. *China Daily*, *Global Times*, le *Quotidien du peuple*, le *Quotidien de Pékin*, *Reference News*, les magazines hebdomadaires, il chercha les adresses, les sièges sociaux en bas de première page.

« Le journalisme consiste à annoncer que M. Watson est mort à des millions de gens qui ne savaient pas qu'il vivait. » Cette phrase était revenue à l'esprit de Ma. Elle s'était imposée comme un parfum de fleur ou de cuisine vous plaque un souvenir à la figure. Il se souvint d'un coup. C'était l'image de son cousin de Shanghai lui citant une phrase de Mark Twain. Pour les fêtes du Nouvel An 1990 ou 1991, la promotion de Ma avait bénéficié de quinze jours. Le froid de février était mordant. Il y avait de la neige aussi. Son père et sa mère étaient joyeux comme des enfants. Des parents étaient même venus du Sud faire des visites à la famille. Ils habitaient alors une *hutong* de l'ancienne ville tartare. Les maisons de briques grises sans étage, cours carrées encombrées de tas de charbon, de paille, de bric-à-brac sans valeur, étaient encore debout à l'époque. Le père de Ma recevait ces visites sur le pas de la porte, gorgé de fierté, présentant son fils, bien noté à l'école de police. L'oncle Pi Pian venait de Shanghai. Il était prof, et son fils, Pi Junli, était à l'école de journalisme. Il avait sensiblement le même âge que Ma, mais parlait le mandarin avec difficulté. Ils faisaient tous les deux des efforts. Pi Junli avait insisté pour que Ma lui montre la place Tiananmen et lui raconte ce qu'il avait vu. A Shanghai aussi il y avait eu beaucoup de manifestations et de la répression, mais sans atteindre le niveau d'horreur de Pékin. Les tanks étaient passés sur des corps. On le savait, mais les journaux n'en avaient rien dit. Tous s'étaient tus du jour au lendemain. A l'université et plus encore à l'école de journalisme, il y avait des flics qui traînaient en civil. Un bouche-à-oreille pudique avait seulement relayé les débordements de la place Tiananmen. Pi Junli n'avait rien reproché à son cousin. Certainement pas qu'il se soit engagé à l'école de la sécurité publique. Il avait seulement cité un journaliste grec ayant écrit qu'il avait cessé de croire au pouvoir des mots : le journalisme avait dissipé ses illusions.

Pour suivre son idée, Ma devait prendre un risque, mais qui contacter ? Pi Junli aurait pu l'aider. Comment retrouver son cousin dont il avait perdu la trace ?

Son père !

Son père devait avoir gardé le contact. Il faisait trop froid pour battre le pavé le portable à l'oreille. C'était l'heure de la sieste du paternel. Ma n'était pas allé le voir depuis longtemps, et il redoutait de l'appeler pour obtenir un renseignement, mais il estimait ne pas avoir d'autre choix. Il repéra l'enseigne d'un Starbucks sur Wangfujing, y entra, commanda du thé, un donut et s'installa. Il appela la chambre que son père partageait avec deux autres vieux à la maison de retraite.

Une voix inconnue, éraillée. Ma se présenta et demanda son père. Le vieil homme l'informa que celui-ci était allé jouer au mah-jong dans la salle commune et se proposa pour aller le prévenir. Ma ne refusa pas. Il entendit des bruits de canne qui frappe le sol, de porte qui s'ouvre et se ferme, le silence et encore le silence. On apporta au lieutenant le donut et le thé dans un grand gobelet en carton, brûlant. Il eut le temps de finir son thé avant que son père ne prenne l'appareil.

— Wei ! dit-il.

Ma sentit un pincement au cœur. Un mauvais fils qui laissait son père à l'hospice, voilà ce qu'il était. Mais à la mort de sa mère, il ne s'était pas senti d'accueillir le vieil homme dans l'appartement de fonction de la sécurité publique, même si Xiuxiu réclamait son grand-père. Ça allait déjà mal avec Sunli. Le divorce n'avait pas tardé. Sunli avait déménagé et il avait dû changer d'appartement pour un plus petit, dans le même immeuble de la cité de la police, mais il n'avait pas parlé d'y installer son père. Il croyait toujours sentir un reproche dans la voix du paternel.

— *Xiao* Gong, tu ne m'as pas appelé depuis longtemps, grogna le vieil homme.

— J'ai beaucoup de travail, papa.

— Il n'empêche que j'ai un fils et une petite-fille que je ne vois pas beaucoup !

— Papa, je viendrai te voir cette semaine ou la suivante avec Xiuxiu, mais j'ai quelque chose à te demander.

— Pourquoi avez-vous divorcé ?

— Papa, on ne va pas revenir là-dessus. Je voudrais que tu me donnes le numéro de téléphone de mon cousin de Shanghai. Pi Junli.

— Tu ne m'appelles pas pendant des semaines et quand tu le fais, c'est pour me demander quelque chose. Ah ! de nos jours, la piété filiale est un mot vide de sens. Je le vois à la télé. On veut faire comme les Américains et on en oublie les traditions !

— Papa !

— Aya, c'est bon ! Je peux te retrouver le numéro de mon frère. Attends !

Ma fit tourner le gobelet dans ses mains. Le sucre du donut collait aux doigts. Il entendait son père farfouiller. Un bruit de tiroir. Des feuilles qui se tournent. Le père reprit l'appareil et donna le numéro.

— Je t'appelle dans la semaine, promit Ma.

Il coupa la communication et appela le numéro de son oncle. Il ne l'avait pas vu depuis des années, mais reconnut la voix instantanément. Il inventa une histoire et demanda son cousin. Pi Junli était à Pékin depuis quelques mois. Il travaillait maintenant au siège de l'agence Xinhua.

Il se leva de sa chaise, alla au comptoir et commanda encore du thé et un autre donut. Il avait les mains moites. Il appela.

— Wei !

— Pi Junli ? C'est ton cousin, Ma Gong !

— Ma Gong ? Cousin Ma ? Ça alors ! Je suis vraiment désolé. Je suis à Pékin depuis septembre dernier et je n'ai pas encore eu le temps de vous faire une petite visite, à toi, ta femme et ta petite fille. Comment s'appelle-t-elle déjà ?

— Xiuxiu. Tu n'es pas au courant. J'ai divorcé.

— Aya !

— Non ! Ne t'inquiète pas. Ce n'est pas grave...

— Il faudrait que nous nous voyions. Rappelons-nous plus tard. Ce soir, si tu veux. Je suis au boulot...

— Justement Junli. Je voudrais te parler...

— Je n'ai pas le temps...

— Je voudrais te parler d'une affaire de corruption qui peut peut-être intéresser un journal.

— Une affaire de corruption ? Contacte plutôt le *Nanfang Ribao* !

— Ecoute ! J'ai les preuves d'une corruption systématique dans l'urbanisme par une grande société basée à Pékin.

— Pourquoi ne pas la dénoncer au bureau anti-corruption ?

— Pour qu'elle soit étouffée ?

— Tu préfères que la censure de la presse l'étouffe elle-même et qu'elle me coule en même temps ?

Ma avala sa salive. Il s'apprêtait à dire des choses dangereuses et c'était comme s'injecter un poison mortel que de les dire. Il se lança toutefois.

— Tu ne m'as pas déjà cité cette phrase de Soljenitsyne : « Une parole de vérité pèse plus que le monde entier » ?

Un long silence s'établit. Ma entendit son cousin soupirer.

— Tu sais que l'agence Xinhua est l'organe du gouvernement ?

— Et la campagne anticorruption ?

Ma avait presque crié.

— Mon pauvre Ma Gong !

— Quoi, mon pauvre Ma Gong ? Tu veux dire que la campagne est un écran de fumée ?

— J'ai toujours trouvé que tu étais un peu naïf pour un policier et je pensais que tu avais changé. Mais... Oh ! se ravisa-t-il, après tout, le pouvoir doit essuyer des troubles tous les jours. On ne le dit pas dans les journaux, mais il y a eu plus de deux mille trois cents manifestations et grèves dans le pays cette année et cinquante pour cent des citoyens pensent que les problèmes viennent en majorité de la corruption. Une bonne affaire dénoncée dans les journaux accroît à chaque fois la confiance en le gouvernement. Ils s'achètent une bonne conduite en faisant tomber un gros bonnet de temps en temps. Ça, je ne devrais pas te le dire, mais c'est peut-être une chance pour ton histoire... enfin, si ce que tu as à me raconter vaut la peine... A propos, tu joues seul ou avec la police ?

— Seul.

— Tu es cinglé ! Viens me voir au bureau de Xinhua, proposa-t-il. Tu me raconteras ton histoire et nous verrons ce que tu peux faire.

Il lui donna l'adresse.

Ma prit un bus qui le laissa sur Fuxingmen. Au sud-ouest de la grande bulle d'acier étincelante de l'opéra de Pékin, il ne voulut pas prendre de taxi malgré le froid, préférant marcher plein sud le long de Chengshi hutong vers la grande tour des bureaux de l'agence Xinhua. Anfractuosités entre les façades d'hôtels rutilantes et les tours arrogantes crevant le plafond gris, des *hutong* préservées. Il vit dans une de ces ruelles l'enseigne d'un salon de coiffure. Un de ces salons où se pratiquait souvent un autre commerce, peut-être était-ce celui où Sun avait rencontré sa maîtresse. Il fouilla dans sa poche, trouva le paquet et prit une cigarette. Il l'alluma et souffla la fumée en soupirant. Petits trafics, pauvres vies dans ces quartiers branlants ou corruption à grande échelle dans les avenues de la modernité pékinoise, qui y échappait ? La neige amassée au bord des trottoirs, fondue sous les roues des bus et des voitures, saupoudrait les branches des sophoras de l'avenue. Il récapitulait les faits dans sa tête. Sun avait prévenu ses camarades de travail et était allé se plaindre de ce que le terrain ne répondait pas aux normes. A ce moment-là, il voulait réellement changer les choses, mais le patron de Beijing Constructions avait prévenu le patron de Phénix qui avait dépêché ses Ouïghours pour l'intimider. C'est là que l'idée première de Sun avait changé. Il était allé vérifier que Phénix rognait sur tout systématiquement et arrosait ses sous-traitants pour augmenter ses bénéfices. Il avait demandé conseil à Liang et celui-ci lui avait peut-être déconseillé de dénoncer ce qu'ils avaient découvert. Toujours est-il que Sun s'était aperçu que tout cela ne menait à rien. Il avait dû mener une grande bataille contre lui-même et avait décidé de ne pas poursuivre dans cette voie. Puisque la corruption régnait, autant qu'il en profite lui-même. Il avait bien posté une lettre, mais ce n'était pas pour le bureau anticorruption, c'était au siège social de Phénix. A Qian Lu lui-même ! Puis il était allé voir sa maîtresse et lui avait annoncé qu'il allait toucher une forte somme. Quel tocard ! L'agneau ne se transforme pas en tigre du jour au lendemain. Ça n'avait pas traîné ! Phénix n'avait pas tergiversé longtemps. Ils avaient envoyé les tueurs pour éliminer le maître chanteur. Ma se sentit stupide, il ressentait comme une trahison. Il avait toujours fonctionné avec des modèles : le héros prolétarien Lei Feng quand il était petit, l'étudiant en géologie Sun Jie, à l'âge d'homme et qu'il croyait naïf et incorruptible à son échelle. Il voulut chasser ce sentiment et rester pragmatique.

Un type comme Qian Lu était bien du genre à glisser des enveloppes rouges à tous ceux qui pouvaient lui nuire. L'exemple de Bo Xilai en témoignait : même la commission pour le contrôle disciplinaire du Parti pouvait se laisser corrompre. Ils envoyaient leur progéniture étudier à l'étranger, les petits princes rouges traînaient sur les campus occidentaux, les parents achetaient des résidences en Amérique, investissaient en Europe...

Mais ils reculaient devant une chose...

Ma avait les pieds gelés. Xinhua she. Le haut de la tour se perdait dans les brumes. Il savait que l'agence soumettait ses informations au pouvoir avant de les publier. Ce qu'il voulait transmettre passerait ou ne passerait pas. Il ferait ce qu'il estimait être son devoir de mémoire. Son devoir tout court. Le pouvoir fut au bout du fusil. Il est maintenant plié dans les journaux.

— Je te présente mon documentaliste attitré : Luo Kang, dit Pi Junli avec un sourire.

Le cousin de Ma avait peu changé. Malgré quelques traits blancs rayant ses cheveux noirs un peu plus rares, le nez camus et les yeux comme deux onyx sous des paupières lourdes étaient toujours les mêmes que quand, enfants, ils patinaient sur les douves glacées de la Cité interdite pour les congés du jour de l'an. Luo Kang approcha. Ma examina le nouveau venu et lui envia sa chemise de marque, bleu pâle, fermée jusqu'au dernier bouton qui lui serrait la glotte. Un air qui sentait l'honnêteté coincée. Pi Junli tapota le dossier posé devant lui en fixant Ma d'un regard dur pendant que le policier saluait l'homme d'un signe de tête.

— Tu comprends que je ne peux pas proposer un papier là-dessus sans vérifier toutes les choses que tu m'as dites et que, de toute façon, je dois en référer à ma direction ?

— Mais tu es directeur de la branche politique et tu as même fait des éditoriaux...

— Ma, tu es incorrigible ! Si je publie ce rapport d'enquête, je prends un risque important. Tu l'as compris, les collusions des organes officiels et de la mafia sont connus. Quarante pour cent de la population les suspectent, ces collusions ! Mais il ne s'agit pas de les suspecter...

— Je ne m'occupe pas de ça. Je veux juste que le patron de Phénix paye pour les meurtres sur lesquels j'enquêtais et je veux qu'il paye pour les risques qu'il fait subir à ceux qui habitent ses immeubles et pour le barrage qu'il construit. Il y a dans ce dossier les attributions de marché, les rapports d'expert qui mettent en lumière les défaillances dans la construction du barrage, les risques qui menacent les bâtiments près de l'aéroport et les assassinats de personnes qui pouvaient en parler...

— Aucune preuve directe !

— A défaut de preuves, c'est ce qu'on appelle un faisceau de présomptions.

— Tu n'as pas l'aval de ta hiérarchie, la direction du journal n'acceptera pas que je signe un papier sur ce sujet.

— Il y a une solution, coupa Luo. Avant Xinhua, j'ai travaillé dans la propagande. La stratégie, c'est primordial. On peut écrire une série de papiers sur l'urbanisme à Pékin, on compare avec l'urbanisme dans d'autres villes. On en arrive à Shanghai. Tout est beau, tout est parfait, mais en fin de papier, on pose un bémol en rappelant que, si la qualité de l'habitat s'améliore, il y a encore beaucoup à faire à cause d'entrepreneurs peu scrupuleux et on rappelle cet immeuble effondré qui a fait dix-sept victimes dans le Hunan parce qu'un promoteur avait lésiné sur les matériaux. Quelques jours après, nous publions le papier sur Phénix.

Il y eut un silence autour de la table.

— Génial ! s'écria Pi Junli. Génial, mais impossible ! Le point fort de cette stratégie, c'est que l'agence ne verra pas le coup venir, mais le point faible, c'est qu'il n'y a pas encore eu d'accident sur les chantiers de Phénix et que les connexions entre les meurtres et cette société ne sont pas prouvées !

Ma soupira ostensiblement.

— Ecoute, Junli ! dit-il. Si j'ai ta promesse de publier ce rapport, je t'apporte la preuve que Qian Lu commandite des assassinats pour cacher ses agissements.

Il n'en avait aucune idée. Dès qu'il eut passé la porte, il se dit qu'il en était à dire n'importe quoi ! Un mouvement d'humeur, voilà ce qu'il venait d'avoir. Au moment où Pi Junli affirmait « impossible » avec ce sourire fat, il s'était dit qu'il allait lui-même trouver ce cousin de ministre et le menacer directement, comme un justicier de cinéma, mais il n'arriverait même pas jusqu'à sa porte ! Repenser à Sun tous ces jours et s'apercevoir que celui-ci était un homme comme les autres avec ses faiblesses... La colère lui avait fait promettre bien plus qu'il ne pouvait tenir. Cette enquête allait se terminer comme ça. On allait laisser couler et les meurtres seraient mis sur le compte des Ouïghours. Avec ces terroristes-là, on pouvait s'attendre à tout, y compris qu'ils égorgent des petits employés, des profs d'université, des gérants d'entreprises au gré de leur fantaisie. Ils étaient morts, tout était pour le mieux et la raison d'être de la sécurité publique – maintenir l'ordre et l'harmonie dans la société – était remplie !

Ma boutonna son manteau d'uniforme, rajusta sa casquette sur sa tête et franchit le seuil de Xinhua. Il traversa l'espace qui séparait l'entrée de l'avenue, passa sous le portique flanqué de ses deux gardes, leur jetant un œil indifférent. Un homme avec une doudoune bleu foncé fumait une cigarette sur le trottoir en regardant la circulation. Ma le vit jeter la clope par terre et tourner la tête de l'autre côté. Il enfonça ses mains dans les poches et se perdit dans ses pensées. Il avait besoin de marcher et négligea plusieurs arrêts de bus. Il y avait peu de passants dans l'avenue. Parvenu à l'angle de Tufa hutong, il tourna à droite vers Xuanwumen. Des gens entraient dans le marché Fuxing. Une femme d'un certain âge venait de faire tomber son panier de courses. Une boîte de conserve roula jusqu'à ses pieds. Il se retourna pour la ramasser et, du coin de l'œil, il vit l'homme à la doudoune bleue qui s'était arrêté lui aussi et faisait semblant de chercher quelque chose dans sa poche. Ma se releva avec la boîte qu'il tendit à la vieille dame, puis reprit sa marche. Il fit quelques centaines de mètres en résistant à l'envie de se retourner puis obliqua dans une petite *hutong* sur sa droite. Il marcha plus vite et vit ce qu'il cherchait. Il s'arrêta devant l'étalage d'un marchand de yaourts à boire. Le vendeur avait un masque de gaze sur la bouche. Il lui tendit une paille et Ma se mit à siroter le yaourt. Le lieutenant fit mine d'être plongé dans les délices du yaourt, malgré le fait que cette boisson froide lui glaçait les dents. Il tourna légèrement sur lui-même sans regarder directement, mais ne vit pas l'homme à la doudoune. Il paya et repartit par où il était venu. S'il était vraiment suivi et que l'homme s'était caché dans une encoignure, il passerait devant et le repérerait sans que celui-ci s'en doute. Le fileur croirait qu'il était venu dans la ruelle parce qu'il connaissait l'emplacement de ce vendeur.

A une vingtaine de mètres de là, l'homme était tapi dans l'entrée d'un immeuble. Ma ne ralentit pas et s'efforça de ne pas regarder. Une silhouette bleue dans une encoignure lui avait suffi à comprendre qu'il était bien filé. Une sueur froide lui parcourut le dos. Il cherchait d'où pouvait venir le coup, mais la seule option possible, c'est qu'il était surveillé par quelqu'un de Phénix et Phénix ne reculait pas devant le meurtre! L'homme ne pouvait savoir ce qu'il avait déclaré à l'agence de presse, mais s'il était suivi depuis longtemps, Qian Lu devait avoir compris la démarche du lieutenant. Inutile d'être grand philosophe pour se douter que sa vie était en danger. Comment Qian Lu était-il au courant de l'avancement de l'enquête? Comment savait-il que c'était lui, le petit lieutenant Ma, qui s'en chargeait? Ma conclut que quelqu'un à la section criminelle avait averti Phénix... Il chassa vite ces réflexions se concentrant sur l'urgence à se débarrasser de ce suiveur. Se retourner et faire face à l'homme n'était pas une bonne solution. L'homme s'enfuirait peut-être, mais il pourrait frapper n'importe quand et n'importe où. Ma réfléchissait à toute vitesse. Il se dit qu'il était peu probable que ce type l'agresse en pleine rue, d'autant plus s'il y avait du monde et, en quelques enjambées, il rejoindrait Xuanwu. Des trottoirs de cinq mètres de large, des passants en grand nombre. Mais Phénix avait fait appel à des individus dangereux. Tout compte fait, si celui-ci trouvait l'occasion bonne, qu'est-ce qui l'aurait empêché de se mettre à courir et de lui planter une lame dans le dos sans arrêter sa course et sans risque pour lui? Ou bien, qu'est-ce qui l'empêchait de s'attaquer à Xiuxiu à la sortie de l'école? Ma se rendit compte que, sous la pression, il avait accéléré. Il ralentit progressivement. Que Doudoune bleue se rende compte qu'il savait être suivi n'était pas une bonne chose. Il s'efforça à nouveau à la concentration. Son esprit battait la campagne. Il ne pouvait se permettre de laisser la panique le gagner. L'homme l'aurait déjà attaqué dans Jiaodaojiu ou dans Tufa hutong, plus étroites et beaucoup moins animées. Au contraire, il pouvait reprendre l'initiative. Ne pas faire comme Zhou et son Ouïghour. Se cacher, attendre que le type passe, surgir dans son dos et l'assommer. Une autre question lui vint à l'esprit : serait-il de taille à mettre cet homme hors d'état de nuire ?

Un camion donna un coup de trompe et s'engagea dans la ruelle qui coupait le trottoir. Au rez-de-chaussée d'un immeuble vitré s'ouvrait l'entrée d'un dépôt où le camion de Sinotruck venait d'entrer. Des passants stoppés par le passage du véhicule attendaient que celui-ci y disparaisse. Ne pouvant évaluer la distance qui le séparait de son suiveur, Ma pressa le pas, se mêla à ces quelques personnes et se faufila au milieu. Il entra à la suite du camion. Sur la gauche, des cartons étaient disposés en pyramide et un ouvrier en bleu de travail les déplaçait un à un pour les poser dans un parallélépipède vitré surmonté du panneau « Réception des livraisons ». Une chaise, un bureau, un ordinateur antédiluvien, un tableau du personnel se disputaient la place avec les cartons empilés. Ma espérait que son suiveur n'avait pas vu sa manœuvre. Le lieutenant était en uniforme. Le jeune manutentionnaire le vit, secoua sa longue chevelure et reposa le carton. Ma lui fit signe de continuer son travail, mais l'autre persista à l'observer pendant que Ma, haletant, se terrait contre l'encoignure, juste au bord, concentré sur la rue. L'homme à la doudoune bleue apparut. Vingt-cinq, trente ans, inquiet. Il avait adopté une petite foulée, pensant avoir perdu sa cible. Le lieutenant s'élança, lui donna un violent coup d'épaule. L'autre s'affala de côté sur l'asphalte de la ruelle, mais Ma le retourna face contre terre, lui tordit le bras droit à lui faire toucher l'omoplate pendant que, de la main gauche, il tentait de saisir l'autre bras et le ramener dans le dos. Doudoune bleue tentait de se relever, mais Ma tira sur le bras droit, arrachant un cri de douleur à l'homme. Le lieutenant parvint à ramener le bras gauche à hauteur du droit, appuya le genou dans le dos de l'homme terrassé. Toutes ses frustrations et sa peur passèrent en un éclair sur son visage. Il eut envie d'attraper le type par les cheveux et de lui taper la tête contre le sol, mais il se contint et s'autorisa à respirer amplement. Il tenait un homme de main de Qian Lu !

Penché au-dessus de l'homme, lui appuyant le genou sur le bras droit, retenant le gauche de sa main droite, Ma fouilla dans la poche de son manteau et en retira son téléphone. Il leva la tête. Il reprenait une respiration normale. Des passants s'étaient rassemblés à bonne distance et faisaient cercle. Le manutentionnaire était parmi eux. Le lieutenant composa le numéro interne de la sécurité publique, expliqua où il était et demanda de toute urgence un fourgon cellulaire. Il remit le téléphone dans la poche et tâta, toujours de la main gauche, les poches de la doudoune. L'homme grognait. Il trouva une arme. Un pistolet Nanbu. Une arme japonaise de contrebande. Vieille mais efficace. Il la glissa aussi dans sa poche. Un tigre sans crocs garde encore ses griffes. Ma ne doutait pas que Doudoune bleue ait un couteau caché sur lui. Il fouilla encore et trouva une photo pliée dans la poche, photo de l'intranet de la sécurité publique : la sienne avec son nom écrit au stylo derrière. Il décida d'attendre les renforts sans bouger et bientôt, la sirène d'un fourgon retentit dans l'avenue.

Le lieutenant tempêtait. Le chef de section se tenait les bras croisés devant lui et le regardait fixement.

— Ma, pour qui te prends-tu ? Tu n'as pas à discuter les ordres. Le surintendant veut que l'interrogatoire de cet individu soit retardé.

— Mais, chef, nous avons trouvé un pistolet sur lui. Il avait une photo de moi dans sa poche avec mon nom au dos. Il a pas voulu ouvrir la bouche, mais on l'a retrouvé au fichier informatique avec ses empreintes. C'est un dur. Il est fiché pour violence. Le labo vient d'analyser la puce de son téléphone. Il a reçu six appels d'un numéro qui n'apparaît pas dans l'annuaire et la recherche sur l'intranet de la police a découvert que c'était un des numéros du siège de Phénix.

— Lieutenant ! Qian Lu, le big boss de Phénix est le cousin germain du ministre de l'Habitat et de la Construction. Ai-je besoin de t'en dire plus ?

— Il va falloir cacher les preuves ?

Le lieutenant n'en croyait pas ses oreilles.

— Ce ne sont pour le moment que des preuves indirectes, tempéra le chef. Des présomptions.

— Mais que faut-il donc de plus ? s'écria Ma. Le principe de la justice chinoise est d'accumuler des preuves jusqu'à ce qu'il y en ait assez pour ne plus laisser place au doute. N'en avons-nous pas suffisamment ?

— Le surintendant...

— Chef ! Tant que le commanditaire restera impuni, ma famille et moi sommes en danger ! Procédons à l'interrogatoire. Si nous parvenons à faire parler ce gros dur, l'affaire est faite !

— Ce type sera puni, sois-en sûr, Ma, mais pour ce qui est de son commanditaire...

Le lieutenant explosa.

— Chef, je te rappelle qu'il y a eu des meurtres !

— Et moi, dois-je te rappeler qu'il y a une hiérarchie et que tu es soumis à elle !

Ma serra les dents.

— Bien, chef! dit-il un ton plus bas. Excuse-moi ! Je sais où est mon devoir.

Il tourna les talons et sortit du bureau du chef, ferma la porte. Il fit deux pas dans le couloir et s'arrêta. Il n'entendait plus de bruit dans le bureau du chef de section. Il alla droit au bureau qu'occupait Zhou, ouvrit la porte. Zhou était assis sur son siège et ses deux collègues se tenaient debout, appuyés au dossier du siège de Zhou. Ils regardaient un clip vidéo.

— Zhou ? Je vais avoir besoin de toi, dit-il.

— D'accord, lieutenant.

— Je repasse te chercher dans deux minutes.

Il descendit au rez-de-chaussée, chercha le bureau des gardes à vue et se présenta au guichet.

— Inspecteur ? dit l'agent.

Ma ne le connaissait pas. Il y avait des centaines de policiers qui fréquentaient ce bâtiment. Il posa sa carte de police sur le plateau du guichet. L'agent vérifia, compara avec ce qu'il avait dans son intranet et avança un formulaire et un stylo à Ma.

Ma écrivit le nom du prisonnier et le matricule qui lui avait été donné.

— Vous n'avez pas noté où vous l'emmenez. C'est pour une reconstitution ?

— Non ! dit Ma. Une confrontation.

— Bon ! Vous allez l'emmener dans quelle salle ?

— A vrai dire. Je dois aller chercher deux autres collègues. Demandez à deux agents de le conduire à la salle numéro 3.

Ma remonta à l'étage, et entra dans le bureau de la secrétaire.

— Bonjour Li Hongshan ! fit-il.

— Lieutenant Ma, dit-elle. Un peu moins débordé que d'habitude ?

— Pas vraiment, Li.

— Ça tombe bien que je vous vois, car l'amie dont je vous avais parlé la semaine dernière insiste beaucoup pour vous rencontrer. Je lui ai promis de faire une nouvelle tentative.

— Ecoutez, Li. Je vous promets d'y penser, mais j'ai quelque chose à vous demander. Je vous donnerai ma réponse ce soir. En attendant, je vais utiliser la salle d'en bas, dit-il.

— La salle d'interrogatoire du rez-de-chaussée, inspecteur ? Elle n'est pas utilisée depuis longtemps. Elle n'est plus équipée.

— Ça ne fait rien, je vais prendre un enregistreur au dépôt de matériel.

— Vous avez la clé ?

— Non. Vous avez un double ?

— Bien sûr. Il suffit que vous signiez le formulaire et je vous donne la clé.

Ma signa, prit la clé, remplit un autre formulaire pour l'enregistreur, monta dans son bureau, embarqua son ordinateur portable et redescendit au rez-de-chaussée avec son matériel sous le bras. En passant, il fit signe à Zhou de le rejoindre. Au fond d'un long couloir, une porte métallique. Il tourna la clé dans la serrure. On avait déjà amené l'homme à la doudoune. Il n'y avait pas de chauffage, mais on avait retiré sa doudoune à l'homme qui portait un simple pull-over. La salle était un cube en béton au soubassement peint en vert olive.

Une table en fer et une chaise boulonnées au sol. Des chaises étaient empilées là, car la salle servait accessoirement de réserve. Les deux policiers étaient en train de menotter le prisonnier au dossier, les bras dans le dos.

— Vous pouvez nous laisser ! dit Ma.

Quand ils se retrouvèrent seuls, Zhou regarda Ma avec l'air de se demander ce qu'ils faisaient là. Les deux hommes avaient gardé leurs manteaux d'uniforme. La pièce austère était glaciale. La buée sortait de leurs narines, de leurs bouches. Ma posa l'enregistreur sur la table et l'alluma. Zhou ouvrit l'ordinateur portable qu'il avait descendu de son bureau. Ma se racla la gorge. Ils examinèrent un moment le prisonnier. Il frôlait la trentaine, portait des cheveux très courts qu'une balafre pelée comme le sillon d'une charrue traversait de l'occiput au sommet du crâne.

— Salle d'interrogatoire numéro 3 du bâtiment de la section criminelle de Pékin, mercredi 29 décembre, dit Ma en se penchant vers l'enregistreur sans regarder le prisonnier. Officiers présents à l'interrogatoire : lieutenant Ma Gong et sous-lieutenant Zhou Pinghuai. Interrogatoire de l'individu arrêté avenue Xuanwu, district Xicheng, au niveau du numéro 221. Le lieutenant Ma, les agents Fa Lun et Po Kansi ont procédé à l'arrestation. Il a été trouvé sur cet individu un pistolet de marque Nanbu chargé. L'individu a été repéré en train de suivre un fonctionnaire de police, le lieutenant Ma, avec des intentions homicides. L'arme est portée au registre des pièces à convictions à la cote 55.

Un minuscule écran montrait une ligne qui oscillait à chaque parole du lieutenant.

— Vous n'avez pas le droit de me retenir ici ! coupa l'homme. Vous n'avez rien contre moi.

— La loi autorise la garde à vue pour tout individu soupçonné.

— De quoi suis-je soupçonné ?

— Ton nom ? questionna Ma sans répondre.

— Jia Haoli.

Ma jeta un regard vers Zhou.

— Lieutenant, je ne peux pas vérifier. La wifi ne passe pas ici, constata Zhou.

— Sors et va demander qu'on voie ce qu'on a sur Jia Haoli, ordonna-t-il d'une voix cassante.

— Lieutenant, je ne peux pas te laisser seul avec lui, hasarda Zhou.

— Au diable les règlements. Va et demande qu'on nous apporte la fiche s'il y en a une.

Zhou hésita puis sortit.

— Bien, Jia ! A nous deux, fit Ma en se tournant vers le prisonnier avec un pli amer à la bouche.

— Vous voulez jouer au méchant ? dit l'homme en ricanant.

— Je ne veux pas jouer au méchant, je n'en ai pas besoin.

— Je vais vous dire ce qui va se passer. Comme vous n'avez rien – absolument rien – à me reprocher, vous allez me garder quarante-huit heures ici, puis vous me relâcherez.

A son tour, Ma ricana.

— Et l'arme ? Tu sais ce que tu risques pour ça ? Enlève ton pull !

— Ha ! Les techniques des camps !

— Tu as déjà été en camp ?

— Non !

— Pourquoi as-tu parlé des techniques des camps ?

— Vous essayez la torture.

— Enlève ton pull !

— Comment voulez-vous que je l'enlève, railla Jia. J'ai les poignets attachés aux barreaux de la chaise.

Ma se leva, passa derrière l'homme, agrippa à deux mains le col du pull et tira de toutes ses forces, de toute sa rage. Le pull se déchira. Ma s'acharna. Les lambeaux des manches pendaient sur les avant-bras retenus aux poignets par les menottes, le reste gisait au sol, sauvagement déchiqueté. Jia était en tricot de corps. Ma revint s'asseoir.

— Reprenons ! Tu t'appelles Jia Haoli. Pourquoi me suivais-tu ? dit-il d'un ton froid.

Le prisonnier haussa les sourcils.

— Je ne vous suivais pas. Je me promenais simplement.

— Tu me suivais ! Tu avais un Nanbu 9 mm dans ta poche. Ecoute, Jia ! Tu coupes à la peine de mort si tu me donnes le nom de ton commanditaire.

Le prisonnier ne répondit pas. La tête penchée, il grommelait et Ma ne voyait que le sommet de son crâne.

— Qui est ton commanditaire ?

A ce moment, Zhou entra et referma la porte derrière lui.

— Il y a une fiche sur lui, lieutenant.

Il la passa à Ma et s'assit. Ma la parcourut.

— Tu as été condamné pour vol avec violence. Deux ans de prison.

— On m'a arrêté alors que je me promenais tranquillement dans la rue.

— Tu courais ! Tu courais et deux agents t'ont rattrapé.

— Ils n'ont rien trouvé sur moi.

— L'homme qui a été volé et frappé t'a reconnu formellement.

— Il s'est trompé !

— Tu mens ! Tu as été condamné. Tu as reconnu ta culpabilité.

— C'était pour éviter une peine plus importante.

— On vient de t'arrêter avec une arme à feu, poursuivit Ma sans relever. Tu as déjà été condamné pour violences et tu crois que tu vas t'en tirer comme ça ? Tu sais qu'une confession volontaire adoucit une peine ? Donne-moi ton commanditaire et je te promets un allégement des charges.

L'homme, toujours tête baissée, continuait à grommeler.

— Où t'es-tu procuré cette arme ? demanda Zhou.

— Au marché noir.

— Que voulais-tu en faire ? reprit Ma.

— C'était pour crâner, c'est tout !

Ma continua une demi-heure encore. Jia ne lâchait rien. Mais la situation était on ne peut plus claire : la bande des Ouïghours employés par Qian Lu pour exécuter la sale besogne éliminée, le même Qian Lu avait recruté à la va-vite d'autres hommes de main. Hommes de main dont Jia Haoli faisait partie. Le patron de Phénix était aux abois !

Jia enfonçait le cou dans les épaules pour résister au froid. Ma décida de faire une pause. Il sortit et laissa Zhou répéter les questions en boucle. Quand il revint, la situation n'avait pas évolué. Il avait apporté un verre d'eau et tenait un plaid en laine polaire qu'il était allé prendre dans sa propre armoire.

— Fais une pause, Zhou. Je prends la suite.

Zhou hocha la tête et sortit. Ma vit que le prisonnier levait un bref instant des yeux dans lesquels il crut déceler une légère inquiétude. Il était sur la bonne voie. Il se leva, passa derrière le prisonnier avec le verre à la main et le versa sur les épaules de Jia. Le prisonnier s'ébroua et cria.

— Hé ! Qu'est-ce que vous faites ?

— Je crois que tu as trop chaud !

Jia claquait des dents maintenant.

— Comment t'a-t-on contacté ?

Doudoune bleue jouait le mutisme.

— Tu n'avais pas de téléphone sur toi, continua Ma. Comment allais-tu rendre compte de ta mission ?

Les lèvres de Jia étaient bleues. Son tricot de corps lui collait à la peau et il tremblait convulsivement maintenant. Ma avait appris que, pour faire craquer quelqu'un, il fallait agir sur ses possibilités d'espérer. Espérer avoir un jour une vie meilleure, retrouver ses habitudes. Parler offrait de meilleures chances que se taire. C'est pourquoi, pendant la période maoïste, on insistait si fortement sur le fait qu'une confession totale adoucissait la peine. La confession publique était ainsi devenue une véritable institution. Elle confortait les autres citoyens dans l'idée qu'il y avait de vrais coupables qui, en se confessant, rentraient dans le droit chemin. On avait quand même beaucoup massacré pendant ces confessions et, même si ce passé était tabou, l'inconscient collectif gardait en mémoire les atrocités commises. Le rappel de ces périodes plantait un cadre effrayant. Un cadre propre à faire parler.

— Tu es un dur, n'est-ce pas ? Pendant la Révolution culturelle, il y avait une mise à mort comme ça. On l'appelait : « revêtir les habits de verre ». En plein hiver, on mettait une chemise mouillée sur le dos du condamné prisonnier dans une cour. Le lendemain, on le retrouvait raide comme une bûche !

— Vous... vous n'avez pas le droit !

Il avait presque crié. Son attitude avait changé. Au début, il était prêt à la provocation, sûr qu'il était assez dur pour se taire et qu'on ne pouvait rien contre lui. Maintenant, il en était moins sûr. Mais la peur des représailles de son commanditaire était encore supérieure à celle que lui inspirait la police.

— Je peux te laisser comme ça des heures et des heures. Qui est ton commanditaire ? Si tu avoues, il tombe et tu n'auras rien à redouter de sa part ou de celle de ses sbires. Jia avait pour lui la puissance de son commanditaire, Ma avait le froid. La morsure terrible du froid et du temps incertain que Jia devrait l'endurer. Il sentait qu'il allait gagner. Il avait entendu de la bouche de ses parents des histoires d'hommes qui, pendant la Longue Marche, étaient tombés dans la neige. Au début, la douleur était atroce, puis l'hypothermie les endormait et ils mouraient doucement. Mais maintenir quelqu'un dans un état d'éveil juste à la limite de l'hypothermie, c'était l'emprisonner dans une cage de souffrances dont il ne pouvait attendre une amélioration. Il sentait que la volonté de l'homme était en train de se briser comme une branche morte.

— Ton commanditaire ne te protégera pas. Te protège-t-il du froid en ce moment même ? Te laissera-t-il en vie, si tu sors sans l'avoir livré ? Comment pourrait-il en être sûr ? Un autre tueur ne t'attend-il pas à la sortie du commissariat ? Si tu le livres, tu accrois tes chances !

L'homme tremblait, mais ne répondait rien.

— Regarde ça ! C'est une couverture polaire.

Jia releva la tête. Ses mâchoires serrées convulsivement s'entrechoquaient. Il marmonna.

Ma fronça les sourcils, tendit l'oreille.

— Quoi ?

— Qu... Quelqu'un de... de haut placé.

Ma brandit la couverture au-dessus de la table.

— Quel est son nom ?

— Je sais pas son nom. Bien sapé, genre homme de confiance. Il m'a donné une avance pour deux ou trois boulots. Des trucs sans importance.

— Comme ?

— Suivre des gens, par exemple.

— Mais tu n'es pas assez idiot pour ne pas t'être renseigné sur son compte et savoir pour qui il agissait.

— J'ai froid ! Enlevez-moi ce tricot mouillé.

— Jusqu'à présent, c'est comme si tu ne m'avais rien dit. Comment cet homme de confiance t'a-t-il trouvé ?

— J'ai fait des petits boulots pour un flic qui touche des pots-de-vin.

— Intimidation de témoins, par exemple ?

Il hésita avant de répondre. Ma alla ouvrir le vasistas et une bise glaciale pénétra. Jia l'avait suivi du regard. Le froid risquait de l'engourdir et Ma aurait raté son coup, mais, ou bien l'homme ne le savait pas, ou bien il n'avait pas le courage d'attendre jusque-là. Il était bleu comme les statues de glace d'Harbin.

— Oui, dit-il. Dernièrement, ce flic m'a présenté à cet homme et celui-ci m'a demandé de vous suivre.

— Et rien de plus ?

— Vous suivre et lui dire où vous alliez.

— Et le pistolet dans ta poche ?

— Je l'ai toujours sur moi.

— Et si je te disais que cette pièce à charge contre toi, qui te vaudrait une balle dans la nuque, disparaissait des tiroirs ?

— Et l'enregistrement ? fit Jia en montrant du menton l'appareil.

— Je te promets que je ne m'en servirai pas contre toi si tu me dis tout.

— Et je devrais vous croire ?

— As-tu le choix ?

La question sembla faire son chemin.

— Bon ! C'est lui qui m'a donné le flingue. Il m'a dit que j'aurai peut-être à m'en servir.

— Contre moi ?

— Contre vous.

— Et tu voudrais me faire croire que tu ne t'es pas rencardé sur ce type qui te commandait un meurtre ? Comment as-tu deviné que c'était un homme de confiance et pas le véritable commanditaire ?

— C'est bon ! Je vais jouer la carte de la franchise ! Je vous l'ai dit : cet ancien flic pour lequel j'ai fait des boulots, il m'avait appelé. On s'était donné rendez-vous chez lui et je devais être présenté à ce type. Il m'a regardé de la tête aux pieds et mon ami, l'ancien flic, lui a fait mon éloge. Il lui a dit les petites choses que j'avais faites pour lui, alors l'autre a dit que ça pouvait faire l'affaire, qu'il n'avait pas le temps de chercher quelqu'un d'autre parce que la situation urgeait et que si je ne remplissais pas la mission comme il fallait ou s'il y avait une entourloupe, on était des hommes morts, parce que son patron, on ne la lui faisait pas à lui. Le type a tendu votre photo en disant où on pouvait vous trouver. Je n'avais qu'à guetter votre sortie de la résidence de la sécurité publique où vous logiez et guetter le bon moment pour vous faire votre affaire. Vous voyez ? Moi je suis franc et je vous dis tout. Je suis honnête. Le type a glissé une liasse de billets à mon ami en lui disant qu'on se débrouille tous les deux avec ça. Il a dit : « Moitié maintenant, le reste après. » Moi, je n'avais jamais vu une telle somme d'argent. Mon ami a enfermé les billets dans un tiroir de son bureau et l'homme est parti. J'ai dit que, pour moi, l'affaire était dans le sac et que c'était comme si j'avais déjà l'argent dans la poche. On s'est mis d'accord pour une somme. J'ai pris la photo et j'ai filé en disant que je me mettais tout de suite au boulot. J'ai couru dans la ruelle où habite mon ami. J'ai aperçu l'homme au bout de la ruelle. Je l'ai vu rejoindre l'avenue où était garée une voiture qui l'attendait. Je me suis approché sans qu'il me voie, j'ai relevé le numéro et je me suis renseigné. C'était une voiture qui appartenait au patron d'une société qui s'appelle Phénix.

— Tu t'es renseigné comment ?

— J'ai un autre ami dans la police qui a accès à l'intranet.

— Comment s'appelle le patron de Phénix ?

— Qian.

— Qian Lu ?

— C'est ça. Qian Lu.

— Et c'est lui le commanditaire ?

— Sûr que c'est lui. On m'a toujours dit : connais ton ami autant que tu connais tes ennemis et tu n'auras pas de problème dans la vie.

A ce moment, la porte s'ouvrit, Ma se retourna.

— Ah ! Zhou, fais ramener le prisonnier dans sa cellule, dit Ma.

Deux agents entrèrent peu après.

— Il fait un froid de canard, ici, lieutenant. Comment pouvez-vous travailler à cette température ? fit l'agent en frissonnant.

— Le froid, c'est bon pour la santé, répondit Ma.

Les deux agents s'approchèrent pour détacher Jia. L'un d'eux leva la tête, inquiet, cherchant le regard de Ma.

— Il est bleu ! Il ne faudrait pas le transporter à l'infirmerie ?

— La mauvaise graine pousse par tous les temps ! fit Ma avec un mouvement de la main.

Il signa la feuille de restitution du prisonnier que lui tendait l'agent, puis fit un signe à Zhou. Ils sortirent.

— Lieutenant, tu me dois quelques explications ! Cet interrogatoire ne s'est pas déroulé dans les conditions habituelles. Avoir laissé le prisonnier dans un tel froid ! Il aurait pu nous claquer dans les doigts. J'ai cru comprendre que le chef ne t'avait pas donné l'autorisation de procéder à cet interrogatoire.

— Zhou ! dit Ma. J'en prends la responsabilité. Je te couvrirai si la question vient sur le tapis.

— Que vas-tu faire maintenant ?

— Ça, ça me regarde.

— Et si on me demande où tu es ?

— Tu dis que tu ne le sais pas.

— Le chef va vite savoir que nous avons interrogé Jia. Il va me demander pourquoi et ce que tu as appris et après ça, il nous suspendra.

Zhou n'avait pas de plan. Il s'était gardé la fin de journée pour traîner dans le quartier du parc Taoranting où Hu la Fouine avait déclaré pouvoir trouver ce Fang Jie – non fiché – mais qui devait être le punk qui fréquentait la belle Wang Liyin et l'amenait sur la pente de la dépendance à l'héroïne. Il avait déjà fait ça la veille, mais après le boulot, il était arrivé trop tard et le parc était déjà fermé. Il avait traîné dans les environs. Il avait interrogé trois ou quatre marchands ambulants qui se gelaient derrière l'étal de leur tricycle pour vendre quelques *kuaifan* de plus. Grand, cheveux longs, piercing à l'arcade ? Non, ça ne leur disait rien. Il mangea un *mantou* fourré à la viande, fuma en regardant l'avenue dans la nuit glaciale. Des taxis, des bus, des voitures privées, plus de vélos à cette heure. Où pouvait-il bien loger ? Un repère de junkie. Plusieurs drogués vautrés sur des matelas éventrés dans le sous-sol d'un vieil appartement perdu dans une *hutong* dans un quartier en démolition ? Wang Liyin dormant avec lui ? Il n'était pas jaloux. Comment aurait-il pu l'être ? Dans les brumes de la drogue, Liyin ne se rappelait certainement pas de lui. Le copain de son frère, c'est tout ce qu'il était pour l'instant. Tout tournait comme ça maintenant. Il était loin le temps où les relations extraconjugales étaient un délit passible de prison. Liyin couchait avec un drogué ? Pas de dénonciation. Pas de signalement. Chacun le nez sur ses propres affaires. Faire de l'argent. Le plus possible. On ne regarde pas les autres. Les autres, ils peuvent bien se déguiser en punks. Ils peuvent bien se piquer. Ils peuvent bien entraîner des filles à leur perte. Qui s'en souciait ? Ce n'est pas la police qui s'en préoccuperait, mais lui, si. Il reprit le métro et rejoignit la cité de la police. Pas de poker avec les autres ce soir. Pas d'humeur.

Ma n'en pouvait plus de regarder les murs de l'appartement. Il alluma la télé, zappa deux minutes sur les chaînes. Les mêmes niaiseries. Il s'était fait violence pour ne pas téléphoner à Mei. Elle ne l'avait pas fait non plus. Il jura, prit son téléphone et le fixa comme une cigarette qu'on a envie de fumer mais qu'on va payer d'un mal de gorge. Hésitant un moment, il finit par appeler Mei. Elle décrocha à la troisième sonnerie. La voix pâteuse, endormie, elle l'accueillit froidement :

— Ma, tu as vu l'heure ?

Le lieutenant bafouilla quelques excuses. Il ne pouvait pas dormir. Les événements de la journée le tenaient éveillé. Il s'inquiétait de la tournure que prenaient les choses. En bref, il avait pensé à elle. Il avait appelé, c'était tout.

— Bon, souffla-t-elle avec colère. Qu'est-ce que tu avais à me dire qui en valait tellement la peine ?

Ma se rendit compte qu'en fait il n'avait rien à dire et que ce seul contact téléphonique était comme un analgésique sur une dent qui fait mal. Ne sachant ce qu'il attendait d'elle réellement, il raconta l'interrogatoire de Doudoune bleue.

— Ça y est ? dit-elle à la fin. Tu vas pouvoir mieux dormir maintenant ? Alors, passe une bonne nuit.

Elle raccrocha brutalement. Il constata qu'il ne se sentait pas mieux. Faire marcher les jambes pour éviter au cerveau de tourner comme un lion en cage. Depuis quelques semaines, leur relation s'était refroidie, comme la météo. Il prit son manteau sur la patère et descendit. Le parc de la cité de la police était désert. Il passa devant la guérite d'entrée. Le portier ouvrit le portillon et le salua. Ma traversa l'espace vert qui donnait sur l'avenue, passa devant la guérite gardée, fit un salut et déboucha sur l'avenue. Si c'était un soir où il avait sa fille, ça aurait été McDonald's. Mais pas ce soir. Pas ce soir ! Un peu plus bas, il y avait un petit restaurant où il était déjà allé. La buée empêchait de voir derrière la vitre. Il frissonna, hésitant, puis poussa la porte franchement dans un tintement de carillon. Quatre amis étaient assis dans un coin autour d'une fondue fumante, de l'alcool sur la table. Trois hommes au fond, des hommes d'affaires d'après le costume. Il avisa une table ronde de quatre places près de la vitrine, déboutonna son manteau, le posa sur le dossier de la deuxième chaise, s'assit et attendit. Il se pencha contre la vitre et essuya un grand cercle de buée pour voir au-dehors. Une serveuse lui préenta la carte : recto-verso, plein de choses. Qu'avaient-ils en réalité ? Par expérience, il demanda carrément. Uniquement de la fondue, et seulement avec du porc, des légumes et du poulet. OK ! Ça lui allait. Va pour la fondue. Alcool ? Au diable la bière de Pékin. Il commanda une bouteille de *huangjiu*[1] de qualité. Il voulait se saouler et, quand on voulait s'enivrer, il fallait le faire avec quelque chose qui valait le coup ! L'affaire le minait. On était comme des baignoires. Goutte après goutte, on accumulait et un jour, c'était trop, ça débordait. Sunli l'avait quitté pour cette raison. Elle aurait aimé qu'il progresse dans la hiérarchie. L'épouse d'un chef de bureau, ça aurait pu en jeter. Mais le terrain ! Il avait voulu garder le terrain et maintenant il ne voyait sa fille que quelques jours par mois. Son lit restait froid quand il n'appelait pas Mei ou qu'elle ne pouvait ou ne voulait pas venir.

1. Vin de céréales qu'on peut boire chaud.

Les états d'âme, merde ! Cette mélasse qui vous colle les pieds et vous empêche d'avancer. Il ne fallait pas s'engager sur cette voie sinon il aurait l'ivresse triste. La serveuse lui apporta sa commande et le flacon de *huangjiu*. Il commença à faire bouillir les lamelles de viande dans le bouillon, à se servir de larges rasades d'alcool réchauffé au bain-marie. L'alcool chauffait trop et lui piquait la langue. Il éteignit la minuscule bougie puis essuya la buée reformée contre la vitre.

Cette silhouette qui venait de passer dans la nuit froide de l'autre côté de la vitre, il la connaissait ! C'était celle de son adjoint, le sous-lieutenant Zhou. Il se leva, reprit un instant son équilibre vacillant et poussa la porte.

— Zhou !

Zhou se retourna. Ma avait la figure rouge.

— Lieutenant ?

— Je vois à ta mine que tu ne t'attendais pas à me voir ici, dit Ma. Mais merde ! Un policier, même un supérieur, ça a une vie ! Ça boit et ça mange comme tout le monde. Viens boire une tasse avec moi !

La température était tombée à plusieurs degrés en dessous de zéro. Ma, en pull, frissonna.

— Pas assez bu ! dit-il. Ne m'oblige pas à me geler comme ça. Entre !

Zhou hésita. C'était comme si Mao en personne lui avait mis la main sur l'épaule et lui avait dit : camarade Zhou, pas de manière, viens boire avec moi ! Il entra. Il ne se sentait pas d'affinité particulière avec son supérieur. Seulement du respect. Et un peu d'admiration aussi, parce qu'il connaissait les états de service de Ma. Il s'installa face à lui. Ma leva la main pour demander une autre tasse et un supplément de viande à tremper dans la fondue. Zhou espérait que son chef n'aurait pas l'alcool triste.

— J'ai déjà mangé, lieutenant, dit-il.

— Pas de manières, Zhou ! Tu travailles sous mes ordres depuis combien de temps ? Trois ans ?

— Quatre, lieutenant.

— Quatre ans, et nous n'avons jamais discuté d'autre chose que d'affaires de meurtres !

Zhou avait tellement l'habitude du mutisme de Ma (qu'il attribuait parfois à du mépris), qu'il ne comprenait pas ce qui lui arrivait. Ma devait être bien saoul ou bien triste pour vouloir en faire un compagnon de beuverie. La différence d'âge entre son supérieur et lui – de vingt ans au moins – le gênait. Il ne savait que dire.

— Comment va ta fille, lieutenant ? bredouilla-t-il.

Bien que, morose et ivre, la solitude fasse horreur à Ma ce soir, il n'était pas pour autant enclin à la confidence, encore moins vis-à-vis d'un subordonné beaucoup plus jeune.

— Pas de lieutenant ici ! dit-il. Garde ça pour le travail, d'accord, Zhou ? Appelle-moi donc *lao* Ma comme le ferait un ami plus jeune. Non, un grand frère plutôt. C'est ça ! Considère-moi ce soir comme un grand frère. Ma fille va bien pour autant que je le sache, mais parlons plutôt de toi. Vois-tu quelqu'un ?

— Eh bien, Lieut... heu... *lao* Ma, je suis originaire du Shanxi et je ne connais pas grand-monde ici.

— Pas de petite amie ?

— Eh bien, *lao* Ma, il y a bien quelqu'un mais je n'ose...

— Parle-moi d'elle, dit Ma en remplissant les tasses.

Zhou eut un sourire embarrassé.

— Il y a, *lao* Ma, que j'ai des amis que tu trouverais sans doute peu recommandables, dit-il précautionneusement.

— Tes amis, je les ai vus ! coupa Ma en se rappelant ce jour où, amenant Xiuxiu au fast-food, il l'avait aperçu derrière la vitre du restaurant, avait rebroussé chemin et avait détourné sa fille vers un restaurant plus classique. Un soir, au McDonald's, avenue Chaoyang, tu étais en compagnie d'autres jeunes. Blousons en cuir, cheveux longs. Une fille qui avait les cheveux bleus.

— C'est Liyin ! éclata Zhou. La sœur d'un de ceux avec qui tu m'as vu. Un de ceux avec qui je joue au poker chinois de temps en temps. Lieut... *lao* Ma, parlons franchement puisque tu m'y encourages. Je n'ai pas toujours été le bon petit soldat que je semble être. J'ai fait les quatre cents coups à Fenyang...

— Tu es originaire de Fenyang ? coupa Ma brutalement.

— Oui. J'ai été arrêté parce que j'ai essayé de faire les poches à un touriste dans la rue. J'avais seize ans. Le commissaire avait connu mon père dans sa jeunesse. Il a été cool avec moi. Il m'a laissé le choix : l'armée ou la prison. Après mon service militaire, j'ai opté pour la sécurité publique. Je savais que si je ne choisissais pas la police, je retournerais vers mes penchants initiaux et je finirais mal.

— Ha ! fit Ma. A propos, que penses-tu de ces affaires de corruption ?

— Agir en dehors de la loi, *lao* Ma, c'est comme quand on arrête de fumer : si on y goûte à nouveau, c'est reparti !

Ma repensa soudain à Sun qui, lassé sans doute par sa femme à moitié folle, avait pris une maîtresse. Une fois accompli ce premier faux pas, il était sur la mauvaise pente : tentative de chantage. Il en était mort.

— Mais parlons d'autre chose, poursuivit Zhou soudain lancé sur la route de la franchise. La fille est sous l'influence d'un sale type qui se drogue. Un junkie aux allures de punk. Son frère n'est pas parvenu à lui faire entendre raison.

— Tu sais, *xiao* Zhou, les personnes de ce genre sont suicidaires. Pas le meilleur parti pour un policier.

Zhou fronça les sourcils, reposa sa tasse à demi pleine.

— Si c'est pour me faire la morale, lieutenant, tu peux garder tes avis !

— Tu as raison ! se rétracta Ma. Buvons !

Il remplit les tasses à nouveau et ils firent *ganbei*.

— Le frère de Liyin m'a demandé si je pouvais faire quelque chose pour sa sœur.

— Et tu as laissé tes propres affaires s'immiscer au cœur de l'enquête !

— Je veux retrouver ce sale type et lui parler. Le problème, c'est que je ne sais pas où le trouver.

Ma planta ses baguettes dans son bol de riz et tordit la bouche.

— Lieutenant Ma, s'il vous plaît, dit Zhou très gêné, ne plantez pas vos baguettes à la verticale dans votre bol de riz.

Ma écarquilla les yeux et ricana.

— Tu es superstitieux, Zhou ?

— On ne se refait pas, *lao* Ma. Chez moi, on dit que ça porte malheur, parce que ça rappelle les bâtons d'encens brûlant dans les temples et que ça appelle la mort.

Ma secoua la tête et posa les baguettes en travers du bol.

— Nous avions chassé la superstition, et la jeune génération la remet sur le tapis, commenta-t-il. Bah ! Mais laisse-moi te donner un conseil tant que je suis encore un peu lucide, dit-il. Trouver ce punk, c'est comme chercher un grain de mil dans un silo de seigle.

— Le type a le look punk, les cheveux longs et des piercings. C'est un sacré signalement.

— Quand on a les moyens de la police, oui, mais tu le cherches pour ton propre compte. Il faudrait qu'il soit là, juste au moment où tu passes. Il y a des endroits privilégiés où il doit se rendre. Réfléchis, Zhou. Si tu cherches un intellectuel, il vaut mieux que tu hantes les bibliothèques, un gourmet, les restaurants réputés, un punk, les concerts underground !

— Les concerts ! Lieutenant, vous avez des idées géniales !

— C'est plus facile d'avoir des bonnes idées pour les autres que pour soi-même, dit Ma d'un ton aigre.

Zhou se tourna vers la rue. La buée envahissait la vitre. Le halo flou des phares des bus trouait par intermittence la lumière orangée de l'éclairage urbain. Le *huangjiu* lui rendait l'esprit aussi flou. Ma s'était remis à parler sans cesser de boire. Zhou n'avait pas entendu le début de la phrase. Il réfléchissait. Les concerts underground étaient à la mode et les autorités laissaient faire la plupart du temps ou interdisaient quand la censure pesait plus fort. Avec le nouvel homme fort au Bureau politique, ils avaient tendance à se raréfier. Il ne devait pas y en avoir beaucoup. Zhou aurait donné son billet qu'au prochain, si le punk n'avait pas clamsé d'une overdose, il l'y verrait. Restait à se rencarder. Il savait pouvoir trouver deux ou trois indics susceptibles d'avoir ces renseignements. Il prit une cigarette dans la poche de son manteau, tendit le paquet à Ma qui en prit une, les alluma. La serveuse s'approcha et posa un cendrier sur la table.

— *Xiao* Zhou, dit Ma d'un ton sentencieux, ne t'attache jamais trop à quelqu'un. C'est le meilleur moyen d'attirer le malheur !

Zhou, mal à l'aise, cherchait le moyen de couper court à ces conseils d'ivrogne.

— Lieutenant... *lao* Ma, il est déjà très tard. La serveuse bâille derrière le comptoir, attendant de fermer, et nous discutons à n'en plus finir. Je suis fatigué et vous ne semblez pas dans votre meilleure forme. Peut-être pourrions-nous continuer cette discussion un autre soir ?

— Prenons un autre flacon avant !

— Non, lieutenant. Je te ramène. Ne fais pas la mauvaise tête !

Il se leva et prit le lieutenant par le bras, notant le regard d'espoir de la serveuse qui bâillait de plus en plus ouvertement.

— Sois raisonnable, lieutenant.

Il parvint à le lever difficilement. Ma tenait à peine debout.

Ils titubaient tous les deux. Le froid dissipa un peu les vapeurs dans la tête de Zhou. Ma était HS. Ils passèrent le contrôle d'entrée de la résidence. Zhou amena le lieutenant devant sa porte et attendit qu'il la refermât, puis il retraversa le parc jusqu'à son propre bâtiment, monta chez lui et fit une recherche sur son ordinateur. Il trouva plusieurs lieux de concerts, des noms de groupes, des dates. Il y avait un concert des Devils at the Crossroad ce soir au DMC, dans le district de Tongzhou. Il remit son manteau, descendit, héla un taxi. Le chauffeur connaissait le DMC. Il le laissa devant le parking où des groupes de jeunes aux tenues vestimentaires provocantes fumaient en parlant haut et fort. Il y avait eu plusieurs descentes de police ces derniers mois. On avait imposé des tests d'urine aux clients et plusieurs arrestations pour usage de drogue avaient eu lieu, mais le DMC n'était toutefois pas encore sous le coup d'une fermeture administrative. Le videur le toisa de la tête aux pieds, mais son blouson de cuir lui servit de sésame. Il n'aurait pu entrer sans un indice d'appartenance *metal*. Dès son entrée, il fut assailli par les riffs tonitruants. Après avoir déambulé parmi la foule hétéroclite – les « expats » occidentaux étaient légion –, il repéra une tête aux cheveux longs, hirsutes près de la scène. C'était lui, mais il était presque déçu que Liyin n'y soit pas. Zhou commença une épuisante attente.

Il était près de trois heures du matin. La fatigue plombait ses membres, mais la musique l'aiguillonnait. Il songea que, si le groupe arrêtait de jouer, il tomberait et s'endormirait instantanément, mais il résistait et suivait toujours sa cible des yeux. La marée de blousons noirs aux jeans déchirés, aux coiffures iroquoises se tenait à distance de quelques skinheads qui faisaient bande à part. Le copain de Liyin sautait comme un ressort près de la scène. Il arborait quelques piercings, un blouson de cuir noir avec le caractère *si*, la mort, dans le dos à la peinture blanche. Soudain, comme si une mouche l'avait piqué, il se retourna et fendit la foule des agités en se dirigeant vers le bar dans l'autre pièce. Zhou se glissa entre deux skinheads à l'air pas commode, recevant quelques éclaboussures de bière au passage parce qu'ils tenaient chacun une bouteille et agitaient les bras en l'air sur la musique. Piercing parvint jusqu'au comptoir. La serveuse lui tendit une bouteille de bière. Zhou se haussait sur la pointe des pieds. Entre deux épaules au-dessus de la crête d'un punk, il parvenait à suivre le type ou plutôt, à ne pas le perdre de vue. Piercing se rapprocha d'un type en retrait sur le côté du bar. Zhou ne voyait que leurs têtes. Ils parlaient en collant alternativement la bouche à l'oreille de l'autre, puis Piercing quitta l'autre et se dirigea vers la porte, ballotté par la foule comme une branche dans le torrent. Il se pencha vers la fille du vestiaire, lui tendit sa contremarque, ôta son cuir, passa le gros pull de laine polaire qu'elle lui tendait puis remit sa veste. Il paraissait pressé. Zhou écarta une fille saoule ou droguée qui titubait en essayant de se pendre à son cou. Il récupéra son manteau au vestiaire. Quand il atteignit enfin la sortie, Piercing était loin. Quelques groupes de personnes fumaient. L'odeur de l'herbe empestait l'air glacé et deux filles vomissaient à l'écart, appuyées au mur du DMC. Zhou supposa que Piercing avait acheté une dose de drogue et qu'il était impatient de se l'injecter. Il accéléra le pas en regardant à droite et à gauche. Il le retrouva sur le trottoir désert de l'avenue, planté, la cigarette au bec. Zhou ralentit le pas. Le junkie cherchait un taxi qui le ramènerait dans son squat, près de Liyin sans doute. Mais quel taxi s'arrêterait pour le prendre ? Zhou regarda derrière lui. Les clients du DMC restaient par grappes près du local. Sur l'avenue, il n'y avait que lui et Piercing. Il s'approcha. Le junkie tourna la tête, le vit et reporta son regard avec un air dégoûté vers la circulation. Zhou lui mit la main sur l'épaule.

— J'ai deux mots à te dire, dit-il.

L'autre planta ses yeux embrumés dans ceux du policier.

— Tu cherches les emmerdes, mec ?

Zhou savait jauger les gens. Il sentit, malgré les rodomontades du junkie, que celui-ci n'était pas si rassuré qu'il voulait le paraître.

— Je voudrais te parler de Wang Liyin, dit-il.

— Liyin ? Qui c'est ça, Liyin ? Qu'est-ce que tu me veux ?

— Ne fais pas l'idiot et tiens-toi sur tes deux jambes comme un homme ! Liyin, ta petite copine.

— Casse-toi, mec !

Le junkie cracha. Ça atterrit sur la chaussure de Zhou. Le policier se déplaça sur le côté, allongea la jambe droite et, du plat de la main, poussa Piercing en arrière. Le junkie trébucha comme le policier l'avait prévu, mais il ne tomba pas. Déséquilibré, il fit quelques pas rapides en arrière. Zhou s'avança. Appuyant les deux mains sur le torse de Piercing, le policier le poussa vers le triangle boisé qui faisait l'angle de l'avenue Rixing. Il le fit reculer mètre après mètre. Piercing tomba à la renverse. Zhou le releva en agrippant le cuir de la veste et le jeta contre le premier arbre. Les voitures passaient, indifférentes. Il lui serra la main droite autour du cou, bras tendu, plaquant le junkie contre le tronc, écartant le corps pour éviter un coup bas.

— Tu vas larguer Liyin ! dit-il. Tu vas lui dire de retourner chez son frère. Tu ne lui donnes plus un gramme de drogue ou je te tue.

Lui serrant toujours le cou, il lui cogna plusieurs fois la tête contre le tronc. Le junkie gargouillait. Zhou sentit soudain une vive douleur dans son flanc gauche à la hauteur du nombril. Il lâcha la gorge de Piercing et fit un bond en arrière. Bien que déviée par l'épaisseur, la lame avait traversé le cuir épais et déjà un peu de sang humectait la déchirure. Zhou releva la tête vers le junkie qui tenait un couteau court et large de la main droite. Plié en deux, il toussait et se massait la gorge de la gauche. Zhou eut un instant de panique. L'autre avait récupéré et avançait déjà vers lui, le couteau pointé vers son ventre. Zhou se campa sur ses deux jambes écartées. Piercing balança un coup d'estoc que Zhou dévia du plat de la main droite, les doigts du policier se refermèrent sur la manche. Il releva le bras du junkie au-dessus de sa tête. Piercing lui envoya un coup de genou dans l'estomac, mais Zhou ne lâcha pas la main au couteau. Piercing avait de nouveau le dos collé à l'arbre. Zhou cogna plusieurs fois le poing serré sur l'arme contre le tronc, sans se préoccuper des coups que Piercing lui balançait dans la mâchoire. Zhou réussit à s'emparer du couteau. La mêlée était devenue floue. Un corps à corps hasardeux. Il ne sut pas comment il se retrouva tenant le manche du couteau enfoncé dans la gorge de Piercing. Le sang giclait, coulait à gros bouillons sur le poignet de Zhou. Le policier recula, tétanisé. Piercing s'affala comme un sac. Zhou avait déjà vu des cadavres, mais jamais il n'avait tué. Terreur. L'adrénaline coulait encore dans ses veines et le dégoût lui donna un haut-le-cœur. Ses cheveux se dressaient sur sa tête. Il recula encore, sortant du couvert des arbres. Les voitures passaient, rares et noires. Le point de douleur s'intensifiait, lui irradiant tout le flanc. Le souffle manqua à Zhou. Ses jambes ne le soutenaient qu'à peine. Il dut s'asseoir rapidement à même le trottoir. Si une voiture de patrouille passait et le voyait, flic ou pas, il était foutu. Le type au pied de l'arbre donna une ruade de temps à autre comme un cheval, puis plus rien. Zhou savait qu'il serait mort vidé de son sang dans peu de temps et qu'il n'y avait rien à faire. Il ne parvenait plus à voir le visage de Liyin, mais celui de son junkie, bleu quand il l'étouffait, blanc dès que le couteau lui avait touché la carotide, le hantait comme un démon taoïste. Zhou grimaça, porta la main à son flanc. Assis sur le trottoir, il haleta, leva la tête. Au-dessus des tours de verre et de béton alignées le long de l'avenue, le ciel orange ne laissait pas voir la moindre étoile. Il se demanda fugitivement depuis combien de temps il n'avait pas vu une étoile. Le froid l'engourdissait. Il devait être blanc à faire peur lui aussi. Sa respiration reprenait un rythme normal. Il tenta de se relever et de fuir cet endroit. Il se mit à quatre pattes. Il n'y avait pas de voiture à cet instant sur l'avenue, mais il allait en passer et, tôt ou tard, l'une d'entre elles le verrait. Une patrouille peut-être. Comment allait-il se sortir de là ? Il ne s'agissait pas de rester là à attendre qu'on le cueille. Il fallait réfléchir. Qui l'avait vu au DMC ? Qui serait capable de le reconnaître ? Les caméras de surveillance. Le service examinerait les bandes. Une recherche par reconnaissance faciale ? C'était un autre district. Qui le connaissait ? Il faudrait passer plus d'une centaine de personnes, beaucoup plus sans doute et il n'était enregistré dans aucun dossier de biométrie. Pas de risques de ce côté. Les empreintes sur l'arme ? Pas enregistrées non plus. Il regarda autour de lui. Il n'avait rien laissé. Il pouvait partir. Personne ne le soupçonnerait. Il tenta de se relever et émit un cri de douleur. La blessure. S'il allait à l'hôpital, il serait fiché comme victime d'un coup de couteau. C'était impossible. Il allait falloir qu'il se soigne lui-même. Le côté droit de son visage commençait à lui faire mal. Les coups reçus. Il parvint à se mettre debout, fit deux pas pour s'éloigner, puis se ravisa et s'approcha du cadavre. Plein de dégoût, il fouilla les poches du manteau, trouva une dose pliée dans un sachet, une clé, de la monnaie. Il prit la clé et partit en se retenant de hurler de douleur, car chaque pas était un supplice. Il avait l'impression qu'on lui arrachait une côte à chaque fois qu'il avançait la jambe. Il marcha ainsi un long moment vers l'ouest. Il n'y avait aucun passant et seuls quelques taxis passaient qu'il n'osait arrêter. Il s'assit contre un arbre de la contre-allée, ouvrit le manteau. Une large tache rouge et humide gorgeait le côté gauche de son pull. Il souleva les couches de sous-vêtements et vit la plaie. Trois centimètres de peau déchirée. Il eut la certitude que, si ça saignait abondamment, la plaie n'était pas profonde. Il fallait juste la bander. Il ôta précautionneusement le cuir, le pull, et le premier tee-shirt à manches longues avec une grimace de douleur, puis il déchira le tee-shirt avec les dents, de la manche à la taille, obtenant ainsi une longue bande. Il remonta les autres couches sous les aisselles sans les enlever et s'entoura l'abdomen avec la bande en serrant le plus possible pour comprimer la plaie, fit un nœud au niveau des côtes, puis rajusta les sous-vêtements par-dessus, réenfila le pull et remit le cuir. Une fois cette opération terminée, il tâcha de respirer normalement. Il sentit un bourdonnement lui monter au crâne et dut appuyer le dos contre le tronc, fermer les yeux un instant. Le froid l'engourdissait. Il fallait qu'il se relève sinon on le retrouverait mort gelé au matin. Il résista à la tentation de téléphoner à Wang, il renonça à appeler Ma. Il devait se débrouiller seul. Il se mit debout, titubant. Une voiture de police passa et ralentit après l'avoir dépassé. Zhou ne se retourna pas. Un type vidé de son sang pas loin. La voiture continua sa route. Le jeune homme traversa. Il était du bon côté pour arrêter un taxi. Quatre heures du matin. Presque pas de circulation. Dans une heure les premiers bus. Peu de temps après, Zhou trouva un taxi stoppé dans une station. Le chauffeur dormait, bras croisés. Zhou cogna contre la vitre.

Il se fit déposer dans l'avenue à quelques centaines de mètres de l'entrée de la cité de la police, car il voulait prendre toutes ses précautions. Il montra sa carte à la guérite et monta chez lui. Il enleva le manteau en gémissant sourdement. Ne pouvant lever les bras, il déchira son pull avec des ciseaux. Oter le bandage improvisé fut plus compliqué. Le sang collait le tissu à la chair. Il aspira un bon coup et mit beaucoup de temps à détacher les adhérences. Il était blanc comme un linge. Il faisait froid dans la pièce. Torse nu, il se dirigea d'un pas chancelant vers la salle d'eau. Il commença par se laver consciencieusement les mains. Il lui semblait que les taches de sang qui maculaient sa peau ne s'effaçaient pas. Il frotta, jeta la serviette dans la corbeille de bambou, puis ouvrit la porte d'une petite armoire à pharmacie à côté du miroir, prit la trousse de premiers secours que sa mère lui avait confiée quand il avait quitté Fenyang et l'emporta dans la pièce. Il ne fallait pas penser au junkie, il ne fallait pas penser aux conséquences possibles, il ne fallait pas penser du tout ! Il s'assit sur son lit et, serrant les dents, il humecta sa blessure avec un désinfectant bon marché, puis entoura son buste d'une bande très serrée. Il leva les mains devant son visage. Elles tremblaient. Il avala un analgésique qui, il l'espérait, le plongerait dans un sommeil sans rêve.

30 décembre

La petite réunion entre le chef et les inspecteurs eut lieu de bon matin comme à l'accoutumée. Une affaire de crime passionnel était tombée dans la nuit. Une femme avait assassiné son mari en lui brisant la console de jeux vidéo sur la tête, prétendant qu'il la délaissait au profit de sa passion. On soupçonnait la femme d'avoir un amant et que ce soit lui qui ait fait le coup. Néanmoins, la question de savoir pourquoi la femme se sacrifiait ainsi restait une énigme. Le chef confia sa résolution à Ma. Mais une autre question occupait l'esprit du lieutenant. Le chef n'avait pas dit un mot à son sujet. Ma prit son air le plus innocent.

— Une question, chef, hasarda-t-il, et qui n'a rien à voir avec ce crime passionnel : le prisonnier qui a été amené hier et qui voulait me faire la peau, il est toujours en garde à vue ? Qui a procédé à l'interrogatoire ?

Ma sentit un voile d'embarras masquer un instant le visage du chef.

— Le type à la doudoune bleue ? demanda le chef embarrassé.

Ma hocha la tête.

— Il n'est plus en garde à vue, laissa tomber le chef.

— Comment ? Il est passé aux aveux et on l'a transféré ?

— Il est libre ! Il n'y avait aucune preuve. On ne peut pas accuser quelqu'un sur de mauvaises intentions !

— Mais il avait un Nambu 9 mm sur lui.

— La possession d'arme ne peut être retenue. On n'a pas retrouvé l'arme au dépôt des pièces à convictions.

— Quoi ?

— Je te le répète : le pistolet a disparu.

— Et l'affaire des égorgeurs ?

— Eh bien quoi, l'affaire des égorgeurs ? Nous en avons déjà parlé. Je l'ai remise aux enquêteurs administratifs. Ce sont eux qui détermineront s'il y a eu corruption. J'ai mis la responsabilité des actes sur le compte du gang des Ouïghours. Ils sont morts. Le bureau anticorruption s'est saisi de l'enquête pour déterminer les responsabilités s'il y a lieu.

— Chef, c'est un peu fort !

— C'est ainsi, lieutenant. Concentre-toi sur le meurtre passionnel que je viens de te confier. C'est tout ce que tu as à faire. Plus un mot là-dessus. Le sujet est clos. Tu m'as bien compris ? Rompez ! fit-il en regardant ses chaussures.

Les détectives se levèrent dans un remuement de chaises raclées sur le sol et sortirent lentement.

Ma quitta les locaux de la police avec une des voitures de service et fila droit à Xinhua. Il conduisait tout en téléphonant. Il gara la voiture dans le parking visiteur. Il attendit à peine quelques minutes que Pi Junli vienne le chercher dans le hall. Ils montèrent sur le plateau des rédacteurs et trouvèrent un petit bureau vide. Le policier raconta à son cousin ce qui venait d'arriver, posa l'enregistreur sur la table et fit défiler la bande. Ma accéléra les temps morts, mais l'audition du témoignage prit près d'une demi-heure. Pi resta un long moment sans rien dire, semblant peser le pour et le contre. Ma attendait patiemment. L'affaire ne lui appartenait plus et Pi déciderait de ce qu'il voulait faire. Il ouvrit la bouche, la referma, puis :

— Tu m'autorises à citer cette source dans l'article ? dit-il.

— Tu peux citer mon nom, si c'est nécessaire, répondit Ma.

Le reporter posa la main sur le magnétophone.

— Laisse-moi m'occuper de la suite, dit-il.

Zhou n'était pas allé travailler. Il avait appelé Ma, mais le lieutenant était introuvable. Il avait ensuite composé le numéro du service pour avertir qu'il était malade, qu'il avait eu grand-peine à se lever pour prendre son téléphone. Il irait voir un médecin si ça ne s'améliorait pas. Cette tâche accomplie, il refit son pansement et se recoucha.

Il se sentit un peu mieux en fin de journée, mais la fièvre jouait les montagnes russes. Il claquait des dents, il transpirait. Il prit le métro et ses pas l'amenèrent dans le quartier de Wang où se réunissait la bande de copains ce soir. Zhou s'appuyait aux murs sales de la ruelle. La porte au fond ouvrait sur une autre ruelle que des maisons qu'on aurait crues des cabanes vétustes bordaient. Il aspira une goulée d'air glacé, toussa. Il entendait les bruits et les rires des compagnons comme à travers un brouillard. Il frappa et ouvrit la porte. La bande au complet.

— Aya ! Parlez d'argent, le flic est là, dit Gros San en levant la tête.

— T'as plutôt mauvaise mine, Zhou, remarqua Petit Liu en abattant trois cartes sur la table. Un full ! Zhou ferme vite la porte. Il fait un froid de canard !

L'ampoule nue du plafond répandait une clarté crue sur la table crasseuse, les têtes des joueurs, le paquet de cartes, les bouteilles de bière de Pékin à demi pleines. Zhou reprit son équilibre en s'appuyant sur la table.

— Wang ! Il faut que je te parle, dit-il en lui posant la main sur l'épaule.

Wang s'était tourné vers lui. Il le regardait d'un œil préoccupé.

— Qu'est-ce qui se passe, Zhou ? Tu n'as pas l'air dans ton assiette.

— Sortons, s'il te plaît. J'ai à te dire quelque chose qui te concerne.

— Holà ! Tu débarques et tu veux déjà nous enlever Wang ? s'écria Li. Les histoires des uns ne sont donc pas les histoires des autres ? La confrérie des brigands, tu veux la casser ?

Il se mit à rire.

— On en a pour une seconde ! dit Wang qui songea tout à coup que Zhou savait quelque chose concernant sa sœur et qui avait peur qu'il ne lui soit arrivé malheur.

Il écarta sa chaise, se leva, prit sa veste au dossier et le suivit dans la cour.

— Il est arrivé quelque chose à Liyin ? demanda-t-il au policier en jetant la veste sur ses épaules.

— Pas que je sache, dit Zhou. Ou plutôt, si. Quelque chose de bon !

— Explique-toi, Zhou.

— Le junkie n'embêtera plus ta sœur, dit laconiquement Zhou.

— Tu lui as réglé son compte ? fit Wang en ricanant.
— Tu ne crois pas si bien dire.
Tout à coup, Wang le regarda plus attentivement.
— Tu es blessé !
— Une bagarre au couteau, lâcha Zhou.
— Merde !
— C'est pas grave. Une estafilade. Donne-moi l'adresse où crèche Liyin !
— Je ne sais pas exactement où elle est. Elle squatte, je te l'ai dit, là où le junkie l'amène. Dans le quartier musulman.
— Tu ne peux pas être plus précis ?
— C'est un quartier en démolition... (Wang dévisagea longuement Zhou.) Oh ! C'est bon ! Tiens, je te note l'adresse où, avec un peu de chance, tu peux la trouver.
Il sortit de sa poche un bout de papier et un bout de crayon. Il appuya le papier sur sa cuisse et nota l'adresse après avoir sucé la mine.
— Pourquoi tu ne voulais pas me la donner ?
— Je ne sais pas. Tu es un flic après tout et je me demandais jusqu'à quel point te faire confiance.
Zhou fit glisser la fermeture éclair de son blouson et souleva son pull où apparaissait le bandage rougi.
— Tiens ! Tu vois jusqu'où tu peux me faire confiance ?

Il était plus de vingt-trois heures quand Zhou atteignit le quartier. Il avait pris un taxi et s'était fait déposer dans l'avenue. Il s'engagea dans la ruelle. Des tas de gravats s'empilaient le long des murs, témoins muets de la démolition qui suivait son cours. Trois vieux immeubles des années 1960 trônaient comme des chicots à droite du terrain vague bosselé où des taches de neige éparses reflétaient la faible clarté du ciel nocturne. Zhou pénétra dans le numéro 3. Des cloisons abattues ouvraient un vaste espace en rez-de-chaussée.

Des junkies l'avaient vu arriver. Zhou avaient entendu des pas précipités. « Les rats quittent le navire ! » se dit-il.

Surgis de nulle part, deux jeunes lui barrèrent soudain le passage. Le plus costaud leva la main, doigts écartés.

— Où vas-tu ? demanda-t-il.

Zhou pouvait voir les dents noires dans sa bouche.

— Je voudrais voir Wang Liyin, dit-il.

— C'est la copine de Lijun, non ? fit l'autre. Tu peux pas la voir sans l'accord de Lijun.

— Lijun ne viendra pas ce soir, déclara Zhou.

— Il te la prête pour la soirée, c'est ça ? Combien il t'en a demandé ?

Zhou envoya son poing serré en plein dans la face du junkie. Le sang lui éclaboussa les doigts. L'autre poussa un cri et repoussa le policier de toutes ses forces. Zhou s'affala contre le mur. Il sentit sa blessure au côté se remettre à saigner abondamment. Il prit deux coups de pied dans les côtes avant de se rendre compte que le deuxième gars était debout et prenait son ventre pour un tambour. Il tendit le bras et saisit le bas du pantalon du junkie, tira de toutes ses forces. L'autre, déséquilibré, lui fournit un répit que le policier mit à profit pour tenter de se relever. Il voyait tout dans un brouillard. Sous sa main, un montant du chambranle d'une porte. Il le prit et, se redressant sur les genoux, l'abattit sans bien voir ce qu'il faisait. Il entendit le son mat du bois sur le crâne de l'homme. L'autre, assis sur ses fesses se tenait toujours le nez à deux mains et gémissait. Le policier lui asséna un coup de son arme improvisée qui l'étendit raide. Zhou se releva en s'aidant du montant et entra dans l'espace vide en comprimant sa plaie de son avant-bras gauche. L'espace noir était seulement troué de la lumière d'une bougie un peu plus loin. Le froid était très vif. Zhou s'approcha de la masse informe que formaient deux corps sur des grabats autour de la lumière jaune. Un type et une fille hébétés. Un ruban de caoutchouc, une petite cuillère tordue, une seringue à même le sol recouvert de poussière de plâtre. La fille n'était pas Liyin. Il ne tenta même pas de leur parler. Il se pencha pour prendre la bougie et parcourut l'espace, enjambant les cloisons abattues, contournant les murs porteurs. Il vit du coin de l'œil une forme étendue contre un mur et s'approcha. Un corps féminin inerte. Dans le halo de la bougie tremblotante, une flaque de vomi, les cheveux en bataille cachant le visage, il sut que c'était elle. Il sentit l'odeur de la mort. Il se pencha en réprimant un frisson de dégoût, souleva les cheveux décolorés et teints. Le corps était raide comme un rondin de bois. Peut-être le froid, peut-être la rigidité cadavérique. Wang Liyin était morte d'une overdose et on l'avait laissée là dans son vomi.

Il se retrouva, remontant la ruelle entre les gravats, ne sachant pas comment il était sorti du bâtiment. Le bandage collait. Il transpirait, il tremblait alternativement. Il savait que la plaie était à nouveau ouverte. Sur l'avenue, il attendit de voir passer un taxi libre pour lui faire signe. Il savait aussi qu'il avait laissé quelque chose de sa jeunesse dans l'immeuble aux junkies et que les événements avaient choisi pour lui entre le bon et le mauvais côté des choses.

31 décembre

Ma avait mal dormi, mais c'était devenu une habitude maintenant. Il se leva en grommelant et en s'étirant. Il faisait froid dans l'appartement. Au passage, il prit un pull qui traînait sur le dossier de la chaise et se le jeta sur les épaules. Il sortit une cigarette du paquet resté sur la table, prit le briquet et se dirigea vers la porte-fenêtre. On ne voyait pas à vingt mètres derrière le brouillard gris. Ma ouvrit et tâta l'air du bout de la langue comme on le ferait pour un mets. L'air avait ce goût d'ozone, cette odeur de suie qu'on sentait presque sur la peau. L'indice de pollution devait avoisiner les 400. Il referma et renonça à la cigarette pour se faire un thé. C'est alors que son portable vibra sur la table. Il tendit le bras.

— Wei ! Inspecteur Ma ?

— Oui ?

— Je travaille pour une société qui vous intéresse.

— Phénix ?

— Je suis un simple négociateur.

— Aya ! Et que voulez-vous donc négocier ? Je n'ai rien à négocier.

— Tout le monde a besoin de dix mille yuans. Songez aux vacances que vous pourrez payer à Xiuxiu et ce voyage dont vous rêvez avec votre maîtresse est à portée de main.

— Comment avez-vous eu ce numéro ? Comment connaissez-vous ma maîtresse et comment osez-vous parler de ma fille ? s'insurgea Ma.

— Ces questions ne nous font pas avancer, mais peut-être préférez-vous quinze mille ? Je le savais. Je l'ai dit à mon patron, mais il est très près de ses sous. Enfin, peut-être pourrais-je obtenir quinze mille. Je vais faire mon possible, mais je ne vous promets rien.

— Et que faudrait-il que je fasse pour avoir cette somme ?

— Justement. Absolument rien ! Votre hiérarchie aime beaucoup les vacances, elle aussi. Il suffit que vous n'envoyiez pas les enregistrements.

— Quels enregistrements ?

— Oh ! Inspecteur ! Je vous croyais plus malin que ça.

— Et comment ça se passerait ?

— Votre compte en banque s'étofferait tout d'un coup. Il suffirait que vous me donniez son numéro.

— Ah ! Quelque chose que vous ne connaissez pas !

— Même ça, je peux l'obtenir sans vous. Vous n'auriez qu'à me les poster, ces enregistrements, si vous tenez à les envoyer.

— Où faudrait-il les envoyer ?

— Au siège social de la société que vous savez.

— Et si je les envoie quand même à l'agence Xinhua ?

— Vous n'êtes pas si idiot.

L'homme raccrocha et Ma garda le téléphone contre son oreille un moment avant de le remettre dans sa poche. Il avait le souffle court.

Eh bien si ! Il était idiot ! Mais l'homme ne savait pas tout. Les enregistrements étaient déjà dans les mains de Pi Junli. Il prit le bol de thé, le porta à la bouche, se brûla la langue, le reposa avec colère et céda à la tentation de la cigarette. Il en sortit une du paquet, se leva et alla vers la porte-fenêtre. Le froid tomba sur ses épaules, perçant les mailles du pull comme des centaines d'aiguilles. Il fuma avec rage, frappa la rambarde jusqu'à ce que la paume de sa main lui fasse mal. Il jeta le mégot par terre, retourna à l'intérieur et prit le portable. Dernier appel. Ce n'était pas un numéro caché. Composer le numéro.

— Wei ! Ici l'inspecteur Ma.

Un long silence. Ma pouvait entendre la respiration du négociateur.

— Ecoutez ! Je veux rencontrer Qian Lu ! dit soudain Ma d'un ton qui le surprit lui-même.

— Je crains que ça soit impossible, répliqua l'homme.

Ma nota qu'il n'avait pas eu l'air pris de court. C'était un négociateur. Combien de fois s'était-il retrouvé dans cette situation ? Ma sentit qu'il n'aurait pas l'effet de la surprise et ne savait pas non plus quelle surprise il aurait pu avoir la volonté de créer.

— Je veux cette rencontre ou je refile le dossier que j'ai constitué aux journaux, renchérit-il sur le même ton déterminé.

— Inspecteur Ma, vous ne semblez pas comprendre la situation. Vous n'êtes pas en mesure d'exiger. Ce ne sont pas quelques traces de concussion qui vous autorisent à dicter des conditions. Après l'échec de la politique du Grand Bond en avant, même Mao Zedong a dû se mettre en retrait et accepter les diktats des autres, pourquoi pas vous ? Vous n'êtes pas seul en cause, vous avez une famille, même si celle-ci est désunie. Un malheur est vite arrivé. En revanche, l'argent peut tout.

Ma grinça des dents.

— Oui, dit-il. Les temps ont bien changé.

— Pas tant que ça, lieutenant. Le pouvoir et l'argent sont les deux faces d'une même pièce. Si vous retournez l'un, vous avez l'autre en dessous, maintenant comme il y a dix ans. Vous avez une conscience, inspecteur ? Aya ! Vous êtes bien le dernier Chinois dans ce cas !

— Si je choisis d'endormir ma conscience, je veux que ce soit Qian Lu lui-même qui chante la berceuse.

L'homme rit.

— Ha ! Ma, vous ne manquez ni d'humour ni de courage ! Mais vous ne mesurez pas les choses. Vous êtes comme le vieux Yu Gong qui, sous les moqueries de ses voisins, entreprend d'attaquer la montagne à la pioche pour faire un tunnel.

— Je connais l'anecdote, coupa Ma. Yu Gong veut relier le village à la ville proche sans contourner la montagne et tout le monde se moque de lui jusqu'à ce que les voisins prennent pitié de lui et l'aident. Eh bien, moi, je prends la pioche et je creuse jusqu'à ce que Qian Lu me reçoive ! Après ça, peut-être accepterais-je son généreux cadeau.

— Aya ! le négociateur ricana. Le voilà, l'incorruptible ! Ecoute-moi, inspecteur de merde. D'abord, ce n'est pas « Qian Lu » qu'il faut dire, mais à tout le moins, « camarade Qian ».

Ma sentit son cœur battre plus vite. Il n'osait pas encore s'avouer qu'il voulait s'éprouver, mais il le désirait ardemment. Sun Jie. Ce pauvre Sun Jie. Un camarade de jeunesse qu'il croyait incorruptible, avait cédé et tout s'écroulait. Il voulait qu'on pose une liasse de yuans sur la table et qu'on lui dise « prends ! ». Il voulait qu'on pose un plat défendu devant lui et qu'on lui tende les baguettes. Il voulait sentir le fumet de ce plat et poser les baguettes à côté en disant « non merci ! ». Peut-être aurait-il la force de dire « non merci ». Il s'imagina pouvoir encore tout arrêter au journal s'il le désirait.

— Alors, le camarade Qian chantera *L'orient est rouge* à ma conscience, dit-il enfin.

— Inspecteur fouille-merde, je transmettrai ta requête, répondit le négociateur. Prie le camarade Mao ou les Huit Immortels ou qui tu veux que le camarade Qian soit d'humeur !

Ma posa le portable sur la table. Accepter le pot-de-vin, c'était idiot. Le refuser, c'était idiot. Sa main tremblait.

Une demi-heure après, le téléphone du lieutenant sonna dans sa poche. Il le porta à son oreille, le cœur battant car il pensait encore à ce qu'il avait demandé au négociateur. Sa volonté était comme une feuille secouée dans un sens puis dans un autre. Si les hommes étaient d'un bloc, tout pierre ou tout fer, la justice serait facile à rendre, se dit-il.

— Wei ! souffla-t-il anxieusement.

La voix du négociateur lui était maintenant familière. Elle disait que le camarade Qian voulait cette rencontre, qu'il le recevrait dans l'immeuble de la société Phénix dans une heure.

Ma était en civil. Il avait enfilé un pull à col roulé sombre et, son manteau boutonné jusqu'au col, il s'était rendu en métro au siège de la société. La grande vitre coulissa devant lui en chuintant. On l'attendait. Les deux types n'avaient pas l'air de représentants malgré leurs costumes sombres. Ils l'encadraient dans l'ascenseur comme s'il allait tomber sans leur soutien. L'un d'entre eux l'avait fouillé rapidement, mais Ma n'avait pas été assez idiot pour s'être muni d'une arme. Le nervi qui l'avait fouillé ouvrit la porte, s'effaça pour le laisser passer. Le deuxième entra et referma la porte. Ils n'avaient pas prononcé un seul mot. Ils se placèrent de chaque côté comme deux plantes en pot. Ma s'avança dans la pièce immense et lumineuse. Il ne s'attendait pas à voir ce qu'il avait devant lui. Les moutonnements brumeux des toits et des tours de la ville s'encadraient, glacés, dans la baie vitrée courant du mur au plafond face à l'entrée, mais le camarade Qian, un pinceau à la main, cintré dans des vêtements de prix pourtant sans taches était debout face à une grande toile posée de champ contre le grand mur blanc à sa droite.

— Ha ! Lieutenant Ma ! Vous aimez la peinture ?

Ma restait planté, indécis, au milieu de l'immense pièce et l'odeur puissante de la peinture à l'huile lui chatouilla le nez. Quelques toiles retournées s'appuyaient au mur. Une table, des tubes de couleur, des pinceaux dans un pot à portée de main, Qian l'observait inexpressivement. Ma tourna la tête. De l'autre côté de la pièce, un bureau massif et austère.

— La peinture classique chinoise est faite de vide et de plein, d'encre et d'eau, contrairement à la lourdeur et à la pâte épaisse de l'art occidental, lieutenant. Aimez-vous le réalisme socialiste ?

Le regard de Ma revint se poser sur le camarade Qian. Il s'était souvent demandé à quoi pouvait ressembler un homme qui maniait l'argent par millions et qui regardait l'existence des autres comme quantité négligeable. Il savait la réponse : il ressemblait à n'importe quel homme de cinquante ans. Ma prit conscience que Qian lui avait demandé ce qu'il pensait de la peinture socialiste. Il ne trouva pas de réponse.

— Ça vous étonne qu'un dirigeant de société s'adonne à la peinture ? Regardez !

Qian Lu retourna un tableau. C'était un grand portrait double. D'un côté, le visage qu'on ne pouvait ignorer. Mao. De l'autre, son propre autoportrait qu'il avait su rendre ressemblant.

— Je suis un nostalgique, lieutenant, dit-il. Mon père était censeur au service de la propagande et directeur des Beaux-Arts, mais il avait aussi sa carte d'artiste. Il peignait les travailleurs, regards triomphants devant les champs de blé aussi bien que le sourire confiant du Grand Timonier. On a souvent reproché sa brutalité à la révolution, mais elle agit comme une saignée sur un corps malade. Que doit-on regretter, la blessure ou la maladie ?

Le sourire de Qian s'effaça sur son visage.

— J'ai été élevé dans l'odeur de peinture, lieutenant, continua-t-il, et celle de l'argent ne la remplace pas. Nous n'avions pas besoin d'argent à cette époque. Ce que nous voulions, nous l'avions.

Qian le fixait d'un œil perfidement amical, attendant un commentaire sans doute.

— Le pouvoir est un alcool fort, dit Ma qui ne savait où il avait lu cette phrase.

— L'argent en est un aussi maintenant, rétorqua Qian. Vous avez les enregistrements ?

— Pas sur moi.

— Vous voyez mon bureau ? dit Qian en indiquant du menton l'autre côté de la pièce. Sur le plateau, il y a un petit rouleau.

Ma se retourna vers le bureau, puis revint à l'homme d'affaires et hocha la tête.

— C'est quinze mille yuans, précisa Qian. Si vous aviez emmené les enregistrements, vous auriez pu les prendre et partir sans souci, mais vous ne les avez pas, alors vous allez rentrer chez vous en vous demandant si vous avez fait le bon choix, vous allez écouter les bruits derrière la porte, téléphoner pour savoir si votre fille, votre ex-femme, votre maîtresse ou votre père n'ont pas été suivis, s'ils n'ont pas reçu de coups de fil étranges, vous allez vous retourner pour voir si vous êtes suivis, vous allez même vous demander si votre chef ou votre adjoint n'ont pas touché cette somme pour qu'un accident vous arrive.

Qian se mit à nettoyer énergiquement un pinceau.

— Je vous ai demandé tout à l'heure s'il valait mieux la blessure ou la maladie, reprit-il. Un barrage, des immeubles, des tours en centre-ville. Des règles trop contraignantes. La Chine à marche forcée pour rattraper les grandes nations occidentales ou la régression ? Préférez-vous la stagnation aux risques minimes d'accidents ? La non-naissance à la vie et son cortège de risques ?

— Camarade Qian, je ne suis pas venu pour philosopher, dit Ma, ni parler de peinture.

— Inspecteur, allez prendre ce rouleau dans vos mains. Soupesez-le, sentez-le et reposez-le sur le bureau. Après avoir fait cela, vous saurez réellement ce que vous devez faire.

Ma tourna la tête vers le bureau.

— Camarade Qian...

— Faites-le, Ma !

Ma hésita, puis marcha comme un automate vers le bureau, attrapa le rouleau, le tint un instant devant ses yeux. Il dut faire un effort pour le reposer. Serait-il si facile d'empêcher Pi Junli de publier les documents maintenant qu'il les lui avait confiés ? Il força son bras à redescendre et à lâcher l'argent. Il se retourna vers Qian avec un air de défi.

— Ne faites pas l'idiot ! Revenez dans une heure avec les enregistrements ! dit celui-ci. Prendre ou ne pas prendre, c'est une question de nature. Pardonnez-moi si je fais encore de la philosophie et laissez-moi vous conter l'histoire du cobra et de la mangouste qui passèrent un jour un accord. La mangouste le porterait sur son dos pour traverser la rivière et, en revanche, le cobra ne la mordrait jamais. Mais au milieu de l'eau le cobra la mord. « Pourquoi as-tu fait ça ? Nous allons mourir tous les deux », dit la mangouste. « Oui, répond le cobra, mais je n'y peux rien, mordre est dans ma nature. »

— Vous voulez dire par là que même si vous récupérez les enregistrements et moi l'argent, je ne serai plus tranquille de ma vie ?

Qian posa son pinceau sur la table, pencha la tête en arrière et rit.

— C'est un peu ça, dit-il. Vous avez certainement fait des copies de ces enregistrements et vous les avez remis à quelqu'un de confiance. Sachez que c'est par pur principe que je veux que nous passions un accord. Supposez que, dans un an, deux ou dix, vous ayez des remords et décidiez de mettre le dossier en accès libre sur internet. Je ferais poster immédiatement les bandes de vidéosurveillance qui vous montrent en train d'entrer dans ce bâtiment, de pénétrer dans mon bureau, de me parler et prendre ce rouleau de billets. Vous écoperez plus rapidement de la peine capitale que je n'irai en prison.

— Il y a la campagne « Frappons fort ! » plaida Ma.

— Vous voyez cette peinture, lieutenant ? dit Qian en montrant le double portrait. Il est fait de poudre colorée et de liant. Ce n'est que de la poudre et vous voyez un visage. La campagne anticorruption, c'est comme la peinture. C'est de la poudre aux yeux ! dit Qian en éclatant de rire.

— Très bien ! dit Ma. Je vais vous rapporter ce que vous voulez. Je reviendrai et je prendrai cet argent.

« Faites vite ! » dit Qian et il se retourna vers son œuvre inachevée. Les deux nervis le raccompagnèrent jusqu'à l'entrée. Son cerveau était vide et ses pensées insaisissables et rien n'était décidé. S'il acceptait le marché, c'était comme une paire de menottes dorées qu'il se passait au poignet. Il se souvint de Mei debout contre le chambranle de la porte, lui disant qu'il était l'homme le plus irrésolu qu'elle connaissait. Au fur et à mesure qu'il avançait dans l'avenue, l'air froid lui rendait ses esprits. Les enregistrements, qu'est-ce que Qian pouvait bien avoir à en faire ? Il ne saurait jamais si Ma en avait fait des copies et ne serait pas tranquille sauf à le faire tuer et, s'il avait voulu le faire éliminer, ce serait déjà fait. Un flic, un lieutenant, qui plus est, ça n'était pas anodin. Ma parvint à se convaincre que le « camarade Qian » voulait gagner une bataille morale sur lui et ne se déciderait à le faire éliminer que le dos au mur. Si Ma prenait cet argent, il piétinerait toute sa vie dans la fange. Il restait la vidéosurveillance. Ma respira l'air froid, s'en remplit les poumons jusqu'à la douleur. Il relâcha l'air. Arriverait ce qui arriverait !

Il décida qu'il passerait les journées suivantes à l'extérieur, au cinéma quand il aurait trop froid, qu'il couperait son téléphone, qu'il serait introuvable.

Le lieutenant se retourna plusieurs fois sans rien remarquer. Il prit le métro, rentra chez lui, avala un morceau, se prépara, le visage grave. Il ressortit en jetant des regards prudents derrière lui. La filature était un art, mais il y était initié. Pensant n'être pas suivi, il alla directement au garage du poste et signa pour une voiture, une des banalisées, sans passer au bureau du chef, sans remplir de feuille de route. Il roula longuement dans le petit matin glacé et trouva une place en face de l'école de Xiuxiu. Dans la lumière grise, les premiers élèves en uniforme scolaire arrivaient. Le maillon faible de son action, c'était sa famille, et sa principale famille, c'était son ex-femme, le père qu'il visitait rarement, Mei et Xiuxiu. Il vit des enfants arriver par grappes, déposés par le 525 qui avait un arrêt presque en face de l'entrée de l'école. Des parents déposaient leur progéniture à pied, quelques-uns en voiture. Il se recula sur son siège. Sunli marchait en tenant la main de Xiuxiu. Elle l'embrassa sur le perron de l'école et repartit en lui faisant des signes de la main. Il y eut encore quelques retardataires, puis le flot d'enfants se tarit. La cloche sonna. Ma ouvrit sa fenêtre et fuma. Il s'était fixé de surveiller l'école toute la journée. Il s'ennuyait. Il avait perdu l'habitude des planques. Il sortit un instant pour acheter des magazines au bout de la rue et une barquette scellée de porc aux légumes, puis regagna la voiture. Il feuilleta ses magazines, en jetant de temps à autre un regard sur la rue. Il savait que, dans la voiture de police qu'il avait empruntée, il n'était pas possible de débrancher le GPS et qu'il fonctionnait également comme une balise que le service pouvait localiser. Il espérait que le chef n'aurait pas l'idée de vérifier ce qu'il faisait ce jour. Ma n'avait pas revêtu son uniforme, mais portait un gros pull noir et un jean.

Il vérifia son portable qu'il avait au préalable mis en mode « avion ». On l'avait appelé plusieurs fois. Il n'avait pas répondu. Zhou avait essayé de le contacter, mais il avait décidé d'être introuvable tant que tout ne serait pas clarifié. Il savait qu'il y avait une taupe à la section criminelle et que quelqu'un de Phénix sous les ordres de Qian avait fait pression ou avait acheté le chef de section pour qu'il relâche Doudoune bleue.

Ma déballa la barquette qu'il avait achetée, désolidarisa les baguettes jetables en réfléchissant, alors qu'il s'était juré de laisser les choses suivre leur cours, de faire profil bas, de protéger sa famille et d'attendre les événements, mais une pensée était venue le tarabuster comme une mouche collante qui vous tourne autour et que vous ne pouvez chasser. Il mastiquait le porc aux légumes d'un air absent.

... Qui avait averti Qian des enregistrements ? Si après avoir été relâché, Doudoune bleue s'était pressé de contacter Phénix et avait déclaré avoir été interrogé par Ma en dehors du cadre légal, il lui avait fallu avouer aussi qu'il avait parlé, qu'il avait été un faible, un traître, et dans ce milieu, il était difficile de concevoir qu'on aurait passé l'éponge. Non ! Doudoune bleue n'avait pas averti Phénix qu'il les avait trahi ! Doudoune bleue faisait lui aussi profil bas. Il était peut-être déjà à des kilomètres de Pékin en train de fuir une situation pire que d'être entre les mains de la police... On en revenait donc à la taupe...

Il fallait se faire violence pour réfléchir à ce qu'il devait envisager. Depuis des mois, Ma avait du mal à se concentrer. Ses problèmes personnels, la perte de la foi qu'il avait pour ce métier, sa lassitude, parasitait ses réflexions. Qui avait pu avertir Phénix ? « Voyons ! Concentre-toi, réfléchis pour une fois ! » se répétait-il comme un mantra en avalant les dernières lamelles de porc. « Qui peut savoir que Doudoune bleue a échoué et que je l'ai interrogé ? » Il repassa le fil des événements. Après que le chef lui eut interdit l'interrogatoire, il avait demandé à Zhou de le suivre, était descendu au bureau des gardes à vue, avait signé une décharge pour faire conduire Doudoune à la salle d'interrogatoire, il était allé au bureau de la secrétaire Li. Celle-ci avait tenté de lui fourguer une de ses amies comme d'habitude, elle lui avait donné la clé du dépôt de matériel pour emprunter un enregistreur. Pour résumer, en dehors de lui-même et de Doudoune, il ne put trouver que six personnes au courant de l'interrogatoire qu'il avait mené. Trois l'étaient directement : Zhou et les deux flics qui avaient amené le prisonnier et qui avaient vu l'appareil enregistreur sur la table. Un d'entre eux savait qu'il avait procédé à l'interrogatoire sans être au courant de l'enregistreur, c'était le préposé aux locaux de garde à vue, une autre était au courant pour l'enregistreur mais ne savait pas forcément que ça concernait Doudoune, c'était la secrétaire Li. En conclusion, les seuls qui étaient en possession de toutes les informations, c'était les deux flics qui avaient amené Doudoune, mais Ma ne les connaissait pas. C'était le préposé qui leur avait confié cette tâche parce qu'ils glandaient sur leurs chaises. Il ne restait que Zhou, mais c'était impossible ! Malgré les mauvaises fréquentations de son adjoint, Ma n'arrivait pas à croire qu'il ait pu se laisser graisser la patte par Phénix. C'était inconcevable ! Comment Phénix avait-il été mis au courant des enregistrements ?

Il frappa un coup du plat de la main sur le volant, jura, démarra la voiture et quitta sa place.

Ma roula un moment au milieu des embouteillages du milieu de journée jusqu'au district de Xicheng et trouva une place réservée où garer le véhicule de police dans la rue Balizhuang. Il se pencha sur la banquette arrière et prit le lourd manteau gris qu'il se réservait pour les jours de repos, sortit et le ferma jusqu'au col. Il promena un regard triste sur le trottoir qui s'ouvrait devant lui, plein de passants indifférents à ses tourments. Ma alluma une cigarette, chercha des yeux l'enseigne plaquée sur l'immeuble de verre qui abritait les locaux de China Travel Inc. Il y était déjà venu quelques mois auparavant, un jour où il l'avait accompagnée. Il lui semblait que ce qu'il cherchait se trouvait à quelques centaines de mètres vers l'ouest et y marcha d'un pas résolu. Il n'y avait pas d'enseigne comme dans son souvenir, mais en anglais et en caractères chinois, l'agence de voyages avait fait graver le verre de la vitrine. Des photos de paysages grandioses étaient accrochées à la vue de tous. Shanghai, le Tai shan, la tour Eiffel et la statue de la Liberté, l'opéra de Sydney et Big Ben. Il se campa devant et les examina toutes, puis il jeta son mégot et entra. Une sorte de top-modèle, peau très claire, cheveux de geai serrés en queue-de-cheval, leva la tête de derrière le comptoir et le toisa des pieds à la tête sans se départir de son sourire engageant. Il s'approcha.

— Je voudrais voir quelqu'un qui travaille chez vous, dit-il. Elle s'appelle Rui Mei.

— Ce n'est pas une conseillère voyage ?

— Non, elle travaille dans les bureaux. Elle établit les contacts locaux pour les voyages en Europe.

— Vous voulez que je lui transmette un message ?

— Non, je voudrais la voir un instant. C'est assez urgent.

La fille le fixa, hésitant entre appeler son supérieur et faire le numéro du chef du bureau « Europe ».

— Euh... c'est très urgent ?

— Je vous l'ai dit !

Elle expulsa un peu d'air à travers deux jolies narines, décrocha le téléphone, tapa une entrée avec un ongle peint et demanda si Rui Mei était disponible un instant, qu'un monsieur voulait la voir.

— C'est monsieur ?

— Ma Gong, fit l'inspecteur nonchalamment.

L'hôtesse balança brièvement la réponse, puis repiqua son sourire sur ses lèvres impeccables et posa le téléphone.

— On m'a dit qu'on l'avait avertie. Asseyez-vous là, dit-elle en indiquant de la main un des fauteuils orange et confortables contre le mur. Il attendit un assez long moment avant de la voir arriver et se figer dans l'encadrement de la porte du fond. Elle avait l'air furieuse, ce qui la rendait plus jolie encore aux yeux de Ma. Elle s'avança et se planta devant lui les poings sur les hanches, sourcils froncés et lèvres pincées.

— Qu'est-ce que tu fais là ? grogna-t-elle hargneuse.

— Il fallait que je te voie au plus vite.

— Je croyais t'avoir fait comprendre que tu ne devais même pas m'appeler au bureau et toi tu viens carrément me chercher ?

Ma se leva du fauteuil pour lui faire face. Il vit par-dessus l'épaule de Mei l'hôtesse qui les écoutait sans se cacher.

— Parle plus bas, Mei.

— Je parlerai plus bas si je veux.

Ma afficha un sourire énigmatique. Il la prit par le bras et la poussa vers la porte.

— Mais tu es dingue, ma parole ! fit Mei.

L'hôtesse se releva et tendit le cou. Sa main saisit le téléphone. Elle allait appeler quelqu'un.

— Sortons, Mei. J'en ai pour un instant.

Mei résistait.

— Il est hors de question que je sorte. C'est toi qui vas sortir ! Tu m'expliqueras ça plus tard !

— Non, Mei ! Maintenant !

Mei essaya de lui envoyer un coup de la pointe de son talon dans le tibia, mais ne réussit pas son coup.

— Combien t'ont-ils donné ?

— Quoi ? Mais qu'est-ce que tu racontes ?

— Combien Phénix t'a payée ?

Elle restait inerte, les yeux ronds comme des soucoupes et Ma lui secouait le bras.

— Je dois appeler quelqu'un ? demanda l'hôtesse.

Mei se retourna vers elle.

— Non, ne vous inquiétez pas. Je règle ça. J'en ai pour une seconde.

Elle sortit la première et Ma lui emboîta le pas.

— Il fait froid, Mei, tiens, prends mon manteau.

Ma ôta le pardessus et le passa sur les épaules de la jeune femme. Le soleil commençait à percer et jetait leurs ombres sur le trottoir.

— Nous étions sur la fin de notre relation, n'est-ce pas ? dit-il sans attendre de réponse. Pourquoi avant-hier soir m'as-tu téléphoné et m'as-tu joué ta grande scène de théâtre ? Tu m'as demandé plus de détails sur l'état de l'enquête que tu ne m'en avais jamais demandé sur ma vie ? Je te rappelle que le contrat que tu avais voulu que nous passions stipulait que nous ne parlions pas de notre vie d'avant, ni de nos boulots respectifs...

— C'est que... c'est que j'ai vu à quel point l'affaire sur laquelle tu travailles te préoccupait et j'ai voulu...

— Tu n'as rien voulu d'autre que des détails sur ce que j'avais obtenu contre Phénix ! coupa Ma.

— Ma Gong, tu es cinglé ! Où as-tu pêché ça ?

— J'ai bien réfléchi, Mei. Il n'y a que toi qui peux les avoir avertis des enregistrements. Ils ont pris contact avec toi et tu as dit oui ?

— Et ton adjoint, comment s'appelle-t-il, Zhou... fit-elle sans répondre.

— Mon adjoint n'est pas comme toi.

Elle le regarda comme on regarde un condamné qui ne doit son infortune qu'à sa bêtise.

— Mon pauvre Ma ! Crois ce que tu veux. Je ne veux plus jamais te revoir !

— Et toi, ma pauvre chérie, tu crois que j'ai envie de te revoir après ça ? Tu penses que je ne peux pas lancer une recherche pour voir si tu n'as pas fait de versements importants sur ton compte ?

Mei blêmit, puis ses yeux devinrent des pointes acérées.

— Avant de faire le ménage dans ta vie privée, il faudrait le faire dans ton service !

— Qu'est-ce que tu veux dire ?

— Je veux dire, mon pauvre Ma, que même ton chef est mouillé et qu'il ne t'autorisera pas à faire de recherches, ni sur moi, ni sur Phénix. Lui aussi, il aime l'argent et tu serais bien bête de ne pas en profiter tant que tu as l'occasion d'en faire autant !

Ma faillit dire que l'affaire allait être révélée par la presse et que les preuves étaient déjà entre les mains de son cousin, mais elle ne lui en laissa pas le temps. Elle le gifla, jeta le manteau sur le sol et laissa le lieutenant planté sur le trottoir comme un panneau de signalisation. Il se baissa et ramassa le manteau en soupirant. Il ne savait s'il devait rire ou pleurer.

Ma reprit sa faction. Il n'attendit guère avant que la cloche de l'école ne sonne. Sunli attendait que Xiuxiu sorte devant le perron comme d'autres parents transformés en glaçons sur le trottoir. Il vit sa fille arriver, se jeter dans les bras de sa mère. Il eut envie de sortir, d'appeler Sunli et Xiuxiu. De dire à son ex-femme de rentrer directement de ne pas ouvrir la porte et d'être prudente, mais il résista à cette impulsion. Il ne servait à rien de les effrayer. Il fit démarrer la voiture et roula lentement en essayant de ne pas les perdre de vue. Les cyclistes s'acharnaient sur leurs carillons et l'insultaient, mais il n'y prenait pas garde. Il les vit entrer dans leur immeuble et repartit. Il gara la voiture au parking de la police et remit les clés au service. On ne lui demanda rien.

Il entra dans un hôtel pour étrangers et Chinois d'outre-mer dans la vieille rue Dazhalan au centre, montra sa plaque de la police et profita de la crainte qu'inspirait la sécurité publique pour ne signer que de son patronyme, très courant. Il monta dans sa chambre, s'assit sur le lit et écouta ses messages sur son portable. Le chef l'avait fait appeler et il y avait des menaces dans l'air. Il avait une fonction dans la société et c'était une faute grave de rester introuvable. Zhou avait également laissé un message pour lui dire qu'il était urgent qu'il le contacte. La voix de son adjoint était lasse, éraillée et une pointe d'inquiétude le traversa, mais il avait ses propres problèmes à régler. Le message suivant émanait de l'homme de Phénix et il y avait, là aussi, une menace dans sa voix. L'homme disait qu'il le rappellerait à dix heures ce soir et qu'il avait intérêt à répondre. Il n'écouta pas jusqu'au bout. A dix heures, il laissa le portable sonner.

2 janvier

Le jour n'était pas encore levé. Ma était déjà debout depuis longtemps et marchait au hasard dans les rues. Il s'était assuré que personne ne le suivait, s'attendant presque à sentir le couteau du Ouïghour courir sur sa gorge, mais les Ouïghours étaient morts, Doudoune bleue était en fuite, Qian pensait peut-être encore qu'il allait choisir l'argent à la mort... Les bus de nuit roulaient encore. Le 250 passa, emportant des travailleurs mal réveillés, isolés dans leurs rêves vitreux derrière des vitres brumeuses. Des cyclistes emmitouflés, massifs comme des bottes de paille, le dépassaient dans leur couloir réservé. Ma longea les murs du parc Jingshan, encore fermé. Dans la lueur des réverbères, il vit un petit écureuil qui courait sur les branches d'un pin. Toutes les boutiques étaient fermées. Un camion s'était arrêté devant le kiosque au carrefour de Chaoyang et Dongsi. Il avait déposé des piles que le marchand répartissait et triait sur son étal. Il installa le panneau comportant les numéros de téléphone des cartes SIM que l'on pouvait choisir. Ma se promit d'en choisir un qui lui porterait bonheur si le *China Daily* n'avait pas sorti l'article. Il craindrait pour sa vie tant que l'article dévoilant le scandale de Phénix n'aurait pas été imprimé et, s'il ne l'était pas encore aujourd'hui, Ma devrait entrer un peu plus dans la clandestinité, surveiller l'école de Xiuxiu, téléphoner avec une nouvelle carte SIM à Sunli pour la prévenir du danger. Ma battait la semelle sur le sol pour se réchauffer les pieds. La boutique ouvrit. Le lieutenant jeta son mégot et marcha vers le kiosque. Il examina l'étalage. Le *China Daily*. Il le prit, laissa la monnaie au marchand et commença à le feuilleter le cœur battant. Son souffle s'arrêta au bord de ses lèvres. Il n'y avait pas de photo mais un encadré qui tenait un tiers de page. Le *China Daily*, bien que contrôlé par la censure, avait accepté l'article de Pi Junli.

NOUVELLE AFFAIRE DE CORRUPTION
DANS LE CADRE D'UNE AFFAIRE DE MEURTRES
(AVEC VRAIS NOMS)

Qian Lu est le président de Phénix, un conglomérat public qui a été fondé à Pékin en 1999 avec la mission de construire des équipements pour la ville de Pékin. Aujourd'hui, le groupe dispose d'un siège social à Shanghai et à Pékin. Il est placé sous le contrôle de la Commission de supervision du ministère de l'Habitat et de la Construction. Présent dans les secteurs de l'immobilier, du ciment, de l'équipement et de la finance, Phénix occupe le 58ᵉ rang des entreprises chinoises les plus riches. M. Qian Lu est également parent avec un membre du gouvernement.

Les premiers soupçons de corruption et d'élimination de témoins remontent, selon le lieutenant Ma Gong de la section criminelle de la sécurité publique de Pékin, au mois de décembre dernier. L'enquête que le lieutenant Ma et son service ont menée sur des meurtres perpétrés par des membres de la communauté ouïghoure a révélé que la société Phénix les avait commandités. Les victimes auraient été éliminées pour avoir découvert que Phénix surévaluait systématiquement le coût des matériaux et des travaux réellement engagés ou n'effectuait pas les travaux annoncés, se contentant de cacher des malfaçons très graves quant aux conséquences sur la sécurité des bâtiments et notamment sur le nouveau barrage de la vallée de la Sanggang He dans la région pékinoise et la nouvelle cité en construction près de l'aéroport international. Ces travaux ont été facturés pour des sommes colossales à la ville et à l'Etat.

Les cas de corruption dans le cadre de l'équipement sont assez nombreux dans le pays et ont fait assez de victimes pour mobiliser l'attention de l'Etat au plus haut niveau et, en accord avec la politique de répression de la corruption, être sanctionnés sans restriction dans la plus grande sévérité.

La Commission centrale de contrôle de la discipline a été informée de ce nouveau dossier hier. Les enregistrements de témoignages ainsi que le dossier complet qui nous a été remis par le lieutenant Ma Gong de la section criminelle de la police de Pékin ont été mis intégralement en ligne sur notre site Weibo ce matin et il va de soi que la vie du lieutenant et celle de sa famille sont d'ores et déjà menacées. Les internautes et blogueurs qui détiendraient de nouveaux témoignages sur cette affaire de corruption sont priés de faire leur devoir civique en les mettant à leur tour en ligne.

L'article était signé Pi Junli, rédacteur en chef des pages politiques. Ma referma le journal. Il eut envie de serrer la main de son cousin. Mais ce que le journal contenait était-il ce qu'il pouvait redouter de pire ou le mieux à attendre ? Ma prit le métro et se mit en faction près de l'école. L'heure de la rentrée n'était pas loin. Il se mit à pleuvoir. C'était toujours comme ça. Le plus fort à l'heure où les enfants doivent entrer ou sortir. Il courut s'abriter sous l'auvent d'une boutique à une cinquantaine de mètres de l'entrée. Il pouvait ainsi continuer à observer. Que ferait-il si une voiture s'arrêtait au moment où Xiuxiu arrivait et l'enlevait ? Il n'avait pas de réponse. Pas de pistolet de service, juste ses jambes. Mais il était là. Il vit des voitures déposer les enfants, des enfants seuls avec des parapluies plus grands qu'eux, des parents descendre du bus, ouvrir un riflard et accompagner leur progéniture jusqu'à l'entrée. Une Audi stoppa en double file. Xiuxiu descendit, fit un signe de la main au conducteur que Ma ne pouvait voir. Un homme apparemment. Le nouvel homme dans la vie de Sunli. Il suivit Xiuxiu des yeux jusqu'à ce qu'elle soit entrée, puis il repartit sous la pluie. Il était trempé avant d'atteindre le métro. Son idée était d'aller au journal pour parler à son cousin. Il frissonnait sous ses vêtements humides. Deux stations plus loin, il ressortit, s'arrêta à l'entrée de la bouche. La pluie tombait toujours, mais moins fort. Il décida de rester à l'abri un petit moment et en profiter pour remettre la puce dans le portable de service, écouter les messages reçus et consulter les SMS. Comme il refermait le cache, le téléphone sonna. Il vérifia. C'était le chef Kou. Il hésita deux secondes, puis décrocha.

— Ma ?

— Chef...

— Tu as vu le *China Daily* de ce matin, Ma ?

La question n'appelait pas de réponse.

— Aya ! Plus besoin de chercher la raison qui te rendait introuvable, poursuivit le chef d'une voix rauque. J'ai essayé de te faire localiser par ton portable. Tu avais enlevé la puce. Le pire, c'est que je me faisais du souci et voilà ce que tu mijotais !

— J'ai fait ce qui me semblait le plus juste, chef, dit Ma d'un ton ferme. J'ai eu peur qu'il y ait des pressions – ou des pots-de-vin – et que l'affaire passe à la trappe.

Ma avait consciemment évoqué la corruption au sein du service. Le chef ne releva pas, mais sa voix reprit, hésitante.

— C'est ce qui serait peut-être arrivé, oui ! dit-il. Mais tu es policier, pas justicier. Tu penses que tu vas changer le monde tout seul et que ça n'aura pas de conséquences ? Tu sais dans quelle merde tu mets le service ? Je risque mon poste pour n'avoir pas su te cadrer.

— Il est trop tard maintenant, chef. Et si tu me couvres... l'affaire n'ira peut-être pas plus loin...

Il y eut un blanc de nouveau et la voix du chef repartit un ton plus bas encore.

— Sur ce point, tu as raison ! La blogosphère réagit à cet article et ça ne fait que commencer. Le cabinet du ministère m'a appelé ce matin et je préfère ne pas te répéter ce qu'on m'a dit. Ça, c'est ce qui s'appelle foutre en l'air sa carrière, Ma ! Tu pensais obtenir de l'avancement avec un coup pareil ? Un policier est aux ordres de ses supérieurs qui pensent, eux, au pays. Mettre la hiérarchie devant le fait accompli, c'est ce que j'appelle une trahison. Tu es mis à pied ! Je te défendrai, bien sûr, mais en attendant c'est comme ça !

Cette dernière phrase le fit sourire. Un sourire cynique. Des paroles de Sun Jie lui revinrent en tête.

Ce jour où il l'avait rencontré lors de la manifestation spontanée en hommage au secrétaire Hu Yaobang, le jeune Sun avait dit au jeune Ma que la véritable générosité, la vraie honnêteté, c'était de sacrifier volontairement ce à quoi on tenait le plus. C'était il y a vingt-cinq ans. La corruption existait, mais à ce moment, on avait cru possible de changer les choses. Cependant, elle était encore plus sournoise aujourd'hui et on n'avait pas l'espoir que ça s'améliore, non. Chacun essayait au contraire d'entrer dans le jeu et de se faire de plus en plus de fric. Sun était mort. Liang aussi. Ma était mis à pied, combien, au service criminel, lui en voudraient de les avoir privé d'un petit pot-de-vin ? Mei aussi l'avait trahi pour de l'argent. Même sa fille lui avait signifié qu'il était un minable qui ne gagnait pas de fric ! Mais il sentit s'alléger sa poitrine d'un poids qui l'oppressait depuis bien longtemps.

— Et ton adjoint qui est malade depuis deux jours ! Il garde le lit, poursuivit le chef. Une fièvre, à ce qu'il a déclaré. Il n'a pas voulu se rendre au dispensaire. Il dit qu'il va mieux et sera sur pieds dans un jour ou deux, alors que nous avons du travail par-dessus la tête !

Zhou avait essayé de se lever. La douleur endormie s'était réveillée. Il s'était assis à la petite table qui lui servait de bureau, encombrée de bières, d'un cendrier plein, de journaux. Il avait aspiré un bon coup et avait téléphoné à Wang. Il lui avait déclaré avoir des choses importantes à lui dire. Wang travaillait pour une société de marchandises et il était une sorte de docker de terre ferme. L'oreille collée au portable, Zhou entendait les bruits de la ville, les jurons des hommes autour de lui, des bruits de moteur. Cet emploi durerait ce qu'il durerait, mais Wang ne voyait jamais les choses au-delà de deux ou trois jours et encore, ça lui demandait beaucoup d'efforts. Zhou sentit dans sa voix que quelque chose l'inquiétait. Il aurait donné sa main à couper qu'il s'angoissait pour sa sœur. C'était à juste titre et Zhou oscillait entre la lâcheté et le courage de lui raconter ce qu'il avait vu.

Le policier entendit une voix grasse menacer son ami.

« Je sais qu'on n'a pas le droit de téléphoner pendant le travail », gueula Wang en réponse. La voix de son ami se rapprocha du téléphone.

— Zhou, je termine dans une heure, continua-t-il plus calmement. Retrouvons-nous chez moi.

Il raccrocha. Zhou se leva. La blessure saignait. Ce n'était pas normal. La plaie aurait dû se refermer, mais la douleur allait en empirant. Il fallait des piqûres sans doute et recoudre. Zhou sortit l'antiseptique de la boîte, en mouilla un coton avec le fond du flacon et l'appliqua sur les contours de la plaie. Il ne put se retenir de hurler. Il tendit la main vers une boîte en fer qui contenait un pauvre nécessaire à couture. Il l'ouvrit, toucha le fil et l'aiguille, se mordit les lèvres, jura, referma la boîte et refit un bandage serré. Il transpirait. Il lui fallut un bon quart d'heure pour descendre les escaliers et se retrouver dans le parc des logements de fonction de la police et un autre pour en sortir. Il se savait livide et espérait que les gardes à l'entrée ne le remarqueraient pas. Il descendit dans le métro. Tout était une torture, un effort terrible pour ne pas tomber. Une heure après, il était chez Wang et comme il frappait à sa porte, il le vit arriver du fond de la cour.

— Zhou ? T'as vraiment une sale gueule ! Qu'est-ce qui t'es arrivé ? dit-il en s'avançant. C'est ton estafilade qui te fait souffrir ?

— C'est une sale histoire, Wang. Fais-moi entrer. Je vais te raconter.

Wang ouvrit avec sa clé, entra, alluma la lumière et tira une chaise pour Zhou. Ses sourcils dessinaient un pli soucieux. Il ôta son manteau et l'accrocha à la patère derrière la porte avec des gestes lents.

— Enlève cette veste trempée, Zhou. T'as déjà pas l'air en forme. Tu vas attraper la mort !

— Je ne peux pas, Wang, fit Zhou. Regarde !

Il écarta le manteau, souleva le pull, laissant apparaître le bandage.

Wang écarquilla les yeux.

— Qu'est-ce que tu...

— Ce n'est pas qu'une estafilade, comme je te l'avais dit !

— Pourquoi tu vas pas à l'hôpital ?

— Parce que c'est une bagarre qui ne concerne pas Zhou le flic, mais Zhou le mauvais garçon !

— Dans quoi t'es allé te fourrer ?

— Une sale histoire, mon vieux. Une sale histoire !

Zhou roulait des yeux, mais les mots qu'il voulait dire ne pouvaient pas sortir.

— File-moi une bière. Ça m'aidera à te dire ce que j'ai à te dire, dit-il.

— Ça m'a l'air sérieux ! souffla Wang inquiet.

— Ça l'est !

Wang alla au placard d'où il sortit deux bières de Pékin.

— De la Snow ! Ça va t'aider à parler ? Tu m'inquiètes !

Il décapsula les bières, en tendit une à Zhou, but au goulot.

— J'ai trouvé ta sœur.

— Liyin ? s'écria Wang en faisant claquer la bouteille sur la table.

Zhou secoua la tête. Un nuage passa dans les yeux de Wang.

— Toi, tu as une mauvaise nouvelle !

— Oui, fit Zhou, et une larme coula sur sa joue.

Wang devint livide. Sa bouche s'ouvrit.

— C'est grave ?

Zhou secoua à nouveau la tête. Wang se leva en faisant basculer sa chaise avec fracas. Il prit Zhou aux épaules et commença à le secouer, le força à se retourner sur sa chaise pour lui faire face. Il le dominait de toute sa hauteur, mais Zhou ne se leva pas. Il n'en avait pas la force et les jambes lui manquaient.

— Elle n'est pas... dis ! Elle n'est pas...

— Elle est morte, Wang. Overdose.

Wang resta figé comme une statue.

— Les indications que tu m'as données m'ont permis de la retrouver dans un squat avec des junkies. Elle était morte dans un coin.

— Conduis-moi ! Je veux la voir !

— Wang, je ne suis pas en état.

— Conduis-moi !

Il serra plus fort son épaule et le força à se mettre debout. Zhou était plus blanc que neige.

— Conduis-moi !

Ils sortirent. Zhou grimaçait de douleur. La nuit était tombée et les rares passants se pressaient dans la rue. Ils atteignirent la bouche de métro, y descendirent. Pendant le trajet, Zhou et Wang ne décrochèrent pas la mâchoire. Les réverbères faisaient reluire le goudron de la ruelle qui traversait le quartier en démolition. Il repéra les vieux immeubles des années 1960 et Zhou conduisit son camarade vers le numéro 3. Les silhouettes des deux hommes se découpaient dans la clarté électrique comme deux ombres errantes, fatiguées, comme démolies aux trois quarts à l'image du quartier. La porte d'entrée en était interdite par une bande rouge et blanche de la police et une feuille imprimée scotchée sur le côté du mur au départ de la bande prévenait que pénétrer dans l'immeuble serait puni de prison.

— Je crois que la sécurité publique a fait une descente, dit Zhou. Ils ont certainement trouvé le corps de ta sœur.

— Je veux voir où elle est morte, dit Wang qui affichait une sorte d'insensibilité hébétée.

— Alors, allons-y !

Ils soulevèrent la bande de plastique, passèrent dessous et avancèrent dans la pénombre. Zhou connaissait le chemin. Dans les pièces sans murs et jonchées de gravats, la lumière des réverbères jetait comme des tapis de clarté sur les débris.

— Là, dit Zhou, il y avait des junkies envapés et ta sœur gisait dans le recoin là-bas.

Il avança vers le coin où, l'autre soir, le corps de Liyin s'était trouvé. La lumière ne filtrait pas jusque-là. On ne voyait aucune trace de celle qui était morte ici.

— Ils l'ont emportée, constata-t-il.

Wang s'appuya au mur.

— Tant que je ne verrai pas le corps, je ne pourrais pas la croire morte, dit-il.

— Elle n'avait pas de papiers sur elle, sinon tu aurais eu la visite de la police.

— Je veux la voir.

Soudain, Zhou avait la fièvre et il bouillait de colère. Les épaules de Wang étaient affaissées, on aurait dit qu'il allait pleurer, que sa voix allait se briser. Cette colère, Zhou n'en trouvait pas l'origine. Il la reporta sur Wang.

— C'est impossible, Wang. Si elle n'a pas été identifiée, les services l'ont emmené au crématorium et ses cendres sont mêlées à celles des *mingong* sans papiers qu'on trouve tous les jours et dont personne ne se soucie, dit-il cruellement. Secoue-toi, Wang ! Il n'y a rien à faire ! Partons ! Il y aura peut-être une ronde.

Ils repartirent sans croiser âme qui vive.

Ils étaient assis dans le métro. Wang était comme un gros sac de chiffons. Il se tordait les mains, le menton dans le cou. Il leva soudain la tête.

Il faut te soigner, Zhou, dit-il. Je connais un type qui a travaillé comme soigneur au zoo. Il sait certainement recoudre une plaie. J'ai son numéro.

Le lendemain matin, Ma appela Zhou. La sonnerie semblait se perdre dans des confins où Zhou n'était pas. Le lieutenant regardait la pluie tomber en fins faisceaux brillants et glacés qui éclaboussaient le bas de son pantalon. Les gens pressés fermaient leur parapluie, le bousculaient dans leur hâte de descendre les escaliers de la station. Le sol de l'avenue brillait dans la lumière plombée, puis Zhou décrocha.

— Zhou ? fit simplement Ma.

— Lieutenant ! Mais où étais-tu passé ?

— Je suis mis à pied, mon vieux.

Ma lui expliqua ce qu'il avait fait pendant ces deux derniers jours. Quand ce fut au tour de Zhou de raconter ses aventures, il hésita, puis décida que la bagarre, la mort du punk, l'overdose de la fille, sa blessure qu'il avait cachée à tous étaient trop pour le lieutenant. Il n'en dit rien.

— J'ai chopé une mauvaise grippe, lieutenant. Je serai bientôt remis et je doute qu'on vous laisse longtemps sur la touche. Vous me trouverez au commissariat à votre retour.

Un matin, le lieutenant Ma, feuilletant le *Renmin Ribao* debout dans la rue, éclata de rire. Il était tombé sur un article qui parlait d'une agence de vidéosurveillance véreuse, la société Jia An, qui ne surveillait rien du tout. C'était une officine fantôme et les vidéos n'existaient pas. Plusieurs sociétés, Phénix en tête, s'étaient fait arnaquer en confiant à Jia An le soin d'installer des caméras et d'archiver des images de surveillance. Nulle image ne le montrait donc dans les locaux de Qian Lu, nulle image ne le montrait tenant le rouleau de billets dans la main. Il riait à gorge déployée sur le trottoir et les gens le regardaient étonnés. Il avait gagné mais craignait d'éventuelles représailles. Son rire finit de s'éteindre dans sa gorge. Il décida de continuer à jouer au chat et à la souris. Grâce au cousin Pi, il avait bénéficié de l'effet de surprise, étalant au grand jour et d'un seul coup les dessous sombres de l'affaire. Qian avait été pris de vitesse. C'était une stratégie simple mais, à l'image d'une attaque à la Sun Zi, elle avait désarmé l'adversaire. Ma ne dormait pas dans son appartement et personne ne savait où il était. Il dormait à l'hôtel. Il attendait une heure tardive pour se faire enregistrer afin que l'on ne dépose les identités des résidents que le lendemain matin et changeait de chambre tous les soirs. Utilisant la carte SIM jetable achetée au carrefour de Chaoyang et Dongsi, il appelait

Pi Junli tous les jours. Il apprit ainsi que celui-ci avait dû faire appel à des personnalités qui lui devaient des services pour publier son article. Il apprit également que le procès avait été lancé par la Commission centrale pour la discipline, qu'on avait procédé à l'arrestation de Qian Lu – il imaginait le peintre amateur tendant les mains pour qu'on lui passe les menottes. Il apprit aussi que le ministre avait intercédé pour l'artiste entrepreneur en sous-main, mais d'après les bruits de couloirs, il avait été remis à sa place par le Premier ministre lui-même. Quant au chef de la section criminelle Kou, il avait été convoqué le 4 janvier par ses supérieurs de la sécurité publique pour la ville de Pékin quelques heures après un événement survenu à la fin de sa journée de travail et sans lequel cette convocation n'aurait sans doute pas eu lieu. Cet événement fut ainsi décrit : Kou venait de terminer sa réunion de service quotidienne et sortait des bâtiments. Il allait prendre sa voiture personnelle garée dans le parking extérieur parce que, comme on effectuait des travaux dans le parking couvert, il n'avait pu occuper sa place numérotée habituelle. Il y avait de nombreuses places libres dans le parking ouvert. Il avait neigé la nuit précédente, peu avant le lever du jour, et Kou se souvenait de l'avoir garée sur un emplacement d'un blanc immaculé le matin. Le soir, il avait fait tomber ses clés en les sortant de sa poche et, s'étant penché pour les ramasser, il avait remarqué que la neige ne couvrait pas le sol sous sa voiture bien que la température soit restée en dessous de zéro toute la journée. L'avait-on déplacée ? Un doute l'avait pris. Il n'avait pas osé ouvrir la portière et s'était éloigné de la voiture. Il avait demandé si un factionnaire avait vu quelque chose, mais le factionnaire ne retrouvait pas dans le registre le matricule de celui qui gardait le parking le matin. Kou avait demandé un démineur. L'équipe de déminage était arrivée sur les lieux une vingtaine de minutes plus tard avec un robot téléguidé. Un démineur lourdement caparaçonné s'était prudemment approché avec un miroir au bout d'une perche et avait inspecté le dessous du véhicule. Il avait repéré une sorte de paquet noir. La décision de le faire exploser avait été prise. On avait sécurisé les abords. Après une rapide inspection des voitures garées autour, on fit venir les propriétaires pour qu'ils les éloignent. Tout cela avait pris plus d'une heure que le chef Kou avait passée à se ronger les ongles. Les démineurs avaient sécurisé le périmètre et avaient fait avancer leur robot, une sorte de minitank haut de trente centimètres, qui avait tiré un projectile sur le paquet noir. La voiture avait explosé dans une grande boule de feu. L'explosion s'était entendue jusque sur la place Tiananmen. Son origine serait sans doute restée inconnue si la blogosphère ne s'en était mêlée. L'enquête suivait son cours, mais tout cela ressemblait à une débandade. Le journaliste avait obtenu ces informations d'un ami travaillant au secrétariat de la police. Il en avait informé le lieutenant Ma.

Le lendemain, le chef avait pu apporter de nouveaux éléments au procès. Il avait dénoncé la tentative de corruption opérée sur lui, un peu tard tout de même, et savait qu'il allait faire l'objet d'une enquête dont il ne pouvait évaluer la sévérité. Il allait employer ce qui lui restait du pot-de-vin pour arroser certaines personnes et éteindre le feu dont les flammes vertueuses lui léchaient le bas du pantalon. Il avait pris quelques cheveux blancs, mais ne s'était pas dégonflé.

La mise à pied du lieutenant Ma ne dura pas longtemps, car la blogosphère continua de parler de son cas, informée par des indiscrétions émanant du service même par mille, deux mille, trois mille doigts frappant sur des claviers, les messages de soutien et de dénonciation de la mise à pied du flic intègre finirent pas exercer une pression suffisante sur la hiérarchie prudente. Le 20 janvier, Ma fut réintégré à son poste. Il bénéficia de son appartement de fonction pendant la durée de sa « punition », mais il perdit trois semaines de salaire.

Ma reprenait son service ce jour et, comme par hasard, le *China Daily* publiait un entrefilet qui déclarait :

Le procès du grand corrompu Qian Lu, président de Phénix, un conglomérat public, s'est terminé hier soir. Dans le cadre de la campagne d'assainissement et de lutte contre la corruption à grande échelle, il a été requis contre l'accusé la plus grande sévérité. La teneur exacte de la condamnation n'a pas filtré hors des salles du tribunal qui se tenait à huis clos, mais les précédents de cette « chasse aux tigres » laissent penser qu'elle devrait être implacable.

Ma arriva dans la salle de briefing et tous les regards se tournèrent vers lui.

20 mai

La femme du pauvre Sun était rentrée depuis une semaine d'un séjour à l'hôpital.

La veille, Ma avait téléphoné au service psychiatrie pour s'informer de son état et on lui avait dit que Mme Sun allait beaucoup mieux, qu'elle était rentrée chez elle et qu'elle avait récupéré son fils à l'orphelinat qui l'avait recueilli pendant le traitement. Ma avait tout de suite écrit une courte lettre, se présentant comme un ancien camarade d'université de Sun, était passé à la banque et avait joint à la lettre un mandat pour la pauvre femme et son fils. A l'entrée de Beihai, Ma jeta la lettre dans la boîte qui ne recevait habituellement que les cartes postales des touristes.

Le lieutenant et sa fille marchaient le long de la rive du lac Beihai. Quelques boutons de fleurs de pommiers venaient d'éclore pour saluer l'arrivée de la belle saison et leur parfum flottait dans l'air encore frais. La brume grise du smog avait enfin reflué. Rares étaient les passants couverts du masque antipoussière. L'air ne sentait pas l'ozone et la suie. Xiuxiu tenait fièrement la main de son père. Les coins de la bouche de la petite fille, maculés par la glace que son père lui avait payée au KFC, remontaient en un sourire diffus.

— On va faire du pédalo, papa ? demanda-t-elle avec espoir.

— D'accord !

Ce disant, Ma se souvint fugitivement de la panique qui l'avait saisi quelques mois auparavant, lorsqu'il pensait avoir perdu sa fille sur la glace du lac Houhai pendant cette horrible affaire qui avait failli lui coûter son poste, sa vie peut-être et celle des siens. Zhou n'en était pas sorti indemne non plus. Après cette étrange grippe qui l'avait maintenu une semaine au lit, il avait demandé un congé exceptionnel pour se marier. Il était retourné à Fenyang, sa ville natale, pour se marier. Il en était revenu après le voyage de noces, avec une fille à l'aspect quelconque et dont les dents de devant avançaient comme une calandre de tracteur. Il avait l'air heureux, malgré un air étrange qui ne le quittait plus. Il avait repris le service et ils faisaient à nouveau équipe.

— Allez, papa ! dit Xiuxiu en le tirant par la manche. Arrête de rêver ! Paie le pédalo. Je veux le rouge, là !

— Comme ils allaient monter dans le pédalo, ils se trouvèrent face à deux jeunes femmes qui avaient choisi le même. Ma rit, gêné, et les deux femmes cachant leurs bouches avec leurs mains rirent aussi. Le regard de Ma croisa celui de la jeune femme qui lui faisait face.

— Lin Guotang ? s'exclama-t-il. Ça alors !

— Lieutenant Ma ? Le monde est petit, dit-elle en éclatant franchement de rire.

Elle baissa les yeux et examina l'enfant.

— C'est votre fille, lieutenant ?

Ma hocha la tête.

— Xiuxiu, je te présente Mlle Lin Guotang.

— Elle est policière, elle aussi ?

La jeune femme rit à nouveau. Ce rire était frais comme un matin de printemps. Ma posa doucement la main sur la tête de sa fille.

— Elle travaille sur les ordinateurs de la police, répondit-il.

— Le nouvel amoureux de ma maman aussi, il travaille avec les ordinateurs.

— Mon ex-femme et son... nouvel amoureux sont partis en voyage en Europe et je garde Xiuxiu pendant ce temps, dit Ma.

Il ne savait pas pourquoi il s'était cru obligé de donner ces précisions. C'était comme s'il s'était senti pressé de montrer à la jeune femme qu'il était un bon père, qu'il ne gardait pas Xiuxiu tout le temps et que les relations avec Sunli étaient celles de parents séparés en bons termes. Lin Guotang regarda la petite.

— Elle est adorable, dit-elle.

— Je suis sûr qu'elle vous adore aussi, dit l'amie de Lin Guotang.

Le regard de Ma se planta dans celui de sa collègue. Le sien était aimanté de la même manière. Il eut honte de ses oreilles décollées.

Gêné, il s'arracha à la douceur de ces yeux, prit sa fille par la taille et la déposa dans le pédalo rouge.

— Montez dans le jaune, nous prenons celui-ci, dit-il en se sentant rougir.

Achevé d'imprimer
par Liberdúplex,
Sant Llorenç d'Hortons (Barcelone),
Espagne

Dépôt légal : mai 2018